等着幸福来敲门

洪丽 著

民主与建设出版社
·北京·

© 民主与建设出版社，2022

图书在版编目 (CIP) 数据

等着幸福来敲门 / 洪丽著 . —北京：民主与建设
出版社，2022.4
ISBN 978-7-5139-3798-6

Ⅰ.①等… Ⅱ.①洪… Ⅲ.①散文集－中国－当代 Ⅳ
.① I267

中国版本图书馆 CIP 数据核字（2022）第 052310 号

等着幸福来敲门
DENGZHE XINGFU LAI QIAOMEN

著 者	洪 丽	
责任编辑	周佩芳	
出版发行	民主与建设出版社有限责任公司	
电 话	（010）59417747　59419778	
社 址	北京市海淀区西三环中路 10 号望海楼 E 座 7 层	
邮 编	100142	
印 刷	三河市长城印刷有限公司	
版 次	2022 年 6 月第 1 版	
印 次	2022 年 6 月第 1 次印刷	
开 本	710 毫米 ×1000 毫米　1/16	
印 张	17	
字 数	220 千字	
书 号	ISBN 978-7-5139-3798-6	
定 价	69.80 元	

注：如有印、装质量问题，请与出版社联系。

目　录

第三辑　故园之恋

第四辑　幸福密码

第一辑　青葱岁月

小村之恋

我出生在黑龙江省松嫩平原南端，松花江北岸一个名不见经传的小村庄里。我曾羞于向人提及她的名字。

我总觉得她不像江南的某些村落，比如张庄、李庄，还有毕飞宇的"王家庄"，虽也以姓氏命名，但透着古朴、典雅，甚至包含着某种底蕴。

相比起来，北方的村庄命名显得过于随意。什么葛家崴子、姜家窝棚、杨草坡、李木匠、后十三户。第一次知道村庄的来历，源于在村委会工作的表姐夫匡廷军提供的信息，在他拍给我的肇东县志上这样写道："张英屯，1916 年，山东张氏一家来此定居，开荒种地，繁衍生息。张氏有一嗜好爱养鹰，家中大小有五六只鹰，因此人称张鹰屯。随着时间的推移，农户渐多，欲设立学校，便将'鹰'字换成'英'，名为张英小学。寓意培育英雄豪杰，英才辈出之意。"从此，这个叫作"张英屯"的小村子便和我有着千丝万缕的联系。从孩提时代到 20 岁，我主要是在这个几百米的范围内活动、成长。

童年时生活的贫困，资源的匮乏，封闭落后的环境，对新事物的好奇，对外面世界的向往以及未来的憧憬，让我一度想要逃离。我始终觉得会有一个不一样的未来，而不一样的未来不是期待乡村有一天会突然变好，而是希望永远脱离这个村庄，摆脱生存环境的桎梏。

我对这个小村庄的感情，是在我离开家乡多年以后才感知到的。想念这里的田野，想念这里的土路，想念这里的食物，想念这里的方言，想念这里的风雪，想念这里的白杨树。故乡有种魔力，对于背井离乡的人而言，一道家乡的美食，偶然听到的乡音，新闻上突然出现的地名，一个熟悉的风景，不受时间和空间的限制，一经唤起，就能瞬间将我拽回到千里之外的故乡。

随时随地，不受任何干扰，像 GPS 定位一样精准。我如同一台先进的遥控无人机，数码变焦、灵活切换，三百六十度环绕，静态、动态飞行。从我现在的住处出发，沿着虚拟的线路，瞬间就能抵达，并且能够一键智能自动返航。我在高空俯瞰这个像孤岛一样存在的小村庄，但从来不是先急于回到出生的旧居，而是盘桓一圈，再从村口走过来。

一望无际的田野，在高低起伏的垄沟垄台上，只能容纳两三人并排行走的毛毛道已经被大型土地耕种机连接起来，难辨踪迹。但我每次回来，都固执地走这条曲折蜿蜒的乡间小路。如果，哪一次忘记走，我就按一下返回键，再重新走一遍。

每个村庄都有一条坑坑洼洼的土路与外界保持联系，都有固定的走向。那是独属于我自己的一条自由之路。如果我不说出来，没有人能再走进去。

跨过一条南北走向的杨树林，心便安稳。这是一条将我们和邻村的土地分隔开来的界线。只要一迈过它便有清纯之气扑来，悠远、浑厚、踏实和坦然。于是时间也似乎放慢了速度，好比电影中的慢镜头，人便不那么慌张。可以放下心来把每一个地方都看看清楚，所有的心绪都看个明白。

学校南面有条大路，学校西侧，靠近树林的几亩地是我家的，种着向日葵、土豆、黄豆、芸豆、谷子和玉米，是一家人一年的口粮。

夏日炎炎，鸟儿不知躲藏到什么地方去了。杨树叶子挂着尘土在枝上打着卷，枝条一动不动。马路上发着白光，草木都低垂着头。我头戴白色的宽檐凉帽，也学着母亲和嫂子的样子蹲在田里薅谷子。不时抬头向路边张望，期望卖冰棍的小贩此刻能从天而降。母亲和嫂子拔掉谷物里的杂草，剔除良莠不齐的禾苗，让优质的谷物苗壮生长。她们并不留意我拔去的究竟是谷子还是稗草，只要看到禾苗稀疏有致，就认可了我的劳动成果。而我在间歇的时候也就心安理得地吃着雪白的馒头就着大葱。

秋天，黄澄澄的谷穗在秋阳下泛着金光，像母亲一脸灿烂的笑容。总有那么一两段垄上谷穗稀疏，狗尾巴草混杂其中，昂首挺立，像是在讥笑我的笨拙和无知。

站在四围的秋色里，我以为那种沉甸甸的成熟感，会永远悬在那里，不坠下来。而我在完整饱满，敲上去会发出稀金属声音的晴天里，微酣地啜饮着秋天的芳香。

走过田地，该到村里去看看了。每次经过村口时我都小心翼翼，生怕小豆子家的狗会从高高的院墙里蹿出来。哪怕它汪汪、嗷嗷地叫上一阵，也吓得我胆战心惊。

再往前走左侧有一个几米深的大坑，从我记事起，就不见里面有水。坑边有棵枯藤老树，有鸟儿栖居的废屋颓檐、长满了野草的残垣断壁。倒是村东头的大坑，像个天然的游泳池。夏天里雨水丰沛，三四点钟的时候，里面挤满了孩童。远远望去，像一只只蝌蚪。这些在泥土里长大的孩子，无师自通，两手交替刨水，双腿用力向后乱蹬，这种狗刨式的游法少不了要灌进几口浑浊的污水。水边围观的大人跟着一起哄笑，憨钝的孩子跟着拍手、叫好，得到的快乐一点也不比机灵的孩子少。

在村子中央，有一口方形水井，曾是村里唯一的水源。村庄的地理位置是以水井为坐标的。是谁正在井台上打水，柳罐斗落入水中，"扑通"一声。一双粗壮、有力、布满老茧的双手，将古老的辘轳吱吱呀呀地摇响。壮年的汉子，动作熟练地弯腰、伸头、用力起身。两只水筲在扁担钩上颤颤悠悠，拐进了谁家的篱笆小院。清冽、甘甜的井水哗啦啦地倒进水缸。急不可耐的孩子，抓过水瓢，咕嘟咕嘟灌个饱。

又是谁家的孩子，在新年的冬夜，穿着花衣裳，爬上滴水成冰的井沿，小心翼翼地站到顶端，认真地躺下，肆无忌惮滚下来，希望滚掉一年的霉运。

冬暖夏凉的井水，是挥之不去的年少记忆。井沿边的温馨，定格在脑海中……如今，村庄已不是我记忆中的模样。村里已经用上自来水，柳罐斗子已经消失，老井废弃不用，**被掩埋覆盖，不复存在，默默地退出了**历史舞台。井沿边再没了旧时光景、热闹的场面。如果不在村庄居住过三五十年，根本不知道它曾经存在过。

如今谁还能像我一样幸福地回忆多少年前的事呢。那些后来的人们，对村庄的历史一无所知，他们来得太晚了，只能瞪大了眼睛，听我们讲述几十年前发生在村子里的那些事。他们永远不会知道生产队是什么时候消失的，最后一匹马是什么时候离开村庄的，那口水井什么时候被掩埋的，谁给村里安装的自来水……这一切，连同完整的一大段岁月，被我珍藏了。

这村庄的老老少少，男男女女，有好多人脸在我眼前闪过。也有一些事物，鸭子、鹅、猪、狗的叫声，篱笆小院、敞开的屋门、早晨升起的炊烟，黄昏的晚霞，都在我脑海里盘旋、浮现。它们帮我打开了记忆之门，让我想起已经尘封的岁月。谁知我越靠近它们，图像就越发模糊。我在时空中大幅地后撤，重新去寻找。我们一心向往新鲜的生活，向往眼花缭乱的世界，却总希望故乡还是儿时的模样。

转了一大圈，我也该回老屋看看了。推开父亲亲手焊制的黑色铁门，伴随着生锈的转轴发出无力的呻吟，褪了色的红棱砖、灰土墙，映入眼帘。后窗正对着的是爬满青苔的深井，窗台底下靠着一辆老旧的自行车，一边车把上没了橡胶把套。厨房正中的房顶，父亲为了散除浓烟开的天窗，早被数十年如一日的柴火熏得黝黑。

仓房外的那扇摇摇欲坠的门，虚掩着，门上仍倒挂着个褪了色的"福"字；鸡窝笼中堆着些零星的干草，那只下蛋的老母鸡，伸长脖子，咯咯嗒，咯咯嗒连声叫着……

父亲干活用的电锯、电钻都还在菜窖的旁边摆放，碎屑和零星的木块散落一地。

一步跨过那爬满皱纹的木门槛，穿过厨房，进里屋见炕上没有奶奶盘腿端坐的身影。我丢下书包，去前院的三大爷家寻找。

满头如雪般花白的奶奶，佝偻着背，步履蹒跚，目光黯淡，最后在岁月中被泥土掩埋。

老屋的一切都显得陈旧、老迈，暗淡而逼仄。我走的时候，我还不懂得怜惜曾经拥有的事物，还不知道向那些熟悉的东西告别。哪怕把朝南的院门和窗台留下，把北面的两间仓房留下，把那口几十米深的水井留下，把火炕的砖头留下，最好留下一小块巴掌大的泥皮，留下泥皮上的烟垢和灰，哥哥挨打时抠破的墙洞，炕沿下的灯绳，朽在房屋中间立柱上的铁钉，这些都是我今生今世的证据啊。

我走的时候，我还不知道曾经的生活，有一天会需要证明。

如今，记忆中的故乡和现实中的故乡完全不同。少了高大、挺拔、茂密的白杨树；少了漫天尘土飞扬的泥土路；少了弯曲的羊肠小道；少了火炉；少了很多，无论少了哪一样，我都觉得不完美。

看着那些房屋排列在旷野中间，心里禁不住生出一种凄凉之感。就是这样一个贫困凋敝、破败不堪、毫无诗意的僻壤，让我魂牵梦萦。一次次地寻觅，又一次次失望地离开，再一次次不知疲倦地抵达。

十一长假，我从上海回东北老家看望父母。哥嫂如今在城里做生意，把年逾古稀的父母从乡下接去同住。

临返程之前，我决定回乡下看看。母亲阻拦我："家里人都没有，回去干什么。"如果我说那里留存了我的童年和青春期，已经成为我生命里不可分割的一部分。我回去就是想看看那片土地、那里的庄稼，年迈的母亲一定没办法理解。见我执意要去，百般叮嘱："我就知道你要去看你玉芬姐，她忙，家里活计多，你不要待得太晚，影响她们休息。天气寒冷，乘车不便，路上小心，注意保暖，去去就回。"我一一答应。

乡间田野，还是土路，路面坑洼不平，一路颠簸，车速缓慢。当大片的黑土地，连同待收割的玉米枯黄的叶子迎风飒飒作响，带有光滑银色晕圈的白杨树傲然耸立的时候，我确信这就是我出生的那个地方。车子驶进村口那条熟悉的小路时，就像是家门打开了一样。

迫不及待地跳下车，沿着街道慢走，目光急切地挨家挨户搜寻。时隔三十多年，我依然清晰地记得每家每户的名姓，脑海中还能完整地还原儿时发生的故事和场景，毫无隔阂地接续了童年时期的记忆。

凡是遇到北方的人，都会觉得异常亲切，即便是陌生人也能聊上半天。聊那里的特产、那里的天气。虽然方言里的某些词语，因为废置太久，已经被我扔得越来越远，但是，只要我的双脚一踏上这片土地，它们就神奇地回来了。

姐姐、姐夫亲自开车接我。我没有遵守对母亲的承诺，晚上八点叩开了玉芬姐家紧锁的大门。很显然，我的到来让玉芬姐很是意外。她热情地拥抱我，爽朗的、具有穿透力的笑声在村庄寂静的夜空回荡。玉芬姐泼辣、能干，文化不高，但聪慧过人。活得通透、自在，日子过得充盈而富足。我跟玉芬姐很投缘，没出嫁前常去玉芬姐家聊天。她的话语曾陪我度过漫长无边的黑夜，驱散无数个严冬。要不是玉芬姐家务繁重，怕影响她休息，我们可以聊上一个通宵都还觉得意犹未尽。

清晨，沿着村子走一圈，难得碰到一两个乡邻。见我，一愣，旋即惊奇地问："回来啦。"一时不知对方的辈分，不知该如何称谓，只忙不迭时地答："嗯。"不等对方再问，像是解释又像是自言自语："回来看看。"岁月沧桑了我的容颜，同样在乡邻的脸上刻下时光的印记。

老屋如今已无人居住，大门紧锁，黑色的油漆早已剥落，面目全非。院子里杂草丛生，淹没路径；银白色的铁皮房顶经雨水冲刷后，锈迹斑斑；灰色的水泥墙皮污浊不堪，黢黑一片。母亲曾经养鸡围挡起来的角落，肮脏的蛛网絮结，已被荒草遮蔽，难觅旧时的热闹景象。

顶着刺骨的寒风，我们侧身行走，外甥女秋颖陪我去村庄南面的砖厂。砖厂已在五年前重新规划，全盘更改。四十八米高的大烟囱，巍然耸立，那曾是我的信仰，是我引以为傲的地标。如今，脑海里存放的还是旧地图，新的路径我怎么都无法适应。

我从未和人说起过，我希望它们在言说之外丰富着。语言如此乏力，它的形象会因为我的勾勒而损伤。可是，它们在我身后沉默地轰然倒塌了，一声沉闷的巨响。机器的轰鸣声不见了，搅拌机的嘈杂声消失了，拉着板车的瘦长身影离散了。我有些后悔当初没用自己的文字抓住它们，没用自己的声音给它们留下任何痕迹。它们倒下后，村庄更加孤寂，我的世界更加孤寂。

世间万物都和人一样，每一个建筑都有自己的使命和责任。这片辽阔的黑土地，以物显示民丰，以像显示美景，造福一方并福泽绵长。就是因为这块土地的炽热，村民的宅心仁厚，厚德而载物。

到如今，脚底已没了根须，回到出生之地，也只能看一眼而已，看一眼是一眼了。

有一天会再没有人能够相信过去。我也会对以往的一切产生怀疑。那是我曾有过的生活吗？我真见过怒吼的西北风？我真的有过一棵自己的樱桃树？真的有过一片茂密的杨树林？还有，我真沐浴过那样恒久明亮的月光？

当有一天家园废失，我所有回家的脚步都将迈上了虚无之途。

十月的北方，已是深秋，寒气逼人。每次回来，脚步会不由自主地往田野走去。站在玉米田里，一股难以形容的爽燥之气，轻盈地、微芬地飘荡着。这独特的气息，置身其中，受其感染，忍不住涌生愉悦之感。

一阵寒冷的野风吹来，成片的玉米如波似浪，朝我涌动，发出窸窣合鸣。这声音既遥远又熟悉，是乡愁的一部分，吸引我驻足聆听。望着厚实的庄稼，被四野笼罩的村庄，单纯而又丰富的故乡天地，终于泪如泉涌。

收割过后的秸秆和根部都被机器打成碎屑，散落一地，铺满田埂，踏上去松软富有弹性。干净的田野上空飘荡着秸秆甘甜的气息，还掺杂着植物汁液的馨香。秋的气息还残存在收割后的田野里。田间空荡荡，显得瘦弱、岑寂、空旷，庄稼大都收割完，风吹过更无遮挡。

无边的旷野中，天空一片明净、澄澈、湛蓝。一小片手工收割过的田地，遗留的根须深深地扎进泥土里，盘根错节，曾经怎样努力汲取大地的营养。在玉米茬强劲的气息中，我听见自己内心的喧嚣声。这片土地曾经向我敞开它温暖的怀抱，对我报以殷切的期盼和信任，给过我无私的奉献。而我当初觉得它过于闭塞、贫穷、落后而心有怨怼，一心只想快点离开。根须一点点离开泥土，却并未觉得痛。

陆庆屹在《四个春天》里说："因离家多年，我的审美、思维、习惯已被重构，这距离使我变成了家乡的旁观者。在不需要与生活角力之后，我有了新的视角去观望故乡的生活方式、人情、风物，美好的东西从一片琐碎中浮现了出来。"

返回上海的时候，我原本不大的行李箱里塞满了故乡的特产和美食：哥嫂准备的肉联红肠、小肚、熏干豆腐卷；玉芬姐送来对青烤鹅、菇娘；母亲种的大白菜；大姐听说我爱吃，甚至连大楂子、小米、红芸豆也帮我每样带了一点。还有我帮老廖买的芥菜疙瘩、大饼子、沙果和香水梨。

我贪婪地恨不得把故乡所有美食，连同泥土、风雪、树林、田野、炊烟、鸟鸣一起都打包带走，然后回到异乡慢慢品尝和倾听。故乡是每个人世界最初的样子；故乡是我心中永恒的风景，可靠地寄存了我原本以为丢失殆尽的很多东西；是我想象力落脚的地方；是我文学发生的起点，精神世界的原乡；是我不断失去的人生最后的底色；故乡的声音和味道是我心有所归的无量幸福。

窗外

老屋房子破旧又狭小，只一间正房，半间灶台，两铺土炕。嫂子进门，虽另建一间，还显拥挤。父亲在亲友劝说下，总算同意卖掉老屋，选址重建。

从初春开始施工，历时三四个月，才临近收尾。

除去厨房、走廊，共有六个房间，二十几扇窗。等不及安装窗户、玻璃，我就迫不及待要求住进去。

"你一个人不怕吗？"家人问。

"不怕。"我信誓旦旦地回答。

其实，我有个小心思，怕妹妹跟我抢，想先下手为强，能拥有自己独立的房间是我梦寐以求的事。

房间不大，北向，至多不过十米，一张床铺已到窗下。窗不及胸口高，占据大半墙壁。躺在床上几乎与窗齐平。睡时头南脚北，感觉距离窗子远一点，我就觉得自己占据主动，黑暗就在我的掌控之中。

天一黑，我迅速跳上床，钻进被子，裹紧，睁大眼睛，纹丝不动。波动，丰富，黏稠，润湿，灵动的黑暗似魅影布满房间的每个角落，潜伏在门口、床底、背后。随时准备伸出无形的爪子，出其不意，蒙住我的眼睛，掐住我的脖子。我屏住呼吸，不发出任何响动，以为这样黑暗就不会发现我、侵犯我、攻击我。

时间从未有过如此的漫长。

狗叫声将那些黑暗荡开去、将那些黑暗飞溅起来。月光趁机像水一样漫进，悄无声息地流淌过来，射破屋里的阴森，搅动屋里沉闷的气息。我贴紧墙壁，夜风跨过院墙，越过菜园，爬上窗台，又顺着碎花的薄被，拂到我的面上来，送来一阵清凉。

时间过得更慢起来。

没有窗户，打通了大自然和我的隔膜，把风和月光逗引进来。屋里也和外面一样明亮，我的眼睛渐渐能够辨别出周围的一切。

夏夜，月朗，风清，透彻，清亮。月光布满整个庭院。清光溶溶，浸透天地。虫声唧唧，蛙声阵阵。禾苗上飘摇着月光，花草上跳动着月光，菜园子里菜叶、瓜叶沐浴着月光，闪着碧青光亮的玉米叶，在月下沙沙作响。

繁星密布，浩瀚如海。我从未觉得自己离星星这样近。宇宙的无垠深广和天体的无穷奥秘哗啦啦垮塌下来，把我黑咕隆咚地一口完全吞下。

钱钟书先生说："门和窗有不同的意义。把门关上，算是保护。墙上开了窗子，收入光明和空气，窗多少是一种奢侈，屋子在人生里因此增添了意义。窗子有时也会被作为进出口用，譬如小偷、恶人就不敢堂堂正正地从正门进来，只能爬窗子。"

我认为，有了一个窗框，即便没有安装窗子和玻璃，别人便知道那是窗子，彼此间增加了距离，便能把人隔离在外。

人，只有在年少时期，内心纯真、无邪、不含任何杂质，才能这样气定神闲地去享受生命和自然给人带来的快乐和美好。

我曾在 30 多年前拥有一个真正的夜晚，一个人在一间没有安装窗子的房间过夜。静静地躺在床上，随着光浪浮游。听月光在树林里叮叮当当地飘落，在菜园子里哗啦哗啦地拥挤。我无意间收揽和储存的清辉，抵御了日后月黑风高的漫漫长夜。

我不知道有一天，那个夜晚窗外的景象还如此清晰。怀念黑暗与月光的皎洁之间美妙不可言传的转换。白日的喧嚣过后，被月光浸染的乡村月夜竟是如此静谧、清澈透亮。风微微吹拂，黏稠的黑暗缓缓流动，那些星辰就在眼皮上面闪烁，一直照着我进入梦乡。

一些珍贵的东西被我从记忆深处打捞上来，使得那个原本平常夜晚的光辉，似又重现光芒。在那个特定的、独处的时光里，回想整个过程：初始的决心，中间的恐惧，最后感受到星光的灿烂，月之华美，又在我眼前一一浮现。

生命成长的节律，以及对自然极为曼妙的感受在内心弥漫开来。那些恐惧和欢欣的细节或片段，那些树影、花香、草动、蛙声、虫鸣，晚风、清辉，记录下 20 世纪 80 年代乡村自然地理风貌和淳朴民风，除了引逗出我乡土的怀想，更让我对过往的存在和时间心生喟叹。

生命的过程是一个记忆和回归的过程，回望来处，那个夜晚窗外的景象，像是镶嵌在窗子里的，好比画配了框。

露天电影

　　说起露天电影，想必很多人记忆犹新。一块镶着黑框的白色幕布，一台老式放映机，一名放映员，一束光和自发搬来板凳的一群人，便构成了露天电影的全部要素。这种独特的电影播放形式，承载了几代农村人共有的记忆，曾经给我们带来太多美好的回忆。特别是在凉风飒飒、繁星闪闪的夏夜，能坐在打谷场的空地上看一场露天电影，是儿时梦寐以求的心愿，也是留存心底的一种情结。那幅画面，永远定格在岁月里。纵然隔着时空，在异乡的冬夜，我依然清晰地看见那个坐在银幕前的小女孩。

　　小时候，只要一听说今晚放电影，整个村庄都沸腾了，像过年一样热闹。男女老幼掩饰不住地兴奋像是怀里揣了个蜜罐儿，浑身散发出阵阵甜香。即使闯了祸的孩子，已然找到靠山，也不必胆战心惊担心回家挨打受骂。父母在这一天像是换了一个人，少有的通情达理，格外和蔼可亲。人们早早烧好晚饭，喂好猪，将鸡、鸭、鹅赶进笼子，收拾妥当。在那个生活艰辛，物质生活和精神生活都极其匮乏的年代，露天电影是农村非常重要的娱乐活动，是人们日常生活中难得的消遣方式。这一来自平民草根的狂欢盛宴，让农村人求知的欲望得以延伸。

　　20世纪70年代末，我就读乡村小学。平时除了学习和帮助大人干一些力所能及的农活外，基本上没有什么娱乐节目，游戏都是就地取材。男孩子玩泥巴、弹弹珠、扇纸片；淘气一点的，还能爬树捉虫逮鸟。女孩子的游戏只有丢沙包、跳皮筋、抓羊拐。我小学以前没去过电影院，去过最远的地方是三公里外的镇上。没有课外书，听收音机里的"小喇叭"节目、听评书是我与外界保持联系的唯一途径。看免费的露天电影可以说是一个奢侈、浪漫的精神享受，是当时为数不多的一种最具动感的视听文化。因此，从搭接龙门架开始，到挂银幕，装吊喇叭，放电线，安装放映机……每个细节都会令我怦然心动。带给我们孩童的快乐，也永远无法从记忆中消失。

从小学到初中，在同辈孩子中，我看过的电影并不多，现在还能记得起来的电影名字已屈指可数。很多都是经典电影，在当时几乎家喻户晓。《小花》《牧马人》《上甘岭》《花为媒》《少林寺》《马兰花》《第一滴血》……对于我来说，电影不分打仗片、故事片、戏曲片、外国片，所有生动的故事和精彩的画面对增长知识的幼小心灵来说，都有着巨大的吸引力和诱惑力。

其实，每个乡镇都有一支放映工作队，农闲时在各个村巡回放映。而我每一次都觉得放映员像神兵天降，突然将惊喜送到我面前。偶尔也有人恶作剧，让我们空欢喜一场。小孩子被兴奋、激动饱胀的心田，顿时像是一只泄了气的皮球，一点一点瘪下去，走路的节奏都从欢快有力变得缓慢而沉重，仿佛所有的力气都被那句谎言给吸了去。

电影放映员是孩子心目中重量级的权威人物，等看到放映员的身影，放电影的器具拉进村，一群伸长脖子，守在村口的孩子，便一拥而上，夹道欢迎，比迎接贵客还要虔诚和热情。欢呼声山崩地裂般，在村庄的上空久久飘荡。

那时候放映电影的消息通常是口口相传，一传十，十传百，不消片刻连同附近的村庄就全知道了。我觉得消息不是长了翅膀，而是像旋风一样，瞬间刮遍了整个村庄。我痛恨这旋风，它们比我跑得快，不然我是很想亲口把这个好消息通知给每家每户的。但我还是飞快地跑回家，告诉了家里人，然后跳下窗台，翻过墙头，来到前院堂姐家，郑重地和她约好，快点吃好晚饭我们一起去看电影。不找个人说出这个好消息，我觉得幸福的滋味已经像洪水漫过理智的堤坝。把这个好消息告诉的人越多，我的幸福指数就成倍地增长。

自从知道要放电影，我的心里像长了草，坐卧不安，亢奋的状态让我草草扒拉几口饭，就拎起小板凳去了放映场，早将和堂姐的约定抛到了九霄云外。对电影的痴迷，加之我火急火燎的性格，我怕去晚了，好位置被人家占了去。其实，村庄本来也不大，打谷场就在隔壁，我要是偷懒不走大路，翻个墙头就到了。

看露天电影必须要等天色完全暗下来才能开始。打谷场上黑压压的人群，与周围的房屋融为一体，恰似一幅静谧、祥和、安康的水墨画卷。来看电影的有很多是附近村庄的村民，本村的乡民大都坐在前排，他们从家里搬来了长板凳、方板凳、圆板凳、小板凳，这个夜晚他们的优越感都写在脸上。有些来晚的，在一片骂声中挤到前排，干脆在一个本来就拥挤的空间里席地而坐，对来自身边的推搡和埋怨置若罔闻。

夏天的夜似乎来得特别晚，满天繁星闪烁，微风混合着植物特有的清香，将孩子的吵闹声、大人谈笑声的缝隙填补得满满当当。于是，在等待的这段时间里，放映场的空地上孩子们来回在人群中穿梭四处疯跑、在人堆里乱窜；大人们家长里短、海阔天空地闲扯，露天电影场地里欢天喜地、其乐融融，充满着欢乐祥和的气氛。露天电影不仅丰富了人们的文化生活，缓解人们工作压力，促进家庭感情，为村民提供交流的机会，而且提高了人们对生活的认同感和归属感。

放映员像个魔术师，放映机像是一个魔术箱。我屏息凝神，眼睛紧盯着幕布，既怕错过放映的第一个镜头，又想回过头去看放映员如何操作，播放出这神奇的画面，在焦灼不安中等待姗姗来迟的幸福。千呼万唤中，放映机终于射出了一束强烈的、耀眼的亮光，将所有人的目光聚集在一起。大部分光照射在银幕上，一部分暂时开了小差，跑到了银幕以外的地方。照射在附近的树上，墙壁上，夜空里。我觉得这光是有灵魂的，照到的树、墙壁和夜空也变得灵动起来。坐在放映机前面的孩子，胆大的或半跪在椅子上，或站立，模仿各种动物的造型；胆小的孩子，伸出手臂胡乱挥舞，过一把当众表演的瘾，满足一下自己小小的好奇心和虚荣心。明亮的光柱将孩子的"手舞足蹈"投到宽大的银幕上，激起一阵"欢呼雀跃"。

电影开始了，打谷场上的嘈杂声渐渐消失，喧闹的场面瞬间安静下来。伴着放映机轻微的沙沙声，电影中清晰的画面、打斗的场景、人物的对白，透过空旷的村野飘向远方。随着剧情的推进，人们逐渐进入了角色，完全沉浸在故事情节中，与主人公的命运融为一体。有时风刮得大，银幕被吹得时凸时凹，片中人物变了形，山川河流走了样，大家照样看得津津有味。

看露天电影也不都是一帆风顺的。那年代电影有些是黑白的，又是单机组的，一盘胶片放完，要停下来换另一盘装上再继续播放。我觉得这中间几分钟的等待有一个世纪那么长。有时候正看到精彩处突然停电了，只能无奈地默默起身，恋恋不舍地提上凳子往回走。到了家里，已经脱衣上炕睡觉。一声来——电——啦！如惊雷炸响，我条件反射般嗖地跳下炕，三步并作两步，父母的话音还没落，我已经蹿出门外老远。

电影散场了，打谷场上的欢乐随即收场。大街小巷都响着踢踢踏踏的脚步声、讨论电影剧情的说话声、虫儿的唧唧声、人们的议论声，回荡在繁星满天的夜空下。

而我每次都要等银幕上出现"完""剧终""再见"的字样，直到银幕上出现嗞嗞的雪花并确信没有漏掉一个字之后才肯起身。常常还要回味一阵子电影的精彩，才在依依不舍中跟着人流回家。狗在院子里也跟着凑热闹，"汪汪汪"地叫成一团。那一刻，我觉得自己被抛弃了，孤独又茫然。人群散尽，消失在夜色里。而我还沉浸在电影中，可电影散场了，周围漆黑一片，我不知道哪里的光亮才是我新的依靠。

随着科技的发展，手机、电视、网络等传媒得到了普及，生活水平的提高，娱乐方式的多样化，这份与星月同辉的光影记忆逐渐消失，淡出历史舞台，很少能再看到它。露天电影是我从小到大的最爱，陪伴着我成长，成为我最好的精神食粮与心灵快乐的源泉。为我少年时代注入了满满的正能量，更为我的生活增添了丰富多彩的文化元素。

直到现在，我还清晰记得，当雄壮的片头音乐响起，光芒四射的五角星，钻石般闪亮，徐徐烘托出"上海电影制片厂"七个大字时，在一个幼小孩子心中展开的是一条条耀眼的金光大道；使乡村闭塞、枯燥、寂寞生活中出现了一个明亮欢快的窗口。原本焦灼、凌乱、徘徊的脚步不再茫然、迟疑而慌张。打谷场上发亮的银幕对于我好像是打开了天堂的一扇门。一开一合间，我一次次走进辽阔的世界。在每个割草的黄昏，在听着虫鸣的夜晚，独自想象，独自回味。没人指点、无须解释、像自学成才那样，构建出了自己的远方。

诺言

曾经青梅，青梅已经枯萎

不见竹马，竹马已经老去

认识他的那年，她正好八岁。她住乡下，他住城里。她比他小两岁，都还是贪玩、做事缺乏条理、容易闹情绪的年纪。

他的假期是远行，是旅游，可以结识一些善良、质朴的新伙伴，见到很多平时根本见不到的风景。他放风筝、逮蚂蚱、捉蝴蝶、下象棋，她每次跟在他身后，几乎寸步不离。他午睡时，她远远地守在旁边，生怕他突然醒来丢下自己。见他迟迟不醒，就轻轻地用根小草棍戳一下，被他呵斥，只是哧哧地笑。他的出现，带来一股清新的气息，那时的假期愉悦、悠长又芬芳。

她见证他从一个小男孩，长成一个活泼、明朗、纯净、聪明伶俐的阳光少年。她记得和他相处时的每一个瞬间，每一个细节都会在多年之后的某一个时刻，跳出记忆。就像多年不见的老友，突然造访，又没打一声招呼，让她震惊、心痛、感伤，又猝不及防，太多的感觉在心里激荡。

她记得他当时穿的衣服图案和颜色，记得他说过的每一句话，甚至连标点符号都不允许自己记错，不曾落下。仿佛记错了标点符号就会改变他说过这句话的本来意义。对她来说，他就是她世界的全部。

她喜欢他，想让他知道，又怕他知道，就仿佛自己是罪犯被揭穿了一样无处躲藏。从不敢正视他的目光，不敢和他的眼神碰触、对视。他的目光灼热、滚烫，每一次都令她脸红心跳。尤其他专注地看，她从不敢看回去。仿佛他直射过来的目光，如芒刺在背。

有其他人在场时，她故意冷落他，无视他的存在。如果他对别人好一点，她就会难过不已。会因为他的疏远和其他小伙伴关系亲密而无缘无故地发脾气。她又是自卑的，他对自己热情关心一点，又觉得他是不是只是安慰、是施舍、是怜悯，便又故作清高，一副拒人千里之外的模样，令人莫名其妙。

他其实是明白她的，还是很在意她的情绪，想尽办法劝慰她。耐心地讲道理，还会讲笑话给她听。讲到动情处，他还信誓旦旦地说，凡是对他好的人，他都不会忘记，如果将来事业有成，一定会报答。

每一次分手的日子，她都抑制不住地会哭。其实哭泣并不是女人的威胁，而是不舍，是希望每时每刻都能和喜欢的人在一起。那份化不开的惆怅和悲哀是因为自己对这所有的一切都无能为力。

他离开的日子，她的世界轰然坍塌。一片混沌、一片空洞、一片漆黑、一片狼藉。他的来信是她心里的一束火把，是这世上唯一的光源。像灯塔，为她这只迷茫的小船指引航向。往来的书信是信物、是希望、是寄托。是一段生命的符记，一段感情的延续，一种心灵的相通，是最具有灵气和流动感的部分。在现实世界里心怀感伤、悲痛和苦涩，在"信"的世界里她才获得了自由想象出来的全然安宁、甜蜜和幸福。

一纸痴昧的情书，贴身数载，直到纤维泛黄、风化、碎成纸片。内容却早已镌刻在心灵深处，永远不会遗失，永远无法抹去。

　　你的来信收到了，谢谢你的真诚和坦白，使我无言以对，难过万分，真对不起你。先不提这些好吗？我心里明白行吧！你问我为什么对你提出的问题不做正面回答，或不接受批评，我想这都是我的缺点，我太自大了，真不应该。我学识很浅，只因有很多不真诚的朋友，常为我吹捧，养成这些怪毛病，所以不愿听别人的批评，我决心改正这些，你满意吗？

　　你要我以后对你所提出的问题一定要无条件地服从，而且是绝对的。我想，我还没绝对服从过任何人，可你以你的真诚和为我所做出的牺牲，我绝对服从，高兴了吧！

小说的事情，我现在很矛盾，我想生活中的事情既繁多又复杂，以我这个年龄，对世界上的一些观点也许都是片面的，随着年龄的增长，会觉得现在写得太天真，所以我觉得写下去压力太大了，这和写诗词不一样。我加强能力，以后再写，你同意吗？

伟大的党　123456　bpmfdt

你好：7ǐ17uō23ǒ12ǐ11ū17ì7ǐ17ēng11uó5è13üán 部内容，7ǐ15ěng 天 14iǎng 的都是 23ǒ11uí14ìn 吗。我不知道，我全然不知道，我谢谢你。23èi 23ǒ21uǒ 做的 22í13iè，我真不值得 7ǐ 这 22àng19uò，不值得让 7ǐ 多 8íu7à3è 多眼 8iè，多尝 7à3è5uō 心酸，我既不懂 5ě9ǎn13íng，22òu 不尊重别人是吗？我应该 18àng7ǐ11ǎo11ǎo19òu22í5ǔn 是吧。

23ě22uè8ái22uè14iǎng7ǐ8ē。

相逢满天下，知音能几人？

26 日早

每次读到结尾，她都有种被他拥在怀里的感觉。她甚至感受到了他身上的气息。那么快速的一瞬，她的心，因为尖锐的甜蜜痛了起来。

那种激荡的甜蜜和细微的怅然交错流过全身，澎湃出一片汪洋大海。这份甜蜜的疼痛是回应，绵绵不绝地灌输到灵魂里去。

再见，已是多年以后。今非昔比，当初靠凑钱买电池的日子已经一去不复返了，今天的舞台轮到他们粉墨登场。当浪漫的玫瑰色泽在高脚杯里轻轻摇动，精神与灵魂同时飞翔的时候，他好像彻底忘却了那段"不堪回首"的日子。

"欠我的该还了吧？这辈子欠的债不要留到下一代。"她戏谑地问。

"欠什么？欠多少？"

"看来跟你这种言而无信的人也没什么好说的了。"

"有欠条吗？"

他讪讪地笑，借以掩饰自己的尴尬。

简媜在《烟波蓝》一文中说："浮世若不扰攘，恩恩怨怨就荡不开了。然而江湖终究是一场华丽泡影，生灭荣枯转眼即为他人遗忘。孵出来的一粒粒小梦，也不见得要运到市集求售，喊得声嘶力竭才算数。中岁以后的领悟：知音就是熠熠星空中那看不见的牧神，知音往往只是自己。"

即便站在财富金字塔的顶端，也未能使他逃离贫穷对其的心理控制。一旦套上了财富的轭，他终生将是它的仆役。躺在宿舍床上辗转难眠的时候，她才终于明白，一切过往都是徒劳——如果青春是一场赌注，她会输得一败涂地。

摊开手掌，阳光菲薄，一如当年的许诺。

作家九夜茴在《匆匆那年》里这样写道："小时候刮奖刮出'谢'字还不扔，非要把'谢谢惠顾'都刮得干干净净才舍得放手，和后来太多的事一模一样。所有男孩子在发誓的时候都是真的觉得自己一定不会违背承诺，而在反悔的时候也都是真的觉得自己不能做到。所以誓言这种东西无法衡量坚贞，也不能判断对错，它只能证明，在说出来的那一刻，彼此曾经真诚过。"

误读唐诗很多年

　　从小热爱阅读，尤喜唐诗。唐朝的诗句，清简明润，如玉如天，字字珠玑，妙笔生花。走进唐诗，就像是走进一个神奇迷人的美丽王国。唐诗题材从亭台楼阁、风花雪月、到江河山川、边疆塞外。既有飞流千尺、长河落日、烽火三月、胡天飞雪的动荡；又有举杯邀月、白云千载、天涯与共、西窗剪烛的风情。无论是沙场壮士征夫一去不还的"古来征战几人回"的悲壮，还是深闺佳人思妇春花秋月"悔教夫婿觅封侯"的相思；唐诗之美，或痛彻心扉，或曾经沧海，或振奋人心，或凄凉沧桑，无不深刻隽永，历久弥新，回味悠长。

　　　　飒飒西风满院栽，蕊寒香冷蝶难来。
　　　　他年我若为青帝，报与桃花一处开。

　　初读黄巢这首《题菊花》时，缘于少年送我的一幅水彩画。上面便有这一句"飒飒西风满院栽"的题字。原本稚嫩生硬的字体，字形正倚交错，笔迹或重或轻，线条粗细变化明显，我却觉得笔势洒脱，奔放雄壮，笔意含情，动心悦目。画中秋风瑟瑟，吹遍整个院子，繁花枯萎，几近凋零。只三两朵菊花，花瓣丝丝缕缕，沐寒挺立，缺蜂少蝶，颇有几分冷落凄清之意。满心是蔷薇色梦幻的少女，从中读出不同的韵味。我分明感觉到西风的寒意和离别的伤感。花蕊都感知到凉意，花香凝固，蝴蝶不会再来，而他终要离开。

　　黄巢是唐末农民起义领袖，心志高远，他借咏菊来抒发自己心中的抱负，对美好世界的热烈憧憬，勇于掌握、改变自身命运的雄伟胆略。作者的浪漫、豪迈、激情在我当时读来是少年的不舍、忧伤和无奈。如果有朝一日他做帝王，可以自己决定去留，一定会和我相拥去看盛开的桃花。

尺幅小画我视若珍宝，不知该如何保管收藏。卷起来密封保存觉得会冷落它，折叠保存觉得会伤到它。斟酌再三，最终小心翼翼地展平将它贴在书房进门的左墙上，随时抬头，都能看到。

相聚的时光总是短暂，离别总是黯然神伤。在没有手机，没有电话的年代，临别互赠礼物和留言是情感唯一的表达方式。四句诗因为我的解读，连离别都越发酸楚。这种蘸着苦涩的甜蜜延续了我整个青春，温暖着季节的寒凉。在心情的起伏里，人生的转折处，这首真心喜欢的唐诗，不动声色地陪着我。像一颗玉石，在岁月的打磨中，越发光洁莹润，令人爱不释手。

人们通常把十六岁称为花季，大概是因为这个年龄像花儿一样灿烂，是个充满幻想、流行困惑、容易被斜风细雨淋湿稚嫩心灵的年纪。诸多"喜欢"总是那么纯真、美好。

以纸为载体的字画，随着时光流逝，岁月变迁，纤维逐渐变质，缓慢风化，最终泛黄、褪色，如一片叶子，飘散在风中，不知去向。

多年之后，偶读此诗依旧心潮澎湃。仿佛旧日的表白，轻声絮语，温热在耳畔。在手机网络覆盖的时代，当我风尘仆仆地进入中年，对这首诗含义的了解彻底又清晰：

这首小诗意思是说飒飒秋风卷地而来，菊花似乎带着寒意瑟瑟飘摇，散发着幽冷细微的芳香。但时值寒秋，因此蝴蝶也就难以飞来采掇菊花的幽芳。有朝一日，我要当了掌管春天的神仙，将安排菊花和桃花同时盛开，共享春天的温暖。

年少痴狂不识菊，沧桑历后才知意。

也许我曾经自以为的真挚、眷恋、深情，用心地描摹，视若珍宝的字画，不过是少年的信手涂鸦。却让我从靠近心灵最近的事情，从庸常、浮华与困顿中醒悟过来，见到自己的真身。

追风筝的人

北方的夏天凉爽、舒适、怡人。暑假的时候不用帮大人农忙，小孩子可以撒开了欢儿的满世界疯跑。整个村庄只有两条街道，东西不过500米长。地处平原，没有河流、湖泊，甚至连条小水沟都没有，清一色的泥土路。除了道路两旁高大、挺拔、俊秀的白杨树林，百余户的村庄，被大片田地包围。大人们根本不用担心小孩子会跑远跑丢。

每天就在方圆几百米的村庄里转悠、玩耍。找个合适的空地和小伙伴丢沙包、跳格子、跳橡皮筋。口渴了，水缸里舀一瓢凉水，咕咚咕咚灌下去；饿了，到菜园子里揪一根黄瓜、摘一个西红柿，用手抹两下填进肚。小学毕业以前我去过最远的地方是三公里以外的小镇，那里是我见过最繁华的地方。赶集的时候，镇上唯一的一条主街上挤挤挨挨都是人。卖衣服、日用品、农具、卖蔬菜、熟食、老面包和油炸麻花，简直应有尽有。儿时的我们没有自主权，在人流里挤来挤去，直到尽头没有了摊位，才意犹未尽地转回身，收起贪婪的目光。

当城里少年出现在村庄的时候，陌生的面孔，迅速成为众人瞩目的焦点。"城市"两个字像是贴在他身上的标签，一言一行变成了风向标，每个孩子都自动向他看齐。他很快学会农村孩子弹溜溜、扇纸片、玩泥巴、爬房顶、上树、掏鸟窝、捉蚂蚱的游戏，而且玩得游刃有余。还别出心裁地自己动手做风筝，和心灵手巧的哥哥一拍即合，成为默契的搭档。

扎风筝骨架的竹篾，北方人家少有。第一次去知青王大爷家里讨来，尺寸计算不足，材料不够，没能做成，又去讨来，糊出来的风筝头重脚轻，架子捆扎不牢固，风筝还没等飞上天就散了架。少年抹去头上的汗珠，汗衫敞开着，飞奔出门，熟门熟路一个人径自理直气壮地前去讨要：

"大爷，剩下的竹篾都给我吧。"然后举着一大捧竹篾，心安理得地回来。

我对他脑海盘桓的念头常常百思不得其解。对于一个满脑子新鲜、奇妙想法的玩伴，却猜不透他的心思，插不上话，帮不上忙，这着实令人苦恼和不安。

少年细心地将竹子用菜刀劈薄削匀，再用棉线将架子扎得结结实实，糊上自己亲手画的蜻蜓，哥哥用木头刻了一个卷轴，绕上长长的线，一个崭新的风筝终于大功告成。

天空蓝得无可挑剔，阳光毫不吝啬地倾洒在每一个屋顶。高大的白杨树在街道旁排开，小狗慵懒地蜷卧在树荫下。见有人来，机警地竖起耳朵。

他举起风筝，黄色的风筝，腹部有黑色条纹。将风筝高举过顶，仿佛一个运动员高举着火炬。他舔舔手指，把它举起，测试风向，然后顺风跑去。哥哥手里的卷轴转动着。直到少年停下来，大约在 20 米开外。像是接收到了信号，哥哥猛拉两次线，少年放开了风筝。不消一分钟，风筝扶摇直上，发出宛如鸟儿拍打翅膀的声音。

我们一群孩童呼啦啦跟在后面雀跃、奔跑、傻笑、顿足、尖叫，拍掌、欢呼。围在前后左右推推搡搡，挤挤拥拥，跟着得到的快乐，一点也不比亲自参与的孩子少。

少年接过哥哥手里的卷轴，敏捷的双手拉紧风筝线，收放自如。"蜻蜓"一会轻盈如春燕，从水面掠过，一会矫健如雄鹰，在空中盘旋。忽上忽下、忽快忽慢，能滑翔、会点水，翅膀稍一抖动，还能来个急转弯。正当大伙目不转睛看得惊心动魄之时，"蜻蜓"陡然乱了方寸，不小心挂在树枝上。慌乱中，用力过猛，风筝脱离羁绊，自顾随着风力，往东北方向飘去。男孩撇开目瞪口呆的人群，跑过那些狭窄的街道，斜穿过高低起伏的垄沟垄台，似一柄利剑，直刺向广袤的黑土地，在我眼中，切割出一条明亮的光带。

乡下的孩子，相对比较封闭，见识要比城里的孩子少，纯真、朴实、天真、无邪。客居的少年，带给我的快乐犹如儿时第一次沐浴，从头淋到脚的感觉。清明、灼热、紧张、惶恐、忐忑又不知所措而后酣畅淋漓。

　　美籍阿富汗作家卡勒德·胡赛尼在《追风筝的人》里说："许多年过去了，人们说陈年旧事可以被埋葬，然而我终于明白这是错的，因为往事会自行爬上来。"回首前尘，我意识到在过去的40年里，自己始终在窥视着那个奔跑的背影，那个在野地里追逐风筝的人。

　　前年，在临县路边摊上买了一个近两米长的七彩风筝。"赵客缦胡缨，吴钩霜雪明。银鞍照白马，飒沓如流星。"我身背风筝，乘公交、挤地铁，像李白《侠客行》中身背利剑的侠客，独闯江湖。

　　风筝买回来，一直闲置在家。夜里我梦见自己在小区后面学校的操场上，人头攒动，风筝线如纵横交错的蜘蛛网，纤细的丝仿佛将天空切成了密密麻麻的小块，压抑、窒息、令人绝望。

　　初春，当友人约我去辰山植物园游玩的时候，我一口答应。四月的江南，已是草长莺飞，杨柳拂堤，到处都萌发出绿茸茸的春意。我们入园时，草地上早有了许多"追风筝"的身影，孩子们跟在大人身后奔跑笑闹，五颜六色的风筝在碧空里轻舞飞扬，让天空平添几分灵动。

　　风速足够大，恰好适合我这种初学的人，能让风筝很容易飘起来。朋友在我身旁，帮忙拿着卷轴，一阵风拉升了我的风筝，我手忙脚乱地开始放线。绷得太紧，食指被线横切出一道口子。我深深吸气，呼气，调整位置，找到滑轮的手刹，迅速放线，跟着拉线疾跑，风筝转了一个圈后，稳稳地飞上天。松开拉着线的手，寒风渐渐将风筝拉高。我听到脑袋里血液奔流的声音。一切都是那么色彩斑斓，那么悦耳动听，一切都是那么鲜活，那么美好。我觉得旁边的孩童都在用充满敬畏的眼神望着我，仿佛自己是个英雄。

　　我在一群尖叫的孩子中奔跑。风拂过我的脸庞，我的唇边挂着胜利的微笑。

公园的小草鲜嫩、翠绿，春意萌动；远处温室的屋脊银光闪亮，白得耀眼，令我目眩神迷。时空穿梭，美好的往事和现实完美重叠，我闻到了小鸡炖蘑菇的香味，还有玉米、大豆、高粱和白杨树的甜香。而我手中放飞的正是童年的那只风筝，我和风筝一起展翅高飞。

送别

大雪

窗外传来嘎吱嘎吱的声音

那是你远去的脚步

火炉把身体烘暖

大雪却落在心坎上

化成冰冷的河

黎明的乡村还在梦里

你动情地说

总有离别的时刻

总还是会重逢

在我的记忆里，每次你走的时候，都是冬天的早晨，那是唯一的一趟列车。因此，每次我的记忆都定格在寒冷的早晨。北方的冬天早上五点钟，窗外还是黑漆漆的，什么都看不见。

《小王子》里说："如果你说你在下午四点来，从三点钟开始，我就开始感觉很快乐，时间越临近，我就越来越感到快乐。到了四点钟的时候，我就会坐立不安，我发现了幸福的价值。但是如果你随便什么时候来，我就不知道在什么时候准备好迎接你的心情了。"

因为知道你在凌晨五点钟走，从前一天晚上我就开始感觉很难过，无法入睡。时间越临近，我就越来越感到难受。我害怕这个时刻的到来。我希望这个时刻能来得慢一点，再慢一点。五点钟还没到，我早早就醒了，或者说我根本就没睡，我发现了痛苦的根源。如果你随便什么时候走，我就不用那么早沉浸在离别的悲痛里了。

不想按下开关，希望停电，天真地以为只要看不到灯光，你就不会起床。只要错过这班车，就可以多在一起待一天。微弱的烛光燃起，闪烁着，同样照亮了黑夜，我的希望也随之破灭了。明知起床没有任何意义，任何帮助，任何作用，还是不声不响地起来，尽管你再三叮嘱我不用起床。我一定要起来，一定要亲眼看着你出门，我才相信事情不会有反转。不敢正视你的眼睛，不敢和你的目光交织、碰撞，甚至不敢走近光亮，怕你发现我表情的异样。不敢发出任何声响，没有任何言语的表白，生怕话一出口疼痛就会被放大无数倍。

你穿好衣服，戴上帽子，系好围巾的最后一个动作，我的心跟着向下沉。推开门，冷风嗖地一下灌进来，我仿佛是个淋湿了的稻草人，瞬间冻僵、凝固了。看你头也不回，大步跨过门槛，像个即将远征的士兵。视线渐渐模糊，只有踩在雪地上嘎吱嘎吱的脚步声一直在耳畔回荡。

忧伤仿佛被禁锢的囚徒重获自由，不再有任何束缚，瞬间炸裂开来。来不及捡拾粘补破碎的心，迫切地希望能再为你做点什么，哪怕一点点微小的帮助，只要你能感受到，我并不需要你的回应。迫不及待地打开录音机，连接上高音喇叭，播放你最喜欢听的那首《走上这高高的兴安岭》，开到最大音量。

高音喇叭在屋檐下默默地矗立，歌声在乡村的早晨寂静地飘荡。如泣如诉，像极了撕心裂肺的呼喊和我并没说出口的离愁别绪。歌声沿着你行进的轨迹，紧紧追随。然后合衣上炕，静静地陪你听。泪水终于抑制不住无声地滑落，不知不觉，湿了枕巾。

小时候，怕离别，除了不舍，更是怕分手以后，就再也不能重逢。没有电话，不能联系和交流，我怕走了之后，你就会从我的世界里消失。如今再听，我一定要听吕文科老师的原唱。换一种声音一切就仿佛变了味道。那缓缓的曲调，高亢的情愫，含着无垠空间，令人浮想联翩的歌声，让曾经尘封的往事清晰再现：

走上这呀高高的兴安岭

我了望南方

山下是茫茫的草原

它是我亲爱的家乡

清啊清的昆都伦河昆都伦河呀

我在那里饮过马

连绵的大青山大青山

我在山下放过牛羊

敬爱的汉族兄弟汉族兄弟呀

和我们并肩建设

在那些野草滩上野草滩上呦

盖起了多少厂房……

我不知道兴安岭是哪里，也不知道你去的方向。在我心里，兴安岭就是你要去的目的地，南方就是你回家的方向。你一定听到，也听懂了吧。那拉长的音符，就是你行进的脚步，是我悠长的思念啊。清清的昆都伦河，连绵的大青山就是我们曾经一起嬉戏、打闹、玩耍过的地方。

后来，我们搬了家，再没回去过。在另外的许多地方，我们数次说着再见，也各自经历过人生中的生死别离。很多次梦里，明明想握住彼此的手，却总是阴差阳错，只能擦肩而过。每一次回忆，我都固执地要回到最初的地方。我怕换了地方，离别就不是最初的滋味，感受就不再纯真。

始终有一扇窗

小时候的老房子，门开在北面，只南面有窗。如果院子里有人进来，在房间里是看不到的。于是父亲便在房子正中开一扇五十厘米上下的小窗，暗红的油漆，对开，呈田字格形。一个成年人想从窗子里钻过去都非常困难。

这扇窗打通了与外界的隔绝，让我们的目光具有穿透力，透过这扇小窗向外辐射、扩展，如同喇叭。却也能让一些不安的、厌烦的、危险和恐惧的因素一同被吸附、收纳进来。

一天夜里，我被窗外奇异的声音惊醒。

"哥，你听到了吗？"我小声问。

"听到了。我来打开灯，如果是小偷来，他发现家里有人就不敢动手，你做好准备。"

"一——二——三！"

我迅速将身体全部缩进被子，蒙住头，闭紧双眼，屏住呼吸。哥哥用力拽一下灯绳，旋即松开。明灭之间，两个未成年的孩子完成了对抗凶险和邪恶的手段，动用全部的能力和智慧，以独自沉迷的方式。

后来，每到夜晚，我都要检查窗子上下的插销，再用力推一下验证是否牢固，生怕一个闪失就会让那些妖魔鬼怪趁机溜进来。没有窗帘，我就用一块印有仕女图的白色台布，挂在小窗上，仔细抻平盖严实，不露出一点点缝隙。如果窗外突然出现一只眼睛，半张面孔是一件异常恐怖的事，而那个临时的窗帘则是一道安全的屏障。

北方的校园，冬天学生要自带扫雪工具。轮到我时，工具已被哥哥姐姐拿完，我只好硬着头皮出去借。邻居家有一条恶狗，还没走进院子就狂吠不已，我像被施了魔咒，定在那里，踟蹰不前。手足无措地伸长脖子在门口张望，来回踱步，喉咙里像是塞了棉花，发不出声。屋里总算有人出来，我跳起来摇手，来人很快明白了我的意图。我千恩万谢，抓起工具飞奔去学校。

我的胆怯似乎是与生俱来的，潜藏在身体的每个角落。每当我决定做一件事，它总是不失时机地伸出小手，拉住我的衣袖。原本就不自信的我开始动摇，它的拉扯像是为我找到一个冠冕堂皇的理由，然后顺水推舟打了退堂鼓。

曾经上班的一家工厂，老板平时只给工人发生活费，年底才一次结清。而我因为每个月还房贷，只好隔三岔五向老板讨要一部分。我提前酝酿情绪，打好腹稿，背好台词，直到自认为理由足够真实，态度足够诚恳，足以打动自己。即便这样，每次，心脏都怦怦作响，跳到舌尖，仿佛我一张嘴就会掉落在地。平复良久，才敢敲老板办公室的门。

从小到大，自卑的影子都在我的身后紧紧跟随。即便被人误以为这是我的封闭、执拗甚至不可理喻，我都没有勇气表白，其实我是不敢说出自己的心里话，怕被人取笑。

多年后和朋友吃饭，大厅里空位很多，我选一张靠墙的桌子。朋友开始不解，旋即用肯定的语气说："你是一个没有安全感的人。"被人说破，我反倒踏实了很多。也才开始重新审视自己的童年和过往。

北方的火炕离窗台高度很近，至多不过三十厘米。有时候下雨，关窗不及时，雨水溅起，会把炕上打湿一片。小时候，我们常常不走正门，甚至鞋子都不脱，就爬上炕，从窗口跳上跳下，去菜园子里摘菜、摘果子吃。有时父母外出不归，晚上我就挨个关窗，确保每个插销都插进孔里。木制的窗子，日久雨淋，多有变形。要把两扇窗先并拢，然后双手同时用力猛拉一下，才能把窗子关上。木头钻的孔，插拔久了，松动、脱落，用手轻轻一推窗户就会打开。如果上下都不牢固，我就找个布条在拉手上缠绕几圈，再打几个死结，确信绑紧，才能入睡。

初到上海的那些年，我常常在梦里惊醒。天空被炸开无数个缺口，狂风卷着暴雨咆哮而来。像无数条鞭子，狠命地往玻璃窗上抽。噼里啪啦的雨点砸在我的脸上、胳膊上、手臂上溅起无数个水花再落下。一次次粉碎、又一次次袭来。突如其来的暴雨令人猝不及防，密集的雨点汇聚成浑浊的雨幕，从天空倒挂下来，波浪似的起伏。雨点在屋脊上翻滚着、缠绕着、拥挤着、叫嚣着，一路挟雷裹电，呼啸着前呼后拥俯冲下来。我摸索着，探出身子，去抓窗户的拉手，狂风满脸淫笑地望着我的狼狈不堪。一如杜甫当年面对被秋风所破的茅屋。"床头屋漏无干处，雨脚如麻未断绝。自经丧乱少睡眠，长夜沾湿何由彻！"每一次疲惫地醒来，我都回想起当年的那个夜晚。

和妹妹去隔壁舅舅家看电视，因一点小事发生争执，拗不过她，我一气之下先跑回家，并顺手将房门闩上，等着她向我求救。妹妹回来，拉门不开，便用力推、拉、拍打、摇晃小窗，还是没能打开。透过那扇小窗，明亮的灯光下，我趴在炕上，手托着下巴，得意的神色一览无余。

窗外，夜色越发浓重、漆黑，妹妹如猫头鹰般的眼睛射向屋内。令人窒息的沉默后，传来一声巨响，那是砖头砸向窗子发出的声音。窗子弹开，玻璃震碎一地。我条件反射般地爬起来下地，拉开门闩。妹妹大步流星地进来，身后是门板与门框强烈的撞击声。走到炕沿边，妹妹的胸口依然起伏不定。

很多个夜晚，无边的黑暗正慢慢涌上来，将我裹挟、包围，身后是无数越来越逼近的幽灵和鬼魅。脚步声近了，更近了，越来越急促、清晰。它们饥渴难耐，面目狰狞，伸出无形的利爪，扑上来，揪住我的头发，掐住我的喉咙，将我撕扯粉碎，贪婪地咀嚼，直至鲜血淋漓。

多年以来，我谨小慎微，像蝙蝠一样，用自己的频率向外发射声波，根据回声判断物体的种类、大小和距离，区别是敌人，是食物，还是障碍物，然后根据能力决定自己的行动是躲避、追捕还是前行。

我建成了蜗牛一样的家。受到侵扰时，缩回壳内，分泌黏液将壳口封住。

尽管文字，一度将记忆中已然模糊、淡化的人物、事件、场景、情绪再度唤醒，但我已不再惶恐、畏惧、凄然。花费半生的时间，我终于关上了那扇窗。不再受外界的侵犯、滋扰，我的世界已安然无恙。

岁月轻狂

水一般的少年

风一般的歌

梦一般的遐想

从前的你和我

手一挥就再见

嘴一翘就笑

脚一动就踏前

从前的少年

啊 漫天的回响

放眼看岁月轻狂

啊 岁月轻狂

起风的日子流洒奔放

细雨飘飘心晴朗

云上去云上看

云上走一趟

青春的黑夜挑灯流浪

青春的爱情不回望

不回想不回答

不回忆不回眸

反正也不回头

　　第一次听到，是春节放假在家，难得看一眼电视，正巧有个频道在播放这首歌曲。

张信哲独特的嗓音，纯净，细腻，柔和，似低吟浅唱，或清澈透明。仿佛从寂静空灵的深处走来，向你叙说一段陈年往事，又仿佛在岁月尽头回味青涩时光。

没有悔恨，也没有哀怨，更没有责备。

一份美好的记忆，一段甜蜜的故事。朦胧中阳光少年的面庞逐渐清晰、明朗。

一定是一个又一个或阳光明媚、鸟语花香的季节，一定是一个又一个雪花飞舞，天寒地冻的世界。

或嬉戏、打闹；或谈论、争吵；或寂静无语，低头沉思。一个小小的话题像讨论国家大事一样庄重、严肃；一个普通的聚会仿佛举办春晚一样热闹、隆重。

一句平常的问候要想象成一百种语气；一句礼貌的祝福会变幻成一千种心情；一份埋在心底的思念可以编织出一万个理由。

在明明热切关注却又故作轻松，明明喜欢至极却又假装毫不在乎。在心痛又爱慕，在不解又不舍，在躲闪又纠缠，在欣赏又厌烦的边缘徘徊。

似梦似幻、亦真亦假，轻易不敢表露心迹。怕轻轻地碰触就会破坏这份宁静，惊扰爱的沉醉。

那种想要触摸又不敢抵达的心境让人迷乱又惶然。

内心世界早就兵荒马乱，表面却装作沉着笃定。

想要摘下这副自制的面具，却没有一点自信和勇气。

明明像磁石一样深深吸引，却非要装作是正负两极，互相排斥。

这就是年少的天真，纯粹的爱恋，不含一点杂质的情感。

岁月带走了四季的轮回，留下沉甸甸的春华秋实。当白发爬上鬓角，皱纹布满眉梢，那条叫作年龄的界限会消失不见，仍旧是从前的模样。

无论是牵手时的慌乱，拥抱时羞红的脸，分别时的泪水涟涟，也无论是以往的恩恩怨怨，还是如今的冰释前嫌，都成过往云烟。

年少时懵懵懂懂，不知道这就是青春，这是情窦初开。从来没觉得青春的美好，甚至一直备受煎熬。试问：在每一次聚散离合里，又怎能没有一点快乐？！

漫步在初冬的旷野，流连于酷夏的江边。每一段路、每一句话、每一个表情、每一张笑脸都长成了树，长成了一片风景。

当岁月之河中千帆过尽，当我们都成了自己的摆渡人。

回首来时路，青春已散场。

曾经的挚爱与深情，曾经的执着与眷恋，都随风逝去。

留一抹霞光，五彩斑斓，留一首歌，悦耳动听。

童年的爆米花

周末休息，出来买花盆，打算把新买的牡丹和玫瑰移植出来。回来的时候，老远就看见马路口有卖爆米花的摊位。像是有什么东西在牵拉、拖曳，让我不由自主地被吸引过去。

小时候，只要爆米花的机器一响，就知道快要过年了。看到这个手摇爆米花机，满满都是儿时吃零食的记忆。

爆米花有些已经出锅装袋，摆放在摊位上。想让摊主帮我重新爆一锅，他说一锅可以出六袋，我只买一袋太少，这个想法只好作罢。其实并不是一定要新鲜出炉的，实在是想要看看完整的制作过程。

小时候，住在农村，到了冬天，冰天雪地。一眼望去，除了光秃秃的树干，白茫茫的雪地，空无一物。寂静的不只树木，房屋，炊烟，还有孩子那颗稚嫩的心，也一并冻住了。没有玩具，没有零食，没有通往外面世界的路。

哪天听到"砰"的一声，那颗被寂寞、被孤独、被枯燥包裹的心，仿佛爆竹被点燃般，噌地一下蹿上了天。

父母无论怎么节俭，怎么苛刻，也不会拒绝孩子这一点可怜的要求。我们如过节般欢天喜地，收到特赦令一样欢呼雀跃。到粮仓里挑拣果粒饱满、圆润、成色好的玉米粒，兴冲冲地把搪瓷缸子灌满，极速飞奔而去，生怕跑慢了摊主会走远。

条件好一点的会自己带一勺白糖，没有条件的就只能用摊主的糖精。我们把搪瓷缸子按先后顺序排好，蹲在地上，双手托住下巴，紧盯着火苗，时不时地扫一眼看有谁不自觉插队。

在我们眼中，崩爆米花的师父，脸被煤灰熏得黝黑，神态庄严地坐在马扎上，像一个将军一样威严，仿佛在指挥千军万马。一个炉子、一个风箱、一台老式火烧手摇爆米花机就是他的全部工具。

总算排到自己了，心跳随着师傅娴熟的动作不由得加速。只见师傅来到了爆米花机前，先将玉米倒进黑洞洞的"炮膛"里，拧紧盖子，架到火炉上，然后开始摇晃机器的把手，左三圈右三圈……好像会一直这样摇下去。感觉自己也被放在火上烧烤般煎熬。其实，爆一锅也就几分钟时间。

看到师傅将爆米花机抬起来，走到一个特制的拖着长长尾巴的麻袋前，只见他用撬棍一撬，大声吆喝着"放炮啦！"每次爆米花要出锅，师傅都会大喊一声，提醒我们注意。

到了要出锅的瞬间，我们既紧张又好奇。双手用力捂住耳朵，身体并不离开，只是用力倾斜着把头往远处伸，闭起眼睛，仿佛这样就能降低紧张和恐惧，心脏也像跟着要跳出来。有些胆子大的，敢斜着眼睛看。

随着"砰"的一声巨响，一团白烟升腾而起，热腾腾香喷喷的爆米花便瞬间装满了口袋。爆米花的香味飘满整个村庄。捧着热乎乎还有些烫手的爆米花，心也像加糖爆过了一样，开出甜蜜的花来。

明明一样的玉米一样的工艺，非要相互交换品尝味道，评判出谁家的更脆更香甜。彼此互不相让，吵吵嚷嚷着一路走回家。捧回家的不只是心心念念的、美味无比的零食，还有一个孩子愿望得到满足后的喜悦和骄傲。

如今，女儿的零食从虾条、薯片到海苔，以及叫不上名字的各种包装各种口味，从最初的欢喜到如今的索然无味。爆米花买回家只吃一点点，就丢掉了，但是每次碰到都控制不住。

每一次回家，只想吃妈妈做的家乡菜，那是亲情的味道；每一次回家，都想去老屋看看，那里有故乡的情怀。

有人说："阔别多年，终于回到故乡。你才发现，其实，你想念的不是这个地方，而是因为这里有你的童年。"

老式爆米花机是一种古老的爆米花机器，那"砰"的一声巨响，老式火炉、葫芦形压力锅、麻袋，是许多人童年的美好回忆。

如今各种新式爆米花机制作爆米花方便快捷，在家用微波炉制作爆米花也只需要几分钟。但总觉得老式爆米花机爆出来的爆米花才最香甜松脆，味道也最纯正，别的任何工具都做不出这种"儿时的味道"。

我们想吃爆米花，也多半是想找寻童年的记忆。

第二辑　人在旅途

四岁，女儿一个人的旅行

1998 年我们举家南迁，乘坐 36 个小时的绿皮火车，从东北来到上海。一天两夜的路途颠簸，舟车劳顿，四岁的女儿不哭不闹，和奶奶挤在一张卧铺上。出站的时候，售票员开玩笑地说："小朋友要买票的。"女儿吓得立马蜷缩在我怀里。

人生地不熟，一时找不到合适的工作，我就到五公里远的一家服装厂，每天骑自行车去上班。爱人和哥嫂合开一家小网吧，24 小时营业，轮流值班。

网吧离得不远，就在小区门口临街的房子里。如果节省时间，甚至不需要过马路，从小区人家杂货店里后门穿过向右拐两个门面就是。女儿没什么像样的玩具，也没参加任何兴趣班，更没有一件乐器。除去上幼儿园、待在家里看电视和小朋友在院子里玩耍外，其他时间就待在网吧里。如今回想起来，网吧大概是当年女儿唯一的游乐场。

婆婆每次上街买菜也要带上女儿，把她一个人留在家里不放心。女儿会主动要求帮忙提菜，减轻一点奶奶的负担。还用教导的语气："奶奶，我提轻一点的，你提重的。还有你别用手指拎东西，勒手。你用手掌的部分。"

天气炎热，婆婆提议买支冰激凌。女儿用探讨的口吻："奶奶，你还有钱买菜吗？"说得婆婆鼻子酸酸的，再怎么艰苦，也要给孩子买一支。女儿一副小大人的模样："奶奶，你实在要买，就买支五毛钱的吧！"

服装厂很忙，加班是常有的事。常常我下班回来女儿已经睡着，我走的时候她还没有醒。我平时也很少有时间去网吧，不知道里面时常烟雾缭绕，二三十平方米的房间里尼古丁浓度高得呛人。女儿时不时地溜去网吧，站在后面偷看大人打游戏。在我还不知道"大富翁"的时候，女儿已经会玩"仙剑奇侠"了。

我很少有时间陪女儿，给她讲故事，和她做游戏。从来没顾及她的想法，考虑过她的感受，对她的培养和教育更是严重缺失。女儿的童年是在婆婆的讲述中长大的，我几乎一无所知。

一个炎热的午后，我正在厂里上班，婆婆也来厂里做零工，想赚点钱补贴家用。门卫大叔把我女儿领到车间。我惊诧地问："你和谁来的？"

女儿一脸骄傲："我自己来的。"

"你怎么找得到？"

"我数了，过了六座桥就到了。"

"路上没碰到人吗？"

"我遇到了一位老爷爷。老爷爷问我去哪里，我说去找妈妈，老爷爷就走了。"

"为什么要到这里来？怎么不和家里人说一声。你渴不渴，饿不饿？"

"没人陪我玩，小朋友都回家了，爸爸在睡觉，奶奶也不在家，我想找妈妈。"女儿被我的声音吓到了，怯怯地回答。

眼泪像断线的珠子，止不住滑落，我紧紧把女儿搂在怀里。哭泣的时候不全是悲伤，有时候是委屈，有时候是心疼，有时候是自责。

在我们仔细盘问下，才知道事情的原委。哥嫂在网吧以为女儿在家里；爱人夜班在睡觉，以为女儿在网吧；其实女儿在小区院里玩，中午小朋友都回家吃饭睡午觉去了。放暑假，女儿一个人实在无聊。

从家到工厂要将近十里路，女儿只是在傍晚的时候乘车来过一次。别说当时天已经擦黑，看不清外面的路。对于路痴的我来说，就算大白天也要走上两个来回才记得住。我骑车都要 20 分钟，以女儿的速度，岂不是要走上两个钟头。由于很多时候女儿的监管是处于真空状态，所以家里人直到几个小时以后才发现女儿不见了。

公园里去找过，幼儿园也去了，小区里、家里、网吧里找遍了，嗓子都喊哑了，不见孩子的踪影。实在万不得已才抱着最后一线希望打电话给我，怕我担心还试探地问。我故意不告诉老公孩子在，让他们多担心、焦急一会，谁让他不看好孩子。婆婆坚决不同意，我心疼女儿，婆婆也心疼儿子。爱人还在电话里怒吼，等女儿回去揍她一顿。

事后，我和婆婆常常聊起此事，有种劫后余生的庆幸。刚开始女儿并没在意，说的次数多了，女儿会惊恐地制止："你们别说了，我害怕。"

不敢想象这几公里路女儿是怎样走过来的，那是种万箭穿心的感觉，是永远无法弥补的愧疚，是母亲心底里无法平复的伤痛。

仿佛女儿一个人，还孤单地站在岁月里，弱小的身影一直在烈日下踽踽独行。她走得实在太慢了，直到今天，还没走到我的身边，好让我能把她紧紧搂在怀中。

三十六朵玫瑰

女儿读大二的时候过生日，我思来想去，决定送她一束花。

提前在网上选购，选择她所在城市的网店，同城快递，可以送货上门。我当时还不会网上购物，委托同事帮我下单。

挑选了很久，太便宜的觉得寒酸，没有气势，太贵了又有点舍不得。最终还是决定买玫瑰，因为代表爱情。

母爱亲情是无价的，但是鲜花有价格，快递也有。鲜花 119 元，因为赶上圣诞，快递涨价也要 20 元。

同事都说我这个老妈够新潮，够时尚，够浪漫，因为我送礼物给女儿是匿名的。我还要求店家写一张卡片，内容是：永远最爱你的人。

然后像渔翁垂下鱼竿，坐等鱼儿上钩。我想象着女儿收到礼物的心情。激动、兴奋、开心还是遐想。

女儿打电话给我和老公，试探地问：老妈，你最近有没有寄什么东西给我呀？我忍了好久，还是得意地大笑起来。

"哼，我一猜就是你！"女儿嗔怒着说。

女儿说同学们都起哄，非要她交代是谁送的。她实事求是地回答，别人都不肯相信。也从侧面说明她还没有男朋友。

事后我问她：

"花漂不漂亮？"

"漂亮！"

"喜欢吗？"

"喜欢！"

"那你有没有生气？"

"我为什么要生气？"

"她们都羡慕还来不及，都说我妈怎么不这样呢。"

其实，我的想法很简单。无论女孩还是女人，都喜欢花，尤其节日，无论谁送的。女孩子比较单纯，容易受感动。我是怕她如果哪一天，有个男孩子送花，她因为冲动而做出错误的决定。

我的这束花，像是一份测验，考验她的成熟和理智的程度。让她下次真正考试的时候，能冷静地分析、判断，给出一个正确的答案。

一束花的钱，够我吃一个月的早餐。平日里为吃包子油条还是稀饭豆浆纠结价格，在给女儿买花的时候一点都不吝啬。

如果母爱是一门学科，估计每个母亲都能考到一百分。

因为每个母亲都能找到自己关心爱护孩子的方法。

也许母亲贫穷、卑微，甚至笨拙，但母爱从不打折，如果可以，尽量不要让她伤心。

也许母亲唠叨，严厉，甚至关心爱护你的方式让你无法接受，也请原谅她，她一定尽了自己最大的努力，给了你她认为最好的呵护。

我一直觉得在一个家庭里，尤其照顾孩子方面，母亲付出的要比父亲多。大多数母亲，为了孩子不受委屈，宁愿放弃自己一生的幸福。

龙应台在《目送》里有句话是这样说的："母亲，原来是个最高档的全职、全方位 CEO，只是没人给薪水而已。"

婆婆的小院

周末休息，适逢马上端午，提议去看看婆婆，老廖欣然应允。婆婆居住在离我们20公里远的小镇上。走进小区不远，就能看见青石板铺就的小径直通向婆婆的小院。

还未走到门口，一大一小两只黄狗先后蹿出来，冲着我们狂吠。好像在责怪我们许久都不来。不是婆婆出来开门，怕是要将我们拒之门外。

初夏午后，阳光和煦，闲适，且宁静。蜀葵流红，薄荷绿润，拱门上的常青藤蓬蓬簇簇，房前屋后到处都是绿茸茸的，一派生机。酢浆草羞答答的，花朵甚是娇媚。花草的清香，悠悠然充满整个小院。

房子在一楼，院子宽敞，视野开阔。门前不远就是一片茂密的树林。静静望去，满庭碧树，沐浴在阳光之下，浮绿泛金，欣欣向荣。仿佛将满天的日光全部集中到院子里来了。

田地里温热，杂草泛着青色。机灵的小黄狗懒洋洋地趴在树荫里，十分惬意。枝枝叶叶，水灵灵地映着碧空，将斑驳的影子印在地面上。

我蹑手蹑脚地走出去，举起相机，轻声对身旁的老廖说："它没发现我。"

"眼睛还骨碌骨碌地乱转呢，是没想理你。从外面进来叫，从门里出去它就不咬了。"老廖解释说。没想到只一进一出它就把我当自己人了。

林子里云雀频频欢叫，黄莺鸣啭，两只白头翁不请自来。先是站在栏杆上东张西望，似觉无趣，索性大摇大摆地走进阳光房。俯啄仰饮，嘻嘻相欢，怡然共栖。

年满80岁的婆婆近来睡眠不佳，胃口不好，已经很久不能一个人出门，从眼神中看得出失眠后的疲倦。见我们来，依然欣喜地烧茶、洗水果、拿零食，忙进忙出。

我们要走，婆婆非要塞钱给我，感谢我们带了礼物和探望。以往婆婆都是打开冰箱，尽可能地装满一袋食品让我们带回去。无论多重，即便吃不完扔掉，我们也不会拂了老人的一片心意。

出门了，老廖仍不放心，停下来教婆婆怎样使用微信。打字、语音、视频、拍照、查看、存储、发送。婆婆一一点头，眼睛寸步不离地盯着儿子。

空中白云团团，轻柔如棉。暖风拂拂，迎面吹来。蝴蝶忙忙碌碌，妄图追回百花盛开的春天。一两只山雀，扑棱棱振翅钻进树林。树木一派新绿，翠影映碧。

大自然宛若慈母。人与自然融为一体，投身在自然的怀抱里，慨叹生命短暂，岁月无常。

先前堆积在头顶的云，不知何时消融了，散开了，流走了。

婆婆步履缓慢地跟在我们身后，不肯离去，频频挥手。

龙应台在《目送》里说："我慢慢地、慢慢地了解到，所谓父女母子一场，只不过意味着，你和他的缘分就是今生今世不断地在目送他的背影渐行渐远。你站立在小路的这一端，看着他逐渐消失在小路转弯的地方，而且，他用背影默默告诉你：不必追。"

路再长，也只能陪伴这一程；路再远，也会有终点；我们也是一边消失，一边流散。

2018 年的第一场雪

早上起来，阳光明媚，在心里暗自怀疑天气预报的准确性。这么好的天会下雪吗？

朋友圈里有人留言："2018 年的第一场雪，整个苏州人都在盼。就像初恋的少女等男朋友的心情，怕你不来，又怕你乱来。"想来很多人都在关注，并且真的翘首企盼。

中午，天气陡变。太阳躲到云彩后面，再也不肯露面，像是被谁惹了不高兴。渐渐刮起了西北风，瞬间寒意袭人。到了傍晚天空果真飘起了雪花。让人不由得感叹："真的下雪了！"

下班的路上，和同事青青边走边聊："会不会明天早晨起来像以前课文里写的那样，银装素裹，一片白茫茫的世界。"

"不会的！气温这么高，雪落下就会化，存不住的。"

"这稀稀拉拉的也叫雪呀！"我忍不住奚落道。

人有时候还真不能想当然。早上起来居然真的见到了积雪。虽很稀薄，没有全部覆盖。树枝上、花草上、汽车的车身上也都落满了积雪。想必雪下了一整夜，这也验证了一句成语"积少成多"。

2018 年 1 月 25 日，朋友圈成了赏雪的好去处。有激动得提笔留言的，有准备好铲雪工具的，有拍照留念的，有表白的，有视频录音的。最兴奋的是小孩子，非要缠着大人出去堆雪人。或许这就叫物以稀为贵吧。

也许是雪的洁白，不会弄脏衣服，虽然冰冷，但大人多半会宽容，允许小孩子玩雪。也许是雪的纯净，拥有人人都喜欢的单纯，在雪地里可以完全放松自己，挥发天性，所以无论大人孩子都喜欢在雪地里玩耍。更可能是雪地里的一望无垠，雪的随性恣意洒脱，无拘无束，让我们抛开了一切烦恼，在那一刻都返老还童。每个人都希望拥有这样一个世界，一个天真无邪、虚幻的童话般的世界。

从小生长在北方，见过了太多的"风花雪月"，对于南方的雪丝毫没有兴致。并不认可，甚至打心里没把它当成是雪，它和记忆中故乡铺天盖地的鹅毛大雪差了十万八千里。

虽然并不欣赏这在南方人眼中的"漫天飘雪"，但它为出行带来的不便我倒是深切感受到了。中午出去吃饭的时候雪下得不是很大，撑把伞出门只是下半身有点淋湿，到办公室吹吹空调也就干了。

晚上下班的时候，雪还没有停的意思，下得不慌不忙、慢条斯理，韧劲十足。像极了一个做事耐心、谨小慎微的人。不肯放弃又怕惊扰到谁。

七点钟走出办公室的时候，天早就黑了。不习惯撑伞，索性一头冲进雪夜里。雪花打在身上，衣服很快就淋湿了。下台阶的时候，脚下一滑，差点摔跤，看来这南方的雪也不容小觑。

2018年的第一场雪，比2008年的小了很多。

走在路上，以为是正常的路面，雪落后融化得并不彻底，走上去滑溜溜的，很危险，我不得不放慢脚步。甚至挑积雪覆盖较厚的地方走。缓缓踩下去后一个深深的脚印，瞬间融化的雪地软塌塌、湿漉漉的，湿了鞋子。

最讨厌这种黏黏糊糊，半死不活，拖泥带水的节奏，一点也不爽气，像个慢性子的人做事，不知道啥时候才有个头绪，等得人心急。

又不能疾走，怕摔跤。对于我这个平时健步如飞的人来说简直就是种折磨。

总算到家了，松了口气，如释重负。想想雪地里的泥水，湿了衣服，脏了鞋子，室内冰冷，空气里飘浮着潮湿的味道，郁闷便又涌上心头。

百年孤独

曾在"十点读书"上读到过一篇文章，题目是"闺女，别嫁得太远了"，我当时颇不以为然。我甚至还想过写一篇"闺女，你嫁多远妈都不拦"。这种想法一度像火苗熊熊燃起，没过多久，一场现实版的老年孤独就提前上演了。

最近没觉得身体有什么不适，工作生活一切正常。只不过工作略忙，周六周日也来上班了。食堂没有午饭，便和同事一起到常去的那家饺子馆。10块钱20个，各种馅可以混搭。

回到办公室感觉胃很不舒服，想要呕吐，这种感觉似曾相识，在八年前有过一次。

随着年龄的增长，身体里会有些症状出现。一旦出现过，基本上就不会再消失了，发作的频率会越来越频繁或是持续。

毫无悬念地把中午吃的饺子吐了出来，反复几次，直到全部吐干净为止。

此时人已呈半虚脱的状态，拖着疲惫的身体，一步一步挪回到宿舍。我一直在怀疑，如果路程再远个几十米，我是否还能坚持。

头晕晕的，浑身乏力。我爬上床铺，便倒了下去。躺到床上的那一刻，有种如释重负的感觉。不对，更像是身体本来悬在半空中，终于着陆的感觉。

怕是食物中毒，昏睡前我发个信息给爱人，让他过两个小时以后打电话来问候一下，因为爱人比女儿离我相对要近一点。周围没有其他人，我怕自己一觉睡下去，再也醒不过来了。盘点了一下，看看是否有人在危急的时候可以送我去医院。

宿舍的窗户本来就不大，被老树繁茂的枝叶遮挡，通过缝隙，只透进来一点点光亮。天气阴沉，房间里光线昏暗。人在受到打击、挫折、生病的时候就会胡思乱想，情绪低落。

一生中，总有那么几次孤独、无助、受伤，甚至绝望的时候。没有人倾诉，没有人了解和心疼，都有一段蜕变的心酸。

记得公公去世的时候，最后一个仪式是瞻仰遗容，我当时放声痛哭。爱人劝慰也无济于事，我没办法控制，自己也不知道为什么会这样。其实不是伤心到何种地步，现在想来，更多是因为成年人心里的苦痛和委屈，终于有了一个正当的场合、合理的理由可以宣泄。哭过一次，心里会平静许多，在很长一段时间内都不会被负面的情绪和因素影响困扰，恢复了以往的乐观、坚强。很多时候，却只能把哭调成静音的模式。

人生就是减法，生活的大部分已接近存量，只会递减。不管我们愿不愿意，我们都要逐渐适应自己的衰老，接受一些人的离开。

马尔克斯在《百年孤独》里说过："生命从来不曾离开过孤独而独立存在，无论是我们出生、我们成长、我们相爱还是我们成功失败，直到最后的最后，孤独犹如影子一样存在于生命一隅。"

孤独是一种必然的现象，是一种心境。

我们要学会在孤独中既保持心灵平静，又不至于闭塞堕落，进而呈现出一种最佳的人生状态！

搬家

住了四年的宿舍，虽然条件简陋，今天搬离，心里竟然有些不舍。

尽管提前已经做好准备工作，晚上还是整理到 12 点才全部结束。我一个人大大小小加起来竟有 30 个箱子之多。

在网上预约了货拉拉，13.6 立方米的卡车运费只要 90 块钱，真的很便宜，而且方便快捷。

为了节省时间，我和室友以及隔壁房间的小姑娘等四个人一起，合力把行李先从楼上搬到门口，司机到了之后可以迅速装车。到了目的地之后再以最快的速度卸货。这样不会增加额外的费用。

从衣服、行李到日用品，包括桌椅板凳全部带走，一件不留。回头退房的时候又检查了一遍，最后把墙上的地图也揭下来，这才放心地离去。

我们如蚂蚁搬家，把行李物品一件件搬到楼上新的住处，再一箱箱拆开分门别类摆放到相应的位置。

整个节奏紧凑到没半点松懈和停滞。本以为很简单轻松的事情，一直到下午三点才腾出时间吃午饭，才理出个头绪。

每个人都累得像一摊泥，不想说话不想动弹，浑身上下酸痛。屁股挨到凳子的瞬间，觉得世界上最幸福的事就是可以坐下歇一会。

如今生活节奏的加快，竞争压力的巨大，男女平等，女性撑起半边天的同时，很多女人几乎练成雌雄同体。

既上得厅堂，又下得厨房。一面要做贤妻良母，相夫教子；又要小鸟依人，善解人意。一面要事业有成，独当一面；还要身强体壮，肩挑手提。有苦自己吞，有难自己扛。没时间委屈抱怨，没机会任性，撒娇，耍小性子。被时间被生活被命运裹挟着往前疾走。

虽然新的住处比原来好很多，但我还是很伤感。整个人仿佛还是浮游着的，没办法让自己安顿下来。

总觉得在异乡漂泊的人，每搬离一个地方，换一个住处，就像是把生活从一个地方，搬到另一个地方，把记忆从原来的地方搬到别处。无论怎样小心谨慎，怎样妥善保管，即便把所有的物品都打包带走，这中间一定会有些东西被打破、被丢失，甚至被遗忘。

夏天的烦恼

美好的夏日该是温柔、宁静的，从入夏的青梅酿酒到仲夏的冰镇西瓜。清晨去公园散步，午后窝在沙发上看书，夜晚听声声蛙鸣。如诗如画的生活，总是会被烦人的蚊子所破坏。

室友不在，我一个人住。晚上总有一两只蚊子围着你，嗡嗡嗡嗡地飞来飞去，让你根本无法安心做事，也无法忽视它的存在。小姑娘在，蚊子是从来不咬我的，点蚊香这种事也用不着我操心。

刚开始没想搭理它，挥挥手把它赶走了事。谁知它变本加厉，不止在你眼前晃悠，还凑上来想要亲近。怒火中烧，我找准目标，一巴掌拍过去，准备让它销声匿迹。只听啪的一声脆响，顿觉眼冒金星，蚊子已经得意地飞走了，徒留我在这里横眉怒目，七窍生烟。没过一会又来挑逗你，在你面前耀武扬威。任你恨得咬牙切齿，却又无可奈何。

就连大文豪欧阳修，也曾在《憎蚊》中写道："虽微无奈众，惟小难防毒。"可见，蚊子是从古至今人类共同的"敌人"。

室友回来，我跟她抱怨："你看这只蚊子，都飞不动了，肚子里吸的都是我的血，不是找死吗？"

"那一定是母蚊子，公蚊子是不叮人的。"

我诧异："咬人的蚊子真的分公母？"百度一查，汗颜。

我是北方人，从小没用过蚊帐，对蚊帐有一种天然的排斥。总觉得睡在蚊帐里是一种束缚，影响心情，也影响睡眠。但是考虑室友对蚊香的反感，我只好勉为其难。

早上起来查看，蚊帐里养的几只不说，靠近蚊帐的一侧，全部是蚊子留下的杰作。从胳膊到大腿，一个个"红包"整齐地排列，我挨个数了一下，有五六十个之多。都说入乡随俗，自此我对蚊帐的信任度降为负数，拒绝再用。

时间倒退到 2001 年，我刚来上海不久。当时住宿晚上大家统一都用蚊帐，每晚临睡前的必修课就是捉蚊子。有时难免因为蚊子的狡猾，有几只漏网之鱼。夜里，一只蚊子在耳边盘旋的噪声，不亚于一架战斗机。本想把它喂饱，大家相安无事，想想还是心有不甘。迷迷糊糊习惯性地一巴掌拍下去，蚊子神奇地消失了，接着我听见耳朵里传来了轰鸣声。

我惊叫着弹坐起来，招呼小伙伴："蚊子被我扇到耳朵里去了。我们要不要去医院？！蚊子会不会把我的耳膜咬穿？！"

小伙伴淡定地说："不会的，蚊子比你还紧张呢。被关在监狱里的人，哪还有心情唱歌？睡吧，睡吧。"

我将信将疑，也觉得自己有点大惊小怪。想想大半夜去医院的烦恼和恐惧，抱着视死如归的心态，我默默地躺回床上。

许是侧身躺下之后，七窍不通了；也许是蚊子觉得空间太过狭小，无法施展自己的绝技，没过多久，自己寻到出口逃了出来。

虚惊一场过后，从前，夏天是晚风习习，繁星点点，自从和蚊子有过身心交流之后，则是"从此无心爱良夜，一心只听蚊子声"了。

第七天

决定走路上班，源于体重的增加。实在想不出切实可行的办法，决定每天走路去上班。

第一天，忐忑。

不熟悉路线，打开导航，竟然只有 5.4 公里。完全在我能接受的范围之内，远没形象中的那么遥远。

在去往单位路上 2.6 公里的直线距离内，这条宽敞的马路上竟然没有人行道。绿化带被行人踩出一条清晰的小路。

小路很短，没多久就消失不见。

鲁迅先生曾说："其实地上本没有路，走的人多了，也便成了路。"遂心中遐想，是不是我也能走出一条属于自己的路。

清晨，路上没有一个行人，偶尔有辆骑着单车的经过。背着双肩包，踽踽独行，像个第一天上学的少年。

第二天，发现。

路旁有一种叫不出名字的枝头，开满密密麻麻的小花。一朵挨着一朵，一朵挤着一朵，花团锦簇，却没有一片叶子。想起当年上小学，每次开运动会的时候，老师要求我们手执的纸质花束。当时解说词是这样的："看！现在迎面向我们走来的，是四年二班代表队。他们矫健的身姿，迈着整齐的步伐，从主席台前经过。"然后我们一边挥舞，一边齐声高喊口号："刻苦学习！振兴中华！"这一刻，我突然理解了，原来真的有些树，在开花的时候，是没有叶子的。

第三天，温暖。

在经过一条大约 10 米宽的小路口，虽然是黄灯状态，还是习惯性地停下来，等机动车经过。

离我三米远的距离，一辆白色轿车缓缓停下，驾驶员摆手示意，让我先过去。那一瞬间，心突然被触碰了一下，驱除了一路的疲惫，也瞬间记住了，那条路的名字——安博路。

其实，人的要求，有时候真的很简单。这份温暖一直延续到现在，让我一想起来就嘴角上扬。也突然明白，为什么那么多人喜欢杭州。

第四天，收获。

知道了距离，知道了线路，行走的时间，便没有了神秘感和期待，只管不停地挪动双脚，就能到达你想要的终点。

走过一段旅程之后，你才发现，其实并没有自己想象的那么远，那么累，不能完成，无法到达。很多时候，没有开始，是因为恐惧，没有成功，是因为没有坚持。

第五天，惊喜。

早晨，不需要闹表，生物钟按时就醒了。清明假期三天，路旁开满桃花，被风吹雨淋洒落一地。淡粉色的花瓣，铺满绿色的草坪，有种镜头里那种梦幻般的感觉。

树影斑驳，我的身影被拉长，映在草坪上。花瓣一定是有温度的。不然，我分明感到了灼热，这是否就是心动？

第六天，感悟。

在一片新建的楼盘周围，一群衣着简朴的大叔、大妈，挥舞着手中的工具，显然是在松土、耕种绿植。工作简单、机械，始终重复相同的步骤。

那一刻，你会发现，他们更是春天的播种者。带来希望，带来生机，本来光秃秃的土地，没几日已繁花似锦。

人，只要不堕落、不放弃，总有自己的出路和价值的体现，总能在人生的坐标上，找到自己的位置。

第七天，享受。

一只褐色的蝴蝶，停在脚边，迟疑了一下，要不要把它拾起来，我经过时它一动不动。还在犹豫不决，蝴蝶已经翩然飞走了。

在仅有的一段，几十米长的水泥路面上。一条漂亮的毛毛虫，悠闲地朝前爬。想把它摄入镜头，很遗憾，手机像素局限，放大了以后，看不清它的轮廓。

有同事问我："姐姐，你一路上都看到了什么？"

我很骄傲地回答："我看到一只蝴蝶，还有一条毛毛虫。"

最初的健身运动，逐渐变成了享受。

熟悉了线路，不再困惑，不再担忧。有了闲暇的心情四处观望、浏览。有一种树，拼命地向着太阳的方向生长。对于我这种天生路痴的人来说，看到它，我就知道了方向。

那种强烈的意愿，那种倾斜的姿态，深深地触动着我。人又何尝不是这样，找准自己努力的方向，即便有困难、挫折，还是要顽强地生长！

安徒生说："旅行对我来说，是恢复青春活力的源泉。"而我说，还有源于对生活的热爱和一个良好的心态。才能发现更多的乐趣。

发到公众号，有网友留言："本想搜索每天走路半小时的好处，却搜到了《每天走路一个半小时上班，你猜我坚持了多久》，喜欢您的文章。"而这是生活给我的额外馈赠。

枫泾古镇一日游

受朋友圈里照片的诱惑，周末约好友一起去枫泾古镇游玩。

枫泾镇成市于宋，元朝至元十二年（1275年）正式建镇，是个已有着1500多年历史的文明古镇。元末明初时与浙江的南浔、王江泾、江苏的盛泽合称为江南四大名镇。

天公作美，阳光明媚，仿佛给我们这些久不出户的游人一点鼓励。

离目的地还有两站公交的路程。大家提议，索性徒步过去，顺便欣赏沿途的风景，也沐浴一下久违的阳光。

老远看到小桥流水，朋友惊呼："到了！到了！"仿佛多日不见的老友久别重逢。

既然远道而来，不妨郑重一点，专注一点。于是，我们买了门票，从正门进入。

枫泾古镇是典型的江南水乡集镇。区内河道纵横，水网遍布，桥梁共有52座之多。素有"三步两座桥，一望十条港"之称。

我向来路痴，遂由着友人带路，按照指示牌的方向一路观赏，生怕错过一个景点。

游览的地方多了，感觉各地古镇的风景其实都有相似之处。

枫泾古镇区建筑多为明、清风格，具有传统江南粉墙黛瓦的特色。踏着石板路，走在狭窄悠长的小巷里。路已十分古旧，暗暗的墨青色，时光流逝，在上面刻下深深浅浅的痕迹。慢慢地，慢慢地，向远方延伸。风依旧安静地吹着，整条路上是那样的寂静。墙壁因为年代久远，已经逐渐失去了本来面貌，黝黑中透着一股苍凉。

商业古街窄窄的街道两边都是两层楼房，身处其中，抬头望去，只能看见窄窄的一线天，一扇扇木格窗露出的原木不见本色，被岁月浸染已泛黄。

沿河古街绿树成荫，水巷清雅秀美，并无明显的季节区分，更让人有种不知今夕是何年的错觉。

楼房临街的一侧清一色都呈平面结构，看不出每一栋建筑的特色和规模。

小轩窗开处，有谁曾凭栏遥望；朱门深锁内，又锁住了谁的心事。

从河对面望过去，林木，荫翳庐舍鳞次。很多房子都支出河面，或重檐叠瓦，或骑楼高耸，或勾栏亭阁，或底层的近水楼台，层层石级通向河埠，间或有大大小小的游船缓缓摇荡，穿行其中，人景辉映，组成一道多姿的水乡民居风光，让人生出无限遐想。

两岸青砖黛瓦的房舍，被岸边缀满的绿意环绕，倒映在水中，简直就是一幅赏心悦目的山水画。

无论岸边，石板路上，河埠里，屋檐下，还是石缝中，都有植物的踪迹。或匍匐，或缠绕，或悬挂，或挺直，或扭曲，坚定不移地生长着。给人一种奋发向上、绝不放弃的信念。那生长姿势让人敬佩又心疼。

一大片青藤盘根交错，缀满整面墙壁。已经枯萎的根部依然用力地向下扎，顽强地附着在墙壁上，仿佛这就是它一生的使命。

两扇沉重的木门紧闭，经历了千百年的风吹雨打，像一个久经风霜的老人，满面沧桑。

到了古镇，丁聪漫画陈列馆是不能不去的。陈列馆坐落在古镇北大街 421 号，总面积 360 平方米，展出丁聪生平和百余幅漫画作品。

进门处有一棵树龄已达四百年的银杏树，树干粗壮高大挺拔，枝繁叶茂。一眼望去，一树金黄，令人赏心悦目。

出了枫泾历史文化陈列馆，沿着三百多米长的枫溪长廊漫步，一路映入眼帘的是以古旧民居和古桥、古街为特色的南镇景区。各类小吃名点汇集枫溪长廊小吃一条街。

没有带任何特产，也没有在那里用餐。也许，我们去过了太多的旅游景点，也品尝过各地美食，对于有些描绘已经免疫，有些事物已经产生抗体；人们可以证明经历过事物的美好，和见识过风景的美妙方式已多元化。

我们在心中慨叹景致的迷人，欣赏大自然奇妙的风光，用手机记录下来，向他人展示我们的幸福和喜悦。希望别人能一同见证我们的收获。

枫泾古镇——我来过，我走了，我在心里对自己说。来来往往的人太多，古镇并不知道我是谁。

告别

很多告别，是从飘着诱人香味的晚餐开始的。有时候一桌人，大家都熟悉，有些还很陌生。有些人准时到达，有些人姗姗来迟。

虽是告别，在大家脸上几乎看不到任何伤心、难过的痕迹。一起有说有笑，仿佛是一次欢乐的聚会。

也许，心中的很多不舍没办法说出口。也许，很多决定是迫不得已，却也无可奈何。我们表面上若无其事，从容淡定，内心其实波涛汹涌。

成熟的标志就是做正确的决定，但是很多决定其实并非自己的真实意愿。

我们要逐渐接受这样一个现实："天底下没有不散的宴席。"这话其实适用于很多场合，很多情境。

再好的朋友抑或亲人，我们终有一天要分开。无论主动还是被动，无论是情愿还是被迫，也无论情深意笃还是平淡如水。

三毛曾说："天地万物，都有它的来和去。"所以，有些时候，有些事不必刻意去强求，更不用拖住不放，去勉强和委屈自己。如果一件事情结束了，你要相信它是最好的安排。

其实，人生就是从一次次告别开始的。一件事情结束的同时，意味着另一件新事物的开启。你要相信自己的决定，跟随自己的意愿，一定有更美好的前程和幸福在等着你。是谁说的："上帝为你关上一扇门的同时，一定会为你打开一扇窗。"这不是安慰，也不是宿命论。很多时候你以为的山重水复，往往都能柳暗花明，绝处逢生。

就是在一次次的告别中，我们渐渐长大。尽管不舍，尽管忧伤，尽管无奈，我们还是要勇敢前行。

很多话，其实不必说，沉默是最好的语言，最好的解释。懂你的人，你不说她就懂了；不懂你的人，说了也是枉然。

有些人，我们相聚又分手；有些事，我们要独立去面对；有些路，只能自己走。穿过漫长的暗夜，我们才能抵达幸福，珍惜光明！

珍爱生命

周末，吃好晚饭去公园健身。天气热，没有穿外套，想想周末不会有人找我，所以没带手机。等八点钟回到楼上，惊见手机数个未接来电，微信、短信量骤增。去电方知部门一个同事突然离世，就在旁边的一家医院，原本是想通知附近的亲友去见最后一面的。

初闻噩耗，脑子里一片空白。握着听筒的手有些发软，甚至开始有点发抖，实在无法接受这样一个事实。一遍一遍地追问："会不会弄错？"得到的回答却是："千真万确。"没有人会拿别人的生命开玩笑。暗自猜想：也许是工作压力大，经常加班熬夜；也许是孩子还小，夜里哭闹要照看，休息不好；也许是家庭内部矛盾的累积，无人倾诉在心里抑郁成疾。

当时他和朋友一起相约打球，刚刚上场五分钟左右，就突然倒地，不省人事，紧急送医抢救，终回天乏力，最终撒手人寰。医生给出的结论是：猝死！以前也听到过很多这样的事例，但因为不是发生在自己身边，不是熟识的人，感触并不是很深。

30岁，正是青春年华的大好时光。前两天他还跟我说再过几天就是儿子两周岁的生日。突然的离去，让人猝不及防。年轻的他还有很多理想、目标要去实现，去奋斗、去拼搏。如今就这样走了，走得这样匆忙，来不及告别。

不敢相信这是真的，一时脑子里全是他的影像。早上不想走进办公室，望着对面空空的座位，心情十分压抑。打开电脑、手机，到处都有他的影子、他的回忆。他发的邮件、微信、朋友圈，看到他的照片心都紧缩地难受，不忍正视。

一起工作两年，沟通交流很多，又是一个小组，音容笑貌仿佛还在耳畔眼际，挥之不去。手中的工作，千头万绪，不知该从哪里下手，要找个商量、询问的人都没有。泪水抑制不住地流淌下来。怀念是最无能为力的，可是怀念又是无法阻止和避免的。突然觉得人真的很脆弱，生命也很短暂，来不及思考、反应，就这样结束了。曾经的幸福和美好已经转瞬即逝，再也回不来了。对于自己以往纠结的恩恩怨怨，觉得根本都不算什么了，何必还耿耿于怀呢。和生命比起来，其他真的都不重要了，很多想不通的事，迈不过的坎，瞬间都已释怀。

公司组织了追悼会，我们一行四五十人。有人因为有事、有人因为害怕没有去。我倒觉得这种场合参加一回对人的心灵是一次洗涤。那种地方的气氛向来是庄严、肃穆、凝重的，空气里都弥漫着悲痛的气息。

到了告别厅门口，有家属递上黑纱，每个人用别针别在左胳膊上，又每人发了一枝白菊，排成两队，缓缓进入，在遗体前分列两旁。一进门首先看到的是悬挂着的黑色横幅上用白字写着沉痛悼念，棺材四周有三排阶梯式的花架，上面都摆满了菊花。遗体前方摆放着遗像，遗像下面的平板上点着两只白色的蜡烛。靠墙壁的四周摆满了花圈，每人一身素服。

仪式开始，默哀三分钟后，向遗体三鞠躬。此时，哀乐响起，婉转、凄切。将人们心中郁结的哀痛诠释得淋漓尽致。男同志都泪如雨下，女同志早就泣不成声。我们只不过是同事，心里都这样难过，家人的心情可想而知。

念完悼词以后，在家属的带领下，绕场一周瞻仰遗容。遗体被放置在一个刚刚能容纳身体的棺材里，上面盖着红绸缎似的遮布，又不是纯红色的，点缀着黑色的嵌花。工作人员把每个人手上的鲜花收回，把花朵剪下来，摆放在棺材里，也把一部分散成花瓣，撒在遗体上，整个仪式就结束了。

我们依次走出告别大厅，遗体即将被推入火化室，家属在最后的一刻情感暴发，哭声顿时达到了顶点，那种撕心裂肺的疼痛和呐喊，更是让人揪心。不知是母亲还是老婆高声呼喊："不要烧啊——！"那是一个人，一个生命的结束，终点。是一家人，亲人之间见的最后一面了。

　　复旦大学教授于娟曾写下博客——生命日记："在生死临界点的时候，你会发现任何的加班、给自己太多的压力，买房，买车的需求，这些都是浮云。如果有时间，好好陪陪你的孩子，把买车的钱给父母买双鞋子，不用拼命去换什么大房子，和相爱的人在一起，蜗居也温暖。"很多东西只有当我们快要失去的时候才倍感珍贵。生命如是，感情如是，亲情也如是。

　　同事的朋友圈留言：

　　"我不愿相信这是真的。过往的一切如电影镜头在切换，心里不断地呐喊，这不是真的。我真的接受不了你的突然离去，生命竟然如此脆弱不堪，也许你是真的累了，一路走好……"

　　"满脑子都是一起走过的曾经，眼泪是最脆弱的怀念，太沉重，太沉重……"

　　"本来是春暖花开的季节，却是落叶飘零。预示着生命的凋谢、世事无常吗？人生不是每条路都有归途，每个错都可以挽回，且行且珍惜！"

和自己告别

记得女儿有一次莫名地打电话来，问我是否安好，爸爸是否上班，家里是否一切正常。我没有追问缘由，想必是做了噩梦。

宿舍的小伙伴，在我一个 30 岁的同事猝死后在我朋友圈留言：虽然没有交集，但是也很震惊，一切都来得让人措手不及，只能说珍爱生命，也珍爱身边的每一个，即便他是好是坏，珍惜每一天，也许真的那天到来，我会更加从容！

我打趣道："你所说的从容是什么？"

她把手举在耳边，用两个指头挠了挠："就是时刻准备着！"我俩一起尴尬地笑。

最近在网上看到一篇文章里作者说：参加 2001 年的《舞动奇迹》，面前摆放着一张比我还长的大白纸，写上自己的临终遗言（我不记得自己写了什么），还记得烛光里音乐声响起，导师让大家躺在那张白纸上模拟告别式，有人泣不成声悲不能已……

于是突发奇想，假如自己将不久于人世，我会如何向这个世界告别？

想起小时候，每逢下雨天，地里不能干农活，妈妈就在炕上缝补衣服、袜子、手套，时间安排得满满当当。姑姑每次来都看到妈妈在做事，惊叹妈妈怎么从来不休息。

虽然艰苦，但妈妈做饭一日三餐从不糊弄。每到换季，我们都有厚薄不同的棉衣和鞋子。哪怕打着几个补丁，都不会让我们在有破洞的情况下穿出门。我们的棉袄可能是母亲的旧夹袄改的，棉裤里子是大人替换下来的旧棉毛衫裤，母亲说柔软吸汗，打了补丁穿在里面没人看见。我们渴望已久的裙子，是准备给父亲做棉袄的缎面布料。北方冬天气候寒冷。记得有天早上，母亲一定要姐姐穿上最厚的棉裤，无论怎么争取、辩解，都无济于事。看着镜子里臃肿的自己，姐姐哭着去了学校。

母亲不但自己勤劳节俭，要求我们也要热爱劳动，自己创收。农忙时，我们要帮忙撒种子，每个坑里撒三四粒，我常常任性地丢上一把泄愤。比我们家条件差的小孩子都在玩耍，我们却要勤工俭学。多年后，当我也成了女儿眼中爱唠叨，爱管闲事瞎操心的中年人；当我独自面对困境，面对繁重的工作时，我并不觉得有多累，有多苦。

如果我不在了，一定不要让她知道，能瞒多久就多久。

我本来答应女儿结婚以后，我会帮她做家务，生了小孩我来带。她仍旧可以像没结婚的时候一样自由自在，想去哪玩就去哪玩。我会帮她攒钱再买一套房出租，这样以后就算我们都不在，就算再没有人帮她，就算工作收入再差，她生活上也不会有什么问题，她一个人也可以生活得很好。我就可以安心地离去。

如今，我就要死了，我还没教会她怎么辨识什么样的人善良正直，什么样的人奸诈虚伪；还没教会她买衣服的时候怎样辨别材质做工的优劣。要教她洗衣服的时候深浅色分开，哪些衣服要手洗，哪些能机洗；姨妈来的时候生冷的东西不要吃……

有很多东西来不及教给你了，妈妈希望你能做到坚强，勇敢，一定要勤奋，学会自己独立战胜困难，至少要有一技之长，有生存必备的能力。积极向上，虚心向别人求教，要能吃苦耐劳，经济独立，凡事不要太计较，常怀感恩之心。这样，你就不会为生活中的烦恼所困扰，不会被困难压力打垮，可以幸福地生活。

还有，你要自己记得生日，如果妈妈不在，就没有人提醒你了。

最近微博上有段很火的视频，一位台湾老爸在女儿婚礼上的致辞：

婚姻不是 1+1=2，而是 0.5+0.5=1。结婚后，你们两个要各自去掉一半的个性，才能组成美满的家庭。婚姻不是占有是结合……今天，我把女儿交到你手上，只要你按照说明书使用，我给你一百年保固。如果有问题，你要退回原厂，不要自己修理。

其实，妈妈也想看到那一天，有个人疼爱、呵护你。妈妈更想对他说："我这个女儿为人诚实单纯，你千万不要伤害她！希望你能像我们那样爱她、照顾她。她脾气倔，有点小个性，你多让着她。"

老公性格温和，不太善于表达和交际，平时家里的琐事都是我张罗。我走了，最不放心的就是他。我要把家里的存折找出来，告诉他要记住所有的密码；把换季的衣服分别放在不同的柜子里，写上标签；内衣要买什么尺码，出门千万不要忘记带房门钥匙；不要总到外面去吃，自己学着烧点简单的饭菜，经济又卫生；少抽烟，不要经常玩手机，出去走走强身健体，又可以排遣心里的烦躁和郁闷……本来说好要照顾他一辈子的，可是我没做到，好想说声对不起！

我是一个很情绪化的人，平时也会为自己设想的各种情形所感染。不需要音乐，此刻我已泪流满面。

我终于明白，为什么我贫血去医院检查，医生责备说病情可能很严重，怎么不爱惜身体，要求做全面检查，我跟老公讲述时会抑制不住地哭泣。

有位作家曾写过，"经常想想自己明天或者最近就可能死，其实很有益处"。

是的，我们不知道明天和意外哪个先来。当你知道现在过得每一天都是最后一天，你会发现，有很多爱都能被原谅，很多人值得珍惜，很多事都需要放下，很多东西都可以释怀。而我们一直觉得来日方长！

春节假期和女儿闲聊，说起老公有什么优点。

我使劲想了半天："忠厚老实，心地善良。"

不禁反问女儿，那你的优点呢？

女儿思忖良久，郑重地回答："忠厚老实，心地善良。"

还有呢？我追问。

"没了。"

我们一起笑到肚子疼，笑到流泪，笑到停不下来。

都说很多历史并不真实，有人刻意篡改。其实我们自己的亲身经历，到了别人眼里、口中也早就变了味道和模样，更不要说让后人去描述和记录了。

《霍乱时期的爱情》里，弗洛伦蒂诺·阿里萨的叔叔，在 92 岁引退时的演讲里总结道："我这一生唯一的憾事，就是我在那么多葬礼上唱过歌，却不能为自己的葬礼唱一回。"

如果可以给自己写墓志铭，（虽然我并没有打算保留骨灰，也不打算刻碑立墓。）我想我会这样写：忠厚老实，心地善良！

归途

是日，下班回来，风雨交加。和同事借了把伞。

马路上汽车疾驰，电动车风驰电掣，自行车也脚下生风。狂风的呜咽抽抽搭搭，时而如同咆哮的海浪此起彼伏，怒吼时掀翻我的雨伞。

阴沉的天空庄严肃穆，路边栾树的叶子被撕扯下来，堆积出一条狭长的锦带。如金似玉的叶子铺满路面，我僵硬的手用力握住伞柄。

朔风劲吹，叶子随着寒风、人流、车流从身边掠过。似流水的声音哗啦啦啦，声势浩荡。又像急行的路人，步履匆忙。举目仰望，栾树露出枯瘦的枝头，树梢上还残存三两片叶子，在西北风中瑟瑟发抖。昨日还是彩霞满天，金云万卷，今朝却骨瘦形销了。那落叶好似万春的彩蝶，这里那里点缀着。

这个时节是嘈乱的。无论傍晚的风，席卷而来，还是深夜的风，扑打窗棂，都使人感到季节的寒凉。

细雨如针，纷纷而降。空中乌云漫漫。

小寒的凌厉、大寒的锋芒渐渐显露。

风的波浪从大张泾河翻滚过来，在桥边溅起飞散的雾水，吹动我的头发。

近处，三两盏路灯，橘黄色的光，跳跃着闪亮。使我这远方来的浪子，不至于迷失回家的路。

来日并不方长

　　一年两度"炼狱"般的特卖会结束后，手头工作繁重，又连续工作了几天，就到了中秋假期。

　　三天的假期，去趟医院、逛个超市、洗洗衣服、晒晒被子、家里卫生打扫一下、买买菜烧烧饭，还没来得及去街道刷居住证，也没来得及去服务中心和社保局咨询积分医疗报销，更没轮到休息，拖着满身的疲惫又去上班了。

　　早上醒来，浑身乏力，头晕恶心想吐。身体偶尔的不适，就像我们平常日子里的烦恼和压力，你不说，没人知道。说了，也不见得有人理解。有时候挺挺也就过去了。

　　刚刚放假三天又请假，不好意思跟领导开口，硬撑着还是起来上班。破例早饭买了豆浆、包子、茶叶蛋，想着补充点体力。

　　勉强喝了一杯豆浆，打开电脑想要工作。胃里开始翻江倒海，像极了汽车颠簸、轮船晃动后的眩晕，令人恶心的气味一阵一阵向上翻滚。食物像是不堪忍受空间的狭小、挤压，在里面吵闹不休，最后一股一股从喉咙里全都涌了出来。

　　力气像是水分被榨干，也像是从胃里涌出去了，瞬间消失得无影无踪。我突然发现原来讲话也需要力气，思考也需要力气。所有的正常语言和行动都放低、放缓变成了慢镜头。

　　人坐在电脑前，无精打采，仿佛坐在真空里。眩晕、恶心、呕吐、浑身乏力的无助、绝望，胡思乱想带来的压力，以及不明所以的疼痛折磨着你、纠缠着你，那种滋味在心里静音扩散，孤独无助，只有自己听得见。

小心藏匿的那丝孤独，轻轻打开又慢慢合拢，把一个中年人的孤寂落寞融入进去，更觉伤感。

实在撑不下去，到附近的医院挂了急诊，不用排长队。无力感碾压恐惧感，那种迟钝、呆滞和虚空跟我的关联真实得很不真实，我一度是把自己从遥远的、深不可测的海底打捞拖拽上来的。此后数天里，这种感觉始终如一。

医生的话是定心丸，比 CT、比药物有效，至少在检查结束的时候有效。医生的诊断像是被复制过了，一直循环播放。

撑到下班，回到家里，一头扑倒在床上。从晚上六点睡到早上八点。不是睡眠，是一头扎进深海里一直游不上岸的那种挣扎和疲惫。

以往身体的某些不适，一觉醒来大都能恢复到原来的状态，这次症状却丝毫没有减轻。一连几天吃不下饭，明显感觉体力不支。心里觉得自己还很强壮，身体告诉自己无能为力。

经历过病痛之后，才发现打败一个人的不是贫穷、不是落后、不是被人嘲笑和轻视，而是力不从心。

我们自己额外赋予生命的意义，梦想和追逐，变得虚无缥缈，遥不可及。在残酷的岁月面前只能缴械投降。

一直以为，还有很长的路可以走，衰老还在来的路上。以为死神也不会发现我，直到完成自己所有的心愿。愿望会不断增加，生命就一直会延续下去。

一直天真地以为只要足够热爱生命，就一直会被生命眷顾。成人的幼稚有时候同孩子一样。

西方现代主义文学的先驱和大师卡夫卡曾说过："生命之所以有意义，是因为他会停止。"

当有些事情无论怎么努力都无济于事的时候，是该选择和放弃一些东西了。

无人幸免

去年冬天，不知道什么原因，白天都好好的，一到晚上，喉咙就莫名其妙地发痒、疼痛、咳嗽不止。断断续续，一直不见好转。

觉得对工作生活没什么的影响，身体也没有其他的不适，也就没放在心上。

当症状越来越严重、发作越来越频繁，已经影响到睡眠的时候，不由得你不重视。

撇开生活环境、空气质量这种大自然无法控制的因素外，自觉生活规律，饮食正常、心态健康。究竟什么原因造成的呢？百思不得其解。

喉咙嘛，自我判断肯定跟呼吸和饮食有关。

同事说，每天睡觉的时候和枕头接触最近、最久，会不会太久没换灰尘和细菌太多造成的。立马去超市买了正规品牌的枕头回来，也于事无补。

自此，辛辣的、重油的、偏咸的食物尽量避开或少吃。一段时间之后，症状有所好转。

对于从小吃惯了大葱、大蒜、生菜蘸酱的东北人来说，是一种折磨和煎熬。

每次忍不住一饱口福、大快朵颐之后，喉咙都会在夜晚发出愤怒的抗议。

在几次反复验证之后，我终于明白，人生的残酷在于，有些你真正喜欢的东西不能拥有，只能选择放弃。

从初中二年级开始戴眼镜，至今已 30 年多年的光景，惧光、飞蚊等症状早就习以为常。只不过最近感觉看东西时间太久眼睛越来越干涩、酸痛、模糊，擦拭也无济于事。

忽然有一天，戴着眼镜看东西感觉很吃力，凑近了也不行。不由自主地抬眼从镜片上方观看，居然很清晰。同事惊问："你怎么从眼镜上面看东西？！"让我瞬间想起了老电影里的账房先生。

以为镜片脏了，涂上清洁剂，耐心、细致地擦拭。以为眼睛太过疲劳，买来护眼药水，每天滴上几滴。

有和我同龄的朋友已提前进入更年期阶段，我越来越频繁地需要把眼镜摘下来才能看清面前的字迹。

连续行走一个半小时不觉得累的良好体质，一天站八个小时不觉得腿酸的充沛精力，还可以背诵古诗词并未退化的记忆力，依然对新鲜、未知事物的热情和求知欲，让我天真地以为在无情的岁月面前，自己会是个例外。

下班回来，地铁上空调开得很低。旁边的妈妈，怀里的小男孩只穿着背心短裤，我关切地用手抚摸他裸露的大腿，问他冷不冷。

他充满敌意地看着我，防卫似的抬起手臂，准备向我挥出小拳头的时候，被妈妈及时制止了："小孩子，要有礼貌，怎么可以打奶奶。"

再不疯狂就老了

一次参加朋友婚宴，去得有点早。等候的间隙，借着酒店旁湖边优美的景色，女儿用手机帮我拍了几张照片。

也许是女儿的摄影水平高，也许是夕阳映照下的湖光秋色如梦似幻，也许是当时的心绪起伏不定，总之，从那一刻起，我找回了自信，此后每年长假帮我拍照仿佛成了惯例。

从刚开始的不愿意拍照到渐渐不敢拍照。不想看镜头里那个身材臃肿，面色凝重，目光呆滞，发际线明显后退的中年妇女。

自己都不喜欢的样子，想必别人同样不喜欢。

碰到有拍照的时刻，我就躲起来。

如果有人把镜头对准我，我会用一只手捂住脸，另一只手心用力推向前极力阻止。如果还无效，我会怒目而视，直接粗暴地拒绝。

那天，在夕阳的映射下，湖面泛起点点星光。看着一袭黑衣迎着霞光如剪影般的画面，我突然有种迫切想要表达的欲望。在女儿半是指导半是无奈半是倦意的语气里，听出了明显的疲惫。

我却异常兴奋和欣喜。也许，这一组照片表达出了我无法言说的心绪。

在你经历痛苦、忧伤、甚至绝望的时候；在你失落、彷徨、甚至无助的时候；在你逐渐衰老、憔悴、甚至满面沧桑的时候；你还可以转身，给这世界一个背影。

那些真正喜欢你、欣赏你、了解你、在乎你的人，从背影也看得懂。

估计每个女人都有一件压箱底的衣服。每年都会打开来看一看，摸一摸，试一试，晒一晒，然后再收起来。明知无用，却舍不得丢掉。

每件衣服都是一支笔，无声地记录着成长的轨迹。

扎起村姑辫，穿上 20 年前的旧衣，虽不是旧时天气，旧时情怀却若隐若现。

和女儿徜徉在校园里，漫步于操场间。借小男孩的足球却也只能做个道具，表演一番罢了。

坐在操场边的台阶上，按照摄影师女儿的要求，左手放在膝上，右手托腮，假装凝视远方做沉思状。

我天生不适合当演员，不会演戏。但那一刻，我入戏了。

朦朦胧胧中觉得现在的我是十五岁时的自己。昨天还在校园里，在操场上嬉戏、打闹、奔跑。那我怎么把自己弄丢了？丢到三十年以后的光阴里。

我想旋转，想奔跑，想大声呼喊，谁知道我为什么倏忽间，就已经韶华不在，两鬓斑白？去哪里才能找回我的青春，我的童年！

打折促销买给女儿的衣服，虽然当时勉强接受了，但后来并没有穿。

有时候我们会强加给孩子一些我们认为好的美的东西，孩子不能理解和接受。

其实，很多时候是希望自己的愿望能在孩子身上得以实现。

穿着买给女儿的衣服，我满心满眼的兴奋和欣喜。女儿撇撇嘴，一副不屑一顾的表情。

人，尤其是女人，年纪大了，只能借服装或者其他饰物做道具，衬托自己，美化自己。如果不是衣服鲜艳，妆容靓丽，哪里还找得到青春的气息。即便明知是掩耳盗铃，自欺欺人。

当有一天，你发现母亲刻意避免正视镜头，只肯侧立、背对或假装低头沉思时，不要去拆穿她。其实，是害怕别人看出她脸上的皱纹。

近两年，越发喜欢女儿的衣服。有特点有新意的，时髦的复古的，都想尝试。女儿很配合也很支持。

手执油纸伞，镇定自若地走在人行道上。我仿佛是戴望舒《雨巷》

里，那个独自彷徨在悠长，又寂寥的雨巷中，丁香一样地结着愁怨的姑娘。

我后来去山东青岛，如此近距离亲密接触大海，还是第一次。当海水如爱人的手掌轻轻滑过我的双脚，触到我的肌肤，一股如触电般尖锐的清凉与战栗涌遍全身。我战战兢兢、谨小慎微地走近它，享受着这份奢侈的激动和喜悦。

海水温柔地漂动着，层次分明、错落有致地涌向岸边，轻轻地抚摸着细软的沙滩。

海浪一层一层从远处轻盈地荡来，波纹叠着波纹，浪花追着浪花，似镶着镂空的银色蕾丝，柔软的水花给沙滩勾勒出一道白色的分割线。

难怪人都说大海可以让人忘掉所有的烦恼。其实是海的辽阔让人觉得自己的渺小。所有的痛苦和忧伤根本不值得一提。

一望无垠的海面上，波光粼粼，真像撒了无数碎银。此刻，你忽然忘了还有年龄的界限，就想像个孩子一样任性，奔跑、跳跃、振臂高呼！那一刻，觉得自己又回到了二十岁。

照片刚发至朋友圈，就有朋友留言：

"年轻真好"李浩感慨。

"年轻是真的好。"我回复，不忘加个得意的表情。

"美了，美了。"丽梅说。

"再不疯狂就真的老了。"我憨笑。

今天出生的人

　　24 年前的腊月初八，女儿出生。臀位，在今天的医生眼里，也算是难产了。如今的剖腹产，已经是家常便饭，就和割双眼皮一样频繁。当时为什么选择这个日子，也许是因为好记，也许是恐惧，更多是因为医生说羊水有点混浊了，已经到了预产期。

　　剖腹两个字，仔细琢磨一下，还是一个很恐怖的词语。因为术后恢复得不好，留下来一道很长的瘢痕。所以当女儿问起那句所有小孩都会问的话，我是从哪里来的时候，我理直气壮地告诉她，从妈妈的肚子里。你看，有好大的伤疤为证，女儿深信不疑。

　　我不知道自己已经从鬼门关里走了一遭。当手术结束，我被推回到病房，护士将女儿抱到我面前时，我连看她一眼的力气都没有。以前没见过刚出生的婴儿，心里没有概念。只记得女儿当时还没睁开眼睛，又黑又瘦，一点也不讨人喜欢。只有一点觉得很神奇，在肚子里九个月出来，居然眼睛、鼻子、手脚都有，都自己长出来。只那一眼，我就知道，我生命的一半已经给了她。

　　侄子、侄女出生，起名字的时候我起劲得要命。真正到自己有了孩子，反倒没了当初的兴致。爷爷说腊月里出生的，小名就叫腊月吧，还是被我一票否决了。后来还是找了爷爷单位的同事，据说是一位对易经很有研究的老师。算过生辰八字，说女儿命里缺水、缺木。如果当初就叫水木，说不定早就长成参天大树了。

　　有位自强自立的女孩子经常在朋友圈晒幸福。晒她每次回家母亲的厨艺，她离家时大包小包的零食。我有一次没忍住，就默默地回复了一句：天下的妈妈都是一样的！

没有给过女儿太多经济上的支持。没有名牌衣服和包包，也没有昂贵的化妆品。甚至在生活爬坡的日子里，只知道工作、加班，跟女儿相处的时间也很少，心里一直觉得亏欠女儿。女儿乖巧、懂事，节俭、孝顺，心地善良。能支撑一个人成为好人的东西，很多都源于家庭。女儿成绩优秀，工作努力、认真、踏实，能交到朋友，生活得还不错，靠着一些事情的底线，因为从小生活在一个温馨的家庭里。善良、友爱的种子埋在心里。这些东西的重要性在于，无论你再怎么受到外界环境的影响和熏陶，也变不成太坏的人。

《七月与安生》里，七月的妈妈说过这样一句话："女孩子无论走哪条路都辛苦，希望我的女儿是个例外。"这也是每个妈妈的心声。

都说疼痛是有记忆的。但是每年你的生日妈都记得，不是因为今天是腊八，也不是因为疼痛，是因为爱和惦记！

你会永远幸福！妈妈永远爱你！生日快乐！

过年

对于定居异地不回家过年的我来说，除了有个长假外，过年和平常日子没什么不同。一家三口之外不会有第四个人出现，爱人三十晚上值夜班，就只剩我和女儿两个人。

除了从春晚优美流畅的音乐、节奏欢快的歌舞、绚丽的舞台灯光，热烈的气氛以及主持人声情并茂的朗诵里感知到亲切、自然、喜庆、吉祥，感知到时光的飞逝，亲人的远离、命运的坎坷、生活的艰辛，工作的压力，所有情感瞬间纠缠在一起内心掀起一点小波澜之外，过年的日子平静得像流水。

过年没了渴望，便少了激情，少了期待，仿佛"过年"只是被动去完成的一个任务。但过年毕竟是轻松愉悦的。我们像是站在冰封的河面上，放眼望去，四野开阔，白茫茫一片真干净。冰面底下掩藏的是烦恼、压力、伤心、失落、焦虑、恐惧甚至还有绝望。

过年的时间快得令人恐慌。即便我像拔河一样，用尽全力拉住绳子的一头，拼命拽着，想要把"年"留住，最终还是输给了时间。

在我看来，只要过了三十晚上，过年就基本结束了。那份悠然自得、无忧无虑的好心情仿佛是一个魔咒，瞬间被打破。

那个叫"生活的魔鬼"还是苏醒了。还没等完全放松下来、把提前规划的任务完成、没为家人做上几顿可口的饭菜、还没来得及去逛街、出行、没把家里打扫得纤尘不染，尽享午后温暖的阳台里花香书香融为一体的曼妙，还没来得及放风筝，历经风霜雨雪的侵蚀，心路上的坑洼不平还没来得及修复平整，便要被迫带上枷锁，禁锢在一个固定的范围之内。

那些未完成的项目、待沟通的事宜、需改善的细节、一大堆该整理的资料，想不想都得面对的人、处理得好与不好的事，都像头顶上的乌云沉沉地压下来，让你无处躲藏。那些岁月静好、现世安稳只不过是个幻觉。你以为压力和烦躁已经离你远去，只是因为你没有转身。

偶尔从朋友圈里，我才感受到一点亲友欢聚的喜悦，喜庆祥和的热烈氛围，领略到一点旅行途中的秀丽风景，人们对幸福生活的热爱和对美好未来的憧憬以及日新月异的变化带来的兴奋和欢愉。

那么我也算过了一个好年。

减肥的秘诀

我相信每个胖子都有一个减肥梦，希望能减去一身赘肉，恢复到苗条的身材。而且这种想法随时都会萌发，持续的时间却都不长。像韭菜，割过一茬，过段时间又长出来。尤其试衣服的时候看到镜子里臃肿的身材，喜欢的衣服穿不进去，能穿上和模特天差地别的效果都让你瞬间意识到体重带来的困扰，于是，你在心里对着镜子里的自己说："该减肥了！"出了试衣间，换回自己的衣服，只七秒钟，你就忘记了刚才的誓言。

有人跟我说冰激凌热量高，吃了容易长胖。我安慰自己，冰激凌一共就这样大，吃进去全部长成肉也没有几十克，应该不要紧。

晚上聚餐，心里知道晚上吃太多容易长胖。嘴上说我不能多吃，我在减肥，然后每道菜尝两口明明已经饱了，看着盘子里的剩菜总觉得浪费可惜，不免又多夹几口。

摸着凸起的小肚子，自知吃得太多了，懊悔不已。早上起来看到上腹平平，心里窃喜，看来胃真是个称职的消化器官，偶尔一次多吃点也没关系。等吸气收腹都无法让胃部保持凹陷的时候，才意识到长胖了，悔之晚矣。

有人说我就是控制不住自己，吃饭的时候停不下筷子，这一点很多胖人都有体会，尤其肚子饿的时候。我自己的感触就是：吃饭的时候不能太专心，一心只想着饭菜的可口美味，肚子饿瘪了能吃下一锅，等你感觉到吃饱的时候，实际已经吃撑了，饭后喝汤是个坏习惯。

吃饭的时候也要思考，分散注意力。你要当作胃是客人，时时和他沟通互动，问问客人的意见。一般情况下当你感觉到有点饱了但还不舍得放下筷子的时候，就到时间了，这时候胃会告诉你不需要再进食了。尊重身体每个器官的反应和发出的信号，也是对生命的尊重。

体重恢复到理想的状态时，千万不能掉以轻心，放任自流。减肥的时候，每天去公园走路，运动至少一万步，并不觉得累，感觉走路是一件很轻松、快乐很享受的事情。习惯了以后，不去走路就觉得今天少了点什么，那时候，我一度觉得运动已经成为我生活当中的一部分，不需要刻意保持，就会一直持续下去。

夏天来了，炎热的天气让人感觉像要窒息。今天对自己说天气太热了，容易中暑；明天对自己说，太阳好大，会被晒黑；后天又对自己说反正又不胖，少去一天也没关系。

一个月过去以后，有人再提议出去走路，心里觉得这是一件非常陌生的事情，两条腿还没迈步就觉得沉重，本能地排斥退缩，出去走路已经变成一件非常艰难的事情了。原来并不是所有的事都能长在记忆里，成为身体的一部分。

以我自己的减肥经历，我想说减肥没什么诀窍，无非是少吃多运动。"管住嘴，迈开腿。"是每个人都懂的道理，却很少能有人坚持。

每天运动，你也许感觉不到体重的下降。即便不能减肥，但至少肌肉结实，能控制体重不再增长。停止运动一段时间之后，你会发现消失的那些赘肉不知不觉又慢慢在你的身体里浮现出来。

有人说节食对身体不好，这点我完全同意。少吃并不是不吃，是在不影响健康的情况下，控制饮食，适当减少一点摄入量。

忙碌的人每天都在不停地运转，无论身体还是头脑，也相当于是在运动。有心事的人根本不会有胃口，哪里吃得下饭。所以，心里和胃里有一个装满了，就不会觉得饿。心宽体胖就是这个道理。

恋爱中的人或者是失恋的人一般都不会太胖。对另一个人的思念是精神上的运动，也能燃烧掉脂肪。宋词有曰："衣带渐宽终不悔，为伊消得人憔悴。""莫道不销魂，帘卷西风，人比黄花瘦"就是对相思最好的诠释。

如果说，除了少吃多运动外，对减肥还有帮助的外力因素那就是电子秤了。当初减肥的时候，每天早起睡前会称一次体重，每天记录，30天从不间断。早晚的体重差在一公斤。如果晚上吃了大餐，体重会明显增加，让你第一时间找到原因并适时控制。

有个体重 200 斤的同学，以前不屑于称体重。因为很多人在镜子里看到的自己和别人眼里的自己是有偏差的。但确凿的数字会告诉你一个可怕的事实，引起你的警惕和重视。体重计起到了很好的监督作用。很多时候，我们是在不知不觉中长胖的。而最终能让你下定决心减肥的，不是家人的苦口婆心，而是医生的诊断。

如果你还没下定决心减肥，说明你还很健康，说明你有一份舒适的工作，有一个美满的家庭。那就安心做一个胖子吧，做个幸福的胖子其实也挺好。

恋一座城

阴差阳错，我来到了离家几十公里以外的一个小镇来上班。

一个人对另一个初次见面的人有似曾相识的感觉，一个人对一座城市也会有这样的感觉。

因为交通的便捷，乘车的顺畅，对小镇的感觉格外亲切。

离单位不是很远，每天走路上下班。上下班要经过一个街心公园，或者一条当地人称为的"老街"。

小镇不大，也不算繁华，和大都市比起来甚至还有点破败、凌乱。

我就这样每天往来反复，觉得自己只是一个匆匆的过客，木然地走过每一个路口、转角，每一条街道。

偶尔瞬间的停留是看一眼手机上的信息，等候红绿灯或者避让车辆。所有的紧张、慌乱、忙碌、焦虑、烦躁、苦闷以及喜悦、兴奋和激情都隐藏在一张面无表情的脸上。

在这陌生的城市，能遇见一个熟悉的面孔都是种奢望和奇迹。

一个人上班、下班，下班、上班，很少逛街。随便在哪个小饭馆吃碗快餐、饺子、混沌，或小摊位上吃张煎饼都是一顿晚餐。

吃饭是任务，上下班是任务，活着有时候也像是任务。

七月中旬，盛夏时节，清晨的风温柔地靠近，抚摸，亲吻着每一个行人。

身体欠佳，浑身无力，如散步般缓慢前行。目光游离，思绪也似乎受了传染，边走边打量周围的一切。

小区旁边是一个加工作坊。制作广告牌匾、各种支架货架以及三轮车的修复改装。男人手中捧着碗，站在铺子门口，往嘴里扒拉一口饭，又盯着眼前的活计出神。

往前不远的丁字路口斜对面，是一所小学，操场上学生正在做早操。

时间还早，我和几个家长以及带孩子的老人，透过学校的围栏看了一会热闹。

前面领操的男孩和女孩身高相仿，身材比较匀称，姿势也很标准。第三排一个瘦弱的小男孩引起了我的注意。胳膊无力地抬起又垂下，腿不情愿地送出又收回，一副无精打采的样子，典型的应付了事。

我不由自主地笑了一下。当初上学时做操也是这个样子，如今去公园锻炼每个动作都做得一丝不苟。

公园入口处有一个公共厕所，我捂住鼻子急速奔过去，过了有十米远才敢呼吸。

夏天的时候，我大都从公园里穿行，又碰到了那个带娃的大叔。打着赤膊，竹编的四轮手推车里坐着一个大约一周岁的宝宝。后面篮筐里震耳欲聋的响声播发着豪迈的广场舞曲。

冷饮店已经开始营业。

一只白色京巴狗在门口逡巡了半天，没敢走出主人的视野，在门口的空地上趴了下来。

天真呆萌的眼神就像刚上幼儿园的孩子，好奇地注视着来往的行人。

上班还要经过一座十几米宽的小桥。桥边曾经有过一家小菜场，不远处有两个垃圾箱，以前每次经过我都要加快脚步。

今天的天空似乎格外明澈、湛蓝，引人注目。桥头的石柱和两旁的房子、树木镇静地站立在那儿。我没有注视的时候，它们依然镇静地站在那儿，没日没夜地站在那儿。

刚刚跃出地平线的朝阳，寂静的光辉铺洒在河面上。河里的水草都被镀上了一层光辉，花朵绽放得格外耀眼、张扬。

河面像镜子，蓝天白云，绿树黄花，白墙红瓦倒映在水中。一只蝴蝶飞过，在花朵上盘旋了一阵，又飞向了远方。

岸边一排高高低低交错排列的青砖瓦房，墙皮大部分都剥落了，房顶修修补补的痕迹诉说着年代的久远。小河在前面不远处开始转弯，思绪也跟着飘向悠长的远方。

　　我曾梦想去远足，抛开生活的苟且。眼前的画面又何尝不是诗情画意，风情万种、古朴典雅的江南水乡？！

　　一座城市保存了一个人居住时的全部记忆。即便你将所有的经历、故事都掩埋，也无法欺骗时光。

路痴的境界

晚上下班，顺便到公寓底下的菜鸟驿站取快递。第一次去的时候，室友带我去的，走的一条近路。于是，我每次都老老实实地只走这一条路。

当她要跟我解释还有其他路可以走的时候，被我制止了："不要跟我说那么多，你只要告诉我走这条路可以到宿舍就行了。"如果她带我走的是一条最远的路，我也还是会一直走。

虽然天色已晚，我熟门熟路地找到了地方，但其实我并不知道方位，我只是按部就班地沿着既定的线路走回来。因为一直是晚上去取的快递，如果是白天，我反倒更加找不到感觉。

除了自己家里，我几乎每到一个陌生的环境都转向。在我眼里，南有可能是东，也有可能是西，也有可能是北。

我在房间里尤其是办公楼里判断方向一般是这样。房间的窗子大都朝南，于是我把方向在心里先调整好，模拟移动，定好坐标，然后口中默念："东—南—西—北—"。

宿舍住了半年多，每次换个楼梯上来，我都要把头探出来左右看看该往哪边走。即便如此，还常常错过"家门"而不入。

出差住酒店，面对纵深的走廊，我经常走错方向，找不到电梯口。为防再次犯错，我把房门拍下来，用方向箭头做了标注。

酒店离会场不过十分钟的路程，我跟随同事一起走了不下三次。当我第一次一个人走的时候，我顺利地回到酒店。再去的时候，就找不到了。

我沿着记忆中的印象走，看看每个路口都熟悉，又好像都不是。贸然走过一段，感觉不对，然后再回头，走走停停。直到自己彻底失去信心，打开导航。

打开导航也有失灵的时候。都说重庆是座山城，地形复杂，一个人轻易不敢出门。实在无聊，吃过晚饭想出去散步。心里想着沿着酒店转一圈。谁知道重庆根本不是我想象中的方形，转一圈还能回到起点。

举着手机在楼底下转圈，明明显示已到达目的地，怎么就找不到酒店的入口呢？小区里转过，死胡同也走了，万般无奈找个路人，对方抬手一指："那不就是吗？"

春节，没回老家，也没出去旅行，节日显得轻松又悠闲。吃过晚饭，一个人出去散步，想到以前上班的地方去看看，故地重游。

边走边四处观望，对比和记忆中的变化。小桥两侧的居民区还在，没有拆迁。道路依旧狭窄逼仄，房屋破旧不堪。

一排原本是外来人口临时搭建的房屋不见了，取而代之的一片挺拔的杉树，整齐划一。像士兵忠于职守，昂首挺立。深冬时节，肃穆庄严。

走到大路口，是一条笔直宽敞的马路，一眼望不到头。犹豫了一下，决定朝西走，感觉不远处就能到达熟悉的地点。

以为前面一个路口就是目的地，近在眼前，兴冲冲地走过去，发现判断失误。以为前面的路口一定是自己曾经来过的地方，走到近处，感觉还是很陌生。

就这样在一次次的希望破灭，重又燃起的信心里，我们欺骗自己，鼓励自己走了很长很长的一段路。

夕阳西沉，天色越来越暗，怕这样一直走下去会体力不支，越走越没有信心，越走越没有安全感，决定打道回府。

春节期间的马路上几乎见不到行人。越走越觉得心里没底，原来闲庭信步的雅兴早已荡然无存，焦虑和恐惧渐渐涌上心头。

以往经过时的场景和对白时隐时现，亦真亦幻。心里有两个自己在对话：

"这里我好像来过。"

"这是哪里啊？"

自顾不暇地挪动双脚，不敢有片刻停歇。

当那片杉树林出现在视野里的时候，长舒了一口气，有种劫后余生的庆幸。

于是，落日余晖里的火车站，旁边人家的瓦房，甚至那条寂静无人的小巷都有了诗情画意。

到家后越想越觉得可笑，并一度怀疑自己的智商，在零点五十四分发了一条朋友圈，并赋诗一首：

> 走亲访友看烟花，
> 度假休闲自顾暇。
> 闲来无事散个步，
> 差点没能找到家。

那一年旅行，不得不说的事

公司组织一年一度的秋季旅游又开始了。在经历了戏剧性的起伏跌宕后，青岛三日游终于顺利出行了。

早上五点半出发的，一路昏昏欲睡，八点钟的光景，我们才到东台服务区。

十九座的中巴，位置坐得满满当当。像产品的包装一样紧凑，没有一点空间的浪费。部分留在家里去锦溪一日游的同事，已经晒出美照的时候，我们还在路上。

下午两点到达日照市，空气里到处飘浮着咸鱼的味道。面对令人作呕的用餐环境，我们已经毫无兴致。一路颠簸，浑身像散了架子一样的酸痛，几乎将我们的热情消耗殆尽。

第一个景点是日照灯塔。导游应付性的讲解丝毫没能引起我们的兴趣。

由于退潮厉害，原定的乘坐快艇计划要转移阵地。

第一次和大海亲密接触，让我们热情高涨。手中的饮料瓶变成了容器。螃蟹、海草，还有一些叫不上名字的海生物，都成了"战利品"。

时尚辣妈认真地在帮心爱的女儿寻觅"猎物"。画面超级温馨和谐甜蜜。

平日里疏于沟通，行动笨拙的老爸，今天也和女儿来了个亲密互动。

下午四点钟到达日照第三海水浴场"梦幻沙滩"。

虽然气候宜人，但海水还是有点凉。

刘冲满腹疑虑地问："才哥，近视眼镜要不要摘下来？"

才哥笃定地说："没事，我以前也戴的。"

当刘冲半是懊恼半是悔恨地来找才哥质问的时候，发现才哥正坐在浅水区里，眯缝着眼睛在到处乱摸。

才哥一边讪讪地笑，一边委屈地说："我的眼镜也不见了。"

我因为提前做了功课，带了泳衣。其他会游泳的都到深水区陶醉嗨皮去了，没人管我。我一个人在浅水区自娱自乐。

要说这人不能太贪心，要懂得适可而止。当海水没过小腿的时候，不满意，希望大腿也能体会被海浪冲击拍打和抚摸的感觉。当海水漫过胸口仍不过瘾，觉得没有达到想象中的刺激。

到底第一次来海边，低估了海浪的力量。当浪潮涌上来的时候，我站立不稳，跌坐在海水里。

因为有了前车之鉴，我一手抓着围成安全水域的漂浮物，一只手抓住眼镜。

瞬间觉得眼前一片沙黄。不会游泳，不懂得换气，咕嘟嘟被迫喝了几口海水。

人在遇到危险的时候，会有一种求生的本能。当我好不容易挣扎着站起来。头刚钻出水面，一个大浪接着卷起，又将我砸了下去。

无边的恐惧几乎将我吞噬，我以为自己将魂归大海。海浪原谅了我的天真和幼稚，缓缓退去。

早知道淹不死，我会用心好好看一看海底的世界。

都说吃一堑长一智，这话一点不假。自那以后，我所有的激情和浪漫的想法全都偃旗息鼓，老老实实待在岸边，再没有靠近深海半步。

第二天说好早上六点半出发，我却迟到了，闹钟没有响。

原来我是按照平时上班设置的周一到周五，恰好那天是周六。可我昨天还训斥其他同事迟到了车子不等，自行前往的，今天就打脸了，好尴尬啊！

不过话说回来，集体活动还是要尽量遵守时间，以免耽搁大家的行程。

穿过号称中国第一海底隧道"胶州湾隧道"（最深处位于海平面以下82.81米），参观了"青岛海底世界"。

海月水母，本身是白色略透明，在灯光的照射下，漂亮无比。因为时间紧张，还要赶往下一个景点，我们只能"走马观鱼"。

五四广场对面是奥帆中心，大伙迅速聚拢拍照，证明我们到此一游。

乘坐游轮观"青岛湾"，还有意外收获。

海上运动项目，看得我们惊心动魄。

导游凭着他的三寸不烂之舌，成功忽悠我们大部分人租了十元一次的望远镜，去看"海上皇宫"。事实是眼底的景象比望远镜里的更清晰，更真实，更令人心驰神往。

"青岛金沙滩"，全长3500多米，宽300米。水清滩平，沙细如粉，色泽如金，海水湛蓝，水天一色，故称"金沙滩"。是我国沙质最细、面积最大、风景最美的沙滩，号称"亚洲第一滩"。

我条件反射般不由得轻唱起"阳光、沙滩、海浪……"没有仙人掌，当然还缺一位老船长。大家可自行脑补一下歌词。

人似乎对大海有种天然的亲近感。平时文静内向的小姑娘，到了海边撒开了欢儿。母亲此刻忘记了长途跋涉的辛劳，牵起女儿远眺。所有的疼痛和酸楚都化作感动。这幸福美好的景象就像一幅画，定格在记忆里，永不褪色！

才哥挽起的裤管都湿了半截，也全然不顾，执着寻找心仪的海生物。一路悉心呵护，居然活着带回家。

旅行的意义，大概就是能让你放下手头的工作，抛开眼前的烦恼，去享受这一刻的轻松和惬意。

大海的辽阔让人忘掉了年龄，心情无比愉悦和舒畅。

晚餐我们没有吃指定的旅游餐，有些自己去吃烧烤喝啤酒。

恰巧出差在此地的同事，赶上了第二十七届青岛国际啤酒节的尾巴，过了把瘾，也算不枉此行。

第二天行程完美收官。

第三天的行程是去海边捡贝壳。然后去特产店选购特产。

特产没什么吸引人的，吃了一张地道的山东煎饼卷大葱。里面一点黄瓜丝，一点海带丝，抹上大酱，外加一整根大葱。三块钱一张，还是很便宜的。

贝壳没捡到，石头倒是捡了不少，还灌了一瓶沙子，很重，也算是满载而归了。

你觉得自己老了吗

以前上班的地方，在上海宝山区，是一家私人工厂。规模不是很大，大概也就几十号人。

大部分都是外来民工，文化程度不高。经常加班，也没啥业余爱好。大都是三十岁上下的年纪，有的一个人，有的是夫妻俩。

都是为了生活奔波劳碌，省吃俭用，穿着朴素。潜移默化里，我也不怎么打扮，不怎么购物，难得去逛个街，也是去那种大的购物批发市场。

领导给我们管理人员发放福利，让我们放松放松，去南京路的餐厅吃西餐。看着叉子和刀，我们不敢动手，生怕拿错了方向惹人笑话。

外滩的夜色里灯光闪烁，人影婆娑。老板热情地介绍外白渡桥的来历和小时候的童年趣事，我们在心里嘀咕：这有什么好看的？！

晚风习习，良辰美景，我们在心里盘算着啥时候能回宿舍，今天不用加班可以早点睡觉了。

舍不得看电影，舍不得去旅行。买衣服的目的是经久耐用。几年前买的衣服我现在都不会再穿，款式实在是太老土了。

当时的目标就只有一个，赚钱，攒钱，存钱。孩子上学要用钱，家里还房贷要用钱，生活开销要用钱。年龄的因素没有考虑过，因为没精力，没时间。

后来上班的单位，是个驻上海办事处。地处徐家汇飞洲国际广场，一共只有五个人，我是最年轻的。

同事都是退休后被返聘上岗的，主要工资要求不高，又不用交金，经验丰富，这也是老板雇用她们的最主要原因。

工作环境和工作量简直是质的飞跃。商务写字楼，二十四小时热水，中央空调。

做外贸订单，经常会有老外到访。办公室洁净如新，一尘不染。偶有情致，我们会去看场电影，喝个下午茶，年夜饭是到东方明珠的旋转餐厅吃的。

原本粗糙的生活一下子变得精致起来，就像丑小鸭一夜变成了白天鹅。

每周休息一天半，下午五点钟可以准时下班。我突然惊醒，原来生活还可以这样过。

我知道了煮咖啡要加方糖牛奶才香味浓郁，我知道了六十岁的经理保养秘诀是每天早上吃一个苹果。我知道了寄国际快递体积和重量不等时按费用高的收费，同事帮亲戚寄羽绒被到英国花了一千多块。因为为人热情，以为单位月结有优惠，自己垫付了费用还不好意思跟亲戚开口。

经理为人低调，热情友好。做事周到细致，从不出差错。老板很少来，工作环境轻松舒畅，这是我工作以来最开心的地方。

有了空闲，我报了个日语培训班，想提升自己的技能，给自己充充电，空余也会做点家乡菜带给大家品尝。

生活里有了颜色，五彩缤纷。日子也有了滋味，分外香甜。下班后有时候老廖来接我，一起出去吃饭，有时候老廖买好菜自己烧，共进晚餐。

六一儿童节我们都不放过，就近在蛋糕房里买两杯奶茶也要庆祝一下。

惹得女儿醋意大发：你们两个太过分了！

如今工作的单位都是年轻人，八零、九零后，朝气蓬勃，观念意识超前。无形中自己的气质形象也随之发生了改变。也许是怕被排斥，也许是已无障碍。

好像忘记了自己的年龄，内心里从来没觉得自己已不再年轻。望着镜子里运动后成功瘦身的身材，刻意回避日渐增多的皱纹。仿佛不关注就不会存在。

喜欢学习新事物，追热点事实新闻，看新上映的电影，看娱乐视频。身体状态会有些症状出现。睡眠不好会影响第二天的工作状态。但是我从未像以往的任何时候这样自信和从容。精力充沛，斗志满满。

坚持锻炼，买各种时髦的衣服鞋子，从未用过化妆品，去香港居然给自己也买了支口红。

我经常忽视年龄的问题，忘记岁月在我们每个人身上刻下的印记。常常觉得时间不够用。突然发觉自己就像一个没完成作业的孩子，拼命地补习，觉得自己还有好多，还能做好多好多事，也还能做好很多事。

有个姐姐，已年届花甲，仍然激情爆棚，活力四射。身体保养得非常好，房子装修，卧室居然是粉色调，满满的一颗少女心。

倒是有个好朋友，四十几岁的人，却整天把年纪大了挂在嘴边。凡事都退缩，找各种借口和理由搪塞。

人到了不同年龄段，会有一种深刻的体会，就像我们每年要做年终总结。生活安定经济富足了才有精力打理心情。

人除了生理年龄，还有一个心理年龄。这个心理年龄就是我们常说的心态。你不觉得自己老，那你就不会老。

我从来不害怕衰老，因为会有很多人跟我们一起老去，这也是谁都无法逃避的事实。

在读者上看到这样一句话——人生并不像一年四季那样分明，四十岁的相扑选手就算老，但五十多岁的政客还会被称为菜鸟。很难确切区分多少岁算是老人，我们必须自己决定自己老了没有。

朋友

生命中，会遇到很多人。

尤其像我这种在异乡漂泊的人，换个工作都能换个城市，遇到的人就会更多。

周围没有亲戚，最有可能成为朋友的大都是同事。

能成为朋友的，可能并不是一起工作时间最长的。一起工作几年的同事离开后，有些名字都忘记了。

能成为朋友的，是搬了家会通知你，换了号码、换了工作不忘告诉你的人。

是可能几年不见面，平常不聊天，偶尔在朋友圈点个赞，见面还亲切如初，能敞开心扉，促膝长谈的人。

是你有幸福和喜悦第一时间想要和她分享，遇到困惑和迷茫想要倾诉和求教的人。她的认可和肯定让你找到自信，她的鼓励和支持让你感到温暖。是那个关心你，在乎你，欣赏你，懂你的人。

人生像是一块拼图，结识过的人和经历过的事拼凑成我们完整的人生。

年纪大了，很少能再交到知心的朋友，也不太愿意结交新朋友。一起生活的片段就像长在身体里的一部分，离开就是撕裂，会很痛。

有首歌里唱到：

这些年，一个人

风里过，雨里走

有过累，有过错

还记得坚持什么

100

......

　　有些人的离开没有征兆，不能预知，不能避免也无法改变，我们渐渐学会了适应。既然人生的路无论怎样都要走下去，有个人陪伴总好过一个人的寂寞。

　　木心说："一个爱我的人，如果爱得讲话结结巴巴，语无伦次，我就知道他爱我。"

　　我想说：只要曾经帮助过我，关心我，指出我的缺点和不足的人，我都愿意当她是朋友。

　　年纪大了，容易伤感，很多感谢的话不敢当面说，很普通的一句"舍不得"都要当笑话讲，一认真就湿了眼眶。

　　分开了，不说再见。

　　就好像你一直都在。

平常年

今年过年，我只简单做了四个菜。像平常日子一样，吃过晚饭，三个人就各忙各的去了。

春节是一个让人感觉温暖、亲切、热闹和喜庆的日子。庆祝辛苦一年的结束，迎接新的一年到来；是一种生活的情感，期望和生机。

北方人到了冬天，就开始"猫冬"了，所以"年"似乎比其他地方来得要早一些。一进腊月，家家户户就开始忙活起来了。时光通过腊月这条大河，一点一点驶向年底。

在我的记忆里，和过年相关的所有工程都是浩大的，都需要亲朋好友、左邻右舍来帮忙或协助才能完成。摊煎饼、蒸馒头、豆包、包饺子。对于包饺子馅我印象尤为深刻，剁饺子馅是我最讨厌的家务活。饺子大多是酸菜馅的，首先要把冰冷的大白菜从腌制的水缸里捞出来，掰开，片成薄片，切成丝，再剁成泥。为了提高效率，常常是两把菜刀同时交替运作，当当当的节奏声此起彼伏，到了晚上胳膊痛得都抬不起来。然后还要和几十斤面粉。所有准备工作到位，接下来便是分工明确的流水作业。零下二三十度的气温，天然的大冰箱，一帘包好，另外一帘早就冻住了。负责收的人会把饺子分别装好放在一个大缸里，这样整个正月里就天天都可以吃饺子了。

到了腊月二十三，就不声不响地日日加深。到了这一天，年意就越发地簇密和深浓。每年这个时候，妈妈就要求我们一定要把家里的墙壁粉刷一新。这也是我们每年必须参加的集体劳动之一。小孩子够不到棚顶，就负责刷墙壁。胳膊酸痛不说，白灰的液体流到地上很难清理，还会溅得满身满脸都是，不小心还会溅到眼睛里。这也是我最恐惧的家务活之一。

每当这个时候来临，我都希望自己可以消失；或者突然生病，这样就可以逃过一劫。

小时候每天数着日子盘算，最期待的就是父亲在一年的收成里分出一部分办置年货。年货大街上红红火火，热热闹闹，亮亮堂堂，生活仿佛都被点燃了。人群熙熙攘攘，所有的年货无论吃的、喝的、用的、玩的，琳琅满目，应有尽有，让人想尽力把年过好的热情空前地高涨。

挂钱、对联、福字、灯笼，所有富贵、吉利、平安、好运的物品都包围着你，掀动你的热情，鼓舞你的欲求，似乎把这些寄托了祈望的东西都买回去，来年的希望就不会落空。

面朝黄土背朝天的日子里，他们活得认真虔诚、执着而又热情。唯有希望才是生活的魅力，才有支撑人们坚持下去的勇气。

小孩子盼望过年，无非是可以穿上新衣服，去和小伙伴炫耀，比比谁的更漂亮，更有平时难得一见的零食和糖果。提着哥哥帮我用纸糊的、里面点着一小截蜡烛的灯笼，散发着迷人的光芒，一年一度地照亮了故乡的小路；照亮了除夕的夜晚；也照亮了一个孩子的世界。

当剥掉冰冷刺骨的、不能用力握住的冻梨、冻柿子外面的一层冰碴，露出柔然的外皮以后，吸一口甜而不腻的果汁时，一丝凉意瞬间流入心底。所有的干热和躁动瞬间消失殆尽。我一直觉得他们是世界上最好吃的水果，那种感觉真的难以言说。

如果留心观察，你会发现，北方人的门牙上大都有个小豁口，那是经常嗑瓜子留下的印迹。一个三十晚上下来，地上的瓜子壳铺了厚厚的一层，已经看不出土地本来的颜色，早上起来，下巴已经僵硬到不会咀嚼。

春节联欢晚会是全家人必不可少的集体活动之最。小孩子更是早早就守候在电视机旁边，我会拿个小本子，把每一个节目都记录下来，便于回味。新年似乎是一个设置好了时间的宝盒，到了春晚的时候开启。里面藏着快乐、喜悦、甜蜜和满足，一家人团团围坐，开怀大笑。欢声笑语中，让人心中美好的愿望膨胀起来，热乎乎地填满心怀。那是打心底里流出来的兴奋。其实，幸福就在一家人团聚的时光里，在我们每个人的心里，在童年的记忆里。

每年春节，我都会追问妈妈，为什么我们家不放鞭炮？勤劳节俭的妈妈每次回答都一样的质朴："别人家放鞭炮，我们也听到了声响，也相当于我们表达了喜悦，送出了祝福，并不会影响到我们的心情。"如今的夜晚，静悄悄的，无声无息。我也无须再向女儿解释了，在我能买得起鞭炮的除夕夜，已经禁止鸣放了。

新年不再是以前朴素的样子了，很多传统习俗都摒弃了。

时光渐渐带走了我们的童真，所有人的快乐都不再是一件新衣服、几颗糖果、一个玩具和几个红包所能换来的了。我们的欲望越来越高，越来越无法得到满足。

对于我们这种在异乡谋生的人来说，奋斗了二十年才有一套自己的"蜗居"，我更愿意把来回往返的费用直接给到父母，用以改善他们的生活质量。我想，对于大多数老人来说，经济上的稳定、生活上的保障，比精神上的寂寞和空虚更重要。

回家过年，是与家人团聚的同时，更是一种修复。说是现实也好、虚荣也罢，当你跋山涉水、千里迢迢、筋疲力尽地回到故里，你自以为的收获和成功跟其他的亲戚、朋友、同学比起来，根本就不算什么。很多人比你富有、优秀得多。

异乡生活里的苦涩艰辛也好，功成名就也罢，都会被他人或自己有意无意地加上滤镜，或者 PS 过了。

于是仿佛被充满了电，你积蓄力量，准备下一次的出发。

过年，其实过的也是人生况味。

亲人离去时，我们在哪里

看到朋友圈同事的留言：亲爱的爸爸，谢谢您对儿子生活及工作上的全力支持。每次电话回家，为了不让我担心，您都说身体还好还好，每次您都担心主动电话我会打扰到我的生活工作。刚听妈说您前两天在念叨，问我怎么没打电话给您。可是现在您就这么无声无息地走了，再也没有见面的机会了。即使我竭尽全力在风雨中奔跑，也仍没能见上您最后一面，对不起您了，希望您在天国一切都好！

下面是一片同事朋友的留言：节哀！

看完留言，我的鼻子酸酸的，泪水在眼眶里打转。

同事工作很努力，也很优秀，在部门担任要职，加班加点是常有的事。

当他接到父亲病危的消息立即返家，下了飞机，刚刚坐上回家的公交车时，父亲就去世了。

都说人在临死的时候，虽然已神志不清，甚至没有意识，仍不肯咽下最后一口气，是在盼望最亲近和惦念的人。是这种强烈的意愿支撑着他还在努力，还在等待和期盼。

对于唯一的儿子，父亲心中该有多少不舍和牵挂啊。

为了不让孩子分心，为了不影响他的工作和生活。明明心里的思念已如洪水泛滥决堤，仍然用理智和决然筑起了一道高墙。

该是怎样的失望和疲惫，让父亲放弃了与儿子最后一次相见的机会，选择了无声无息地离开。他一定是太累了，才没能坚持到最后。

他一定还想看一眼，即使是最后一眼，他一定也有很多话要说，还有很多叮咛和嘱托。

无论儿子再怎样心急如焚，在风雨中一路呼喊狂奔，都无法追赶死神来临的脚步。恨不得一步跨过千山万水，哪怕最后握一下父亲冰冷的手，都是一种慰藉。

离去就是离去了，没有讨价还价的余地。面对已经没有体温的父亲，再多的泪水和哀伤都无法抹平心底的那份愧悔。

那是一种锥心的疼，刺骨的痛。心被一次次地揪住提起，又猛地放下。是一种近乎窒息无法思想的，觉得什么都该放下，又什么都放不下，无所适从的悲凉。

这种情感的无法弥补和不能自我救赎，一生都不能被原谅和无法释怀。

很多功成名就的成功人士，在职场拼杀，犹如战士，英勇无敌。在面对父母的时候会脆弱得像个孩子。

我就曾见过一个身家上亿的富豪，母亲去世得早，还没来得及尽忠尽孝。看到人家母亲和自己母亲相像，失声痛哭的场景。

南派三叔有一篇文章，讲小时候在父亲背上的感受，梦中父亲老了，自己想背起父亲的情形：

"梦中的那一天我们钓完鱼，山路崎岖，父亲行走趔趄，行不了几步已经气喘吁吁。我看着父亲的背影，知道这一天终于来临。我们两个人的位置终于要互换。我蹲了下来，说出了之前任何一天都羞于说出的话：爸，我来背你吧。"

我曾预想过很多回答，倔强的、无奈的……没有想到，梦中的父亲没有我想的那么顽固，他抬腿上来。我想背起父亲，然而他滑了下去，他又尝试了几次，都没有成功。

我回头看父亲，他说出了一句让我非常难过的话："儿啊，你这么胖，我爬不上来啊。"

"梦中我泪流满面。"

二姨去世的时候，两个表哥还没成家，其中一个还在回来的路上。

我亲眼目睹了什么叫死不瞑目。是舅舅把手放在她的脸上，告诉她放心，孩子以后有大家照应，不会有事的，她才把眼睛合上。

我觉得亲人之间是有感应的。

孩子的奔跑是知道母亲在等他，母亲的等待是坚信儿子会回来。

生与死的距离，无法丈量。

昨日的促膝长谈，今天的阴阳永隔。

一条看不见的分界线，将我们和亲人彻底地分开。

再怎样地发射信号和讯息，都不会有任何回应。

奶奶去世时，我在千里之外。想到老人已百岁高龄，也算寿终正寝。考虑到我往返的时间，家人没有通知我。

我一直说要到她坟上去烧纸，多年后返乡，亦未成行。

我小时候一直是奶奶带大的，和奶奶挨着睡在一铺炕上。

那段时间，经常会梦到她老人家。

有天夜里，我梦见奶奶拼命地拉我，让我到她的被窝里睡，直说这样暖和。

醒来，我惊出了一身冷汗。

我跟先生说，一定是奶奶来找我了，说我没有良心，都不回去看她。

先生陪我一起去庙里烧了纸钱。

姑姑前几天去世了，90岁，也算高龄了。七月十九日下葬，亲人陆续从四面八方赶来送老人最后一程。

在读者上看到一篇文章里有这样一段话：我觉得自己越来越像父亲，无论动作和习惯。父亲在世的时候，我觉得死神离自己还有一段距离，还有父亲隔在中间。父亲去世后，自己就离死神近了很多，就要直接面对了。

无论生前拥有一种怎样的人生经历，无论活了多少岁月，我们最终都会走向一条叫作死亡的不归路。

无论后人如何慷慨和孝顺，无论有着怎样隆重的仪式，我们都是在和这个世界告别。

撕心裂肺的哭喊也好，真心实意的不舍也罢，豪华的排场，强大的阵容，一个个程序的严谨和庄重，都只不过是一种形式，抑或是一种表达的方式，简单与繁复是否就预示着生命的意义和价值我不得而知。

我只知道，这是一个人留存在世的最后一段旅程。是给活人祭奠的时间，在对亲人的一生总结盖棺定论和离去时伤痛有个缓冲。

所有的仪式结束了，一个人的一生也就彻底结束了。

很多时候，像风吹过，不留一丝痕迹。

苦也好，痛也罢，哭过、爱过、想过、念过的人和事，都将被岁月的河流冲刷殆尽，直至遗忘。

我接连打电话给父母，询问生活和身体状况。汇去一笔生活费，叮嘱他们安心生活，照顾好身体。

父母极力阻止我，直说钱够用。让我为自己的生活做好安排。

父母健在，是我最大的安慰和骄傲。父母在，我就觉得自己还不老。

父母在，人生尚有来处，父母去，人生只剩归途。

母亲说："等我死的时候你不要哭，哭死我也活不过来，没用！"

我说："嗯，我不哭，我现在好好孝敬您！"

人为什么会做梦

天地间有许多景象是要闭了眼才能看得见的，譬如梦。

——钱锺书

和同事一起出去吃午饭，路遇其他部门一同事。由于一起出差过，一起座位，人家客气打声招呼叫声姐姐。同事回部门转述时是这样的："你看她像黑社会老大一样，人家叫她姐，她鼻子里就嗯一声。"

一天当中会发生很多事，就像一江春水流向东边，再不复返。本来很平常的事，被她一形容，就像一篇文章一段话，中间的某一行被加粗加了颜色，加了下划线一样，突然变成重点，印象深刻了，这大概就是重复的作用。

然后晚上回去看电影，因为是临近睡眠时间最近接触到的事物，想必离记忆最近，印象最深吧。就仿佛虽然是至亲，距离远了，也变得没那么亲近了，有时候不如近邻是一个道理，虽然血缘关系还在那。

绕了这么大一个弯子，是想说：都说日有所思，夜有所梦。其实以我的感觉，除了所思、所感、还有所做、所经历的都会成为做梦的理由和范本。就像前面所讲，因了加重的一句"姐"，我夜里做梦，除了有电影里的故事情节构成的主题之外，还奇葩地和我喜欢的明星一家一起出行。我好像是司机兼导游，因为明星的体恤和感恩，而允许我和他一起拍照，这可是我求之不得的。我私下窃喜，正好可以发到朋友圈里炫耀一下。谁曾想很多人听说可以和明星拍照，蜂拥而来。大厅里瞬间排起了长龙。明星说大家遵守秩序轮流来，本来站在明星旁边的我顿时被挤到了很远。明星可能累了，被工作人员安排坐下休息。再见到明星时是坐在椅子上，迷蒙中发现就是办公室那种可以来回滑动的办公椅。明星很念旧，记得我曾跟他一起出行，给过他服务和帮助。于是热情地大声叫道："坐到我身边来，姐！"

相信我们都有过做梦的经历。我是觉得当你心情不好，被某些事影响和困扰的时候更容易做梦。心情舒畅，凡事顺遂的时候就会很少做梦，睡眠不好另当别论。很多稀奇古怪的梦，那种可以飞檐走壁、上天入地、英勇无敌、所向披靡的梦，当时异常深刻，但醒来后很多忘记了，因为大都和生活无关。

我印象最深刻的梦，是在日子最艰难的时候。之所以记忆犹新，是因为经常做同样的梦。梦见自己在一片白茫茫的水域，看不到边际看不到尽头，没有路。远处有时候会出现一匹马，或者一头牛，也或者是一条鲸鱼。不知道是不是想走近它，还是希望它能带自己走出困境。一直处于纠结困惑迷茫慌乱之中。请教一位年长的姐姐：指点我说是吉兆。多年后，走出那段灰色地带，仍心有余悸。

春节假期，梦见自己回老家探望父母。正聊家长里短兴浓之际，突然惊叫："我请了三天假，今天就已经到了，还有好多故地未能重游，好多亲友未能探访。现在别说坐火车、高铁，就算买机票也赶不回去准时上班了。"想到要被领导责骂，顿时如坐针毡。

有如神助，我突然新增一项法力，可以腾云驾雾了。我跟众人匆匆辞行，对女儿说，我们两个飞回去吧。

身穿大红色晚礼服，风姿绰约，优雅高贵，长裙拖曳至几米开外。在亲人的不舍，亲友的热切注目之下，我和女儿飘飘逸逸，一飞冲天！

飞行途中，女儿听力减弱，需要恢复功力。我们一路扶持，总算找到了一家专门做闹钟的工厂。师傅们听说了我的情况，非常热情，午饭都停下来，帮我们紧急处理。打开犹如一扇门样大的闹钟，响声震天。我惊醒，手机就在枕边，昨晚睡觉忘记关闹铃了。

过年回家并不在计划之列。想是因为看到朋友圈里，很多晒过年回家的各种团聚，心有感触。潜意识里的思绪，并未倾诉和表露，大脑做了有心人，在梦里体味了一回人生况味。

很多梦现实里根本不可能发生和存在，甚至荒诞不经，但是他经常会出现在我们的梦境里。倒是我们心里想着要得到的，企盼的事情却从未得到过满足。比如喜欢的人，明明很想念，却阴差阳错怎么也遇不到；比如很穷苦，买了彩票，明明中了大奖却怎么也等不到开奖的那一刻……

是否每个人都有这样的体会：每次做梦到精彩时刻，总是会醒。要么闹钟、要么天亮。原来梦里的结局都不完美，都不能满足虚幻假设的美好。或者有些荒诞的故事，梦也没办法给你一个结局。

人间四月芳菲尽

周末早晨，阳光明媚，温和怡人。我提议去公园走走，健身之外，顺便欣赏芬芳馥郁的百花争艳。"芍药花期过了，杜鹃也凋谢了。"老廖不无惋惜地说。

夏天，是绝大多数生命最为旺盛灿烂的季节。夏天用它五彩缤纷的热情感染着这个世界，而花是夏天不可缺少的点缀。

和以往一样，牵着手，从公园正门进去。自从下载了"识花君"小程序。每次逛公园又多了一项活动，遇到不熟悉的植物立马拍照识别，然后下次互相考试，看谁记得多。每熟知一朵花的名字就兴奋不已。单纯的行走因这份互动又平添了一份乐趣。

五月的上海，进入初夏，天气没有盛夏时炎热。微风拂面，阳光透过树叶打在路边的花草上，光影斑驳，很容易让人产生遐想。

两人边走边聊些周围的植物。龙柏、罗汉松、香樟、水杉、玉兰、枫树、山茶……这个时节，公园里大规模开花的并不多。

过了小桥，走出园中庭院，在一块略为开阔，供游人晨练的草坪周围，一片绚烂的色彩格外醒目。我们不约而同加快了脚步。

百花竞放，争奇斗艳。沉醉于花香中，迟迟不肯离去。两个已近知天命年纪的俗人，像两只翩飞的蝴蝶，从这里奔到那里，连续按着手机的快门，仿佛动作慢了那份娇艳和俊美就会被别人抢了去。以为摄入镜头，那份恬静和纯美就会归自己所有。

在植物那份淡然、那份自信、那份毫无修饰的天然丽质面前，人类再多的装扮、再多的雕琢都黯然失色。

紫色的薰衣草，馥郁的小花，颀长秀丽的花序，因为花语是等待爱情的缘故吧，代表着浪漫，看起来很有偶像剧的感觉。

东南亚对鸢尾的传说就像是童话，百万年前，只有热带密林中才有鸢尾，太过美丽，不仅飞禽走兽和蜜蜂爱恋，连轻风和流水都要停下来欣赏。

在台湾地区被称为"母亲花"的多叶羽扇豆、小巧玲珑的雏菊。原产于非洲，全身都有浓郁韭菜味，并可食用的紫娇花，又名非洲小百合。悬垂下来像一枝枝倒挂金钟的吊钟花。让人有种想要摇一摇的冲动。

乱花渐欲迷人眼。面对满庭的鲜花简直有些不知所措。

瓜叶菊的叶子层层叠叠，排列有序，色彩浓淡相宜，竭力伸展的身躯，让人无端生出一份自卑。

第一次见到绣线菊，惊异于它的生动、逼真。仿佛用丝线刺绣出来的，闪着光泽。花蕊高出花瓣两三厘米，似修剪出来的茸毛，令人忍不住俯下身来想一辨真伪。

老公好几次提醒，才恋恋不舍地起身，一步三回头。

即便没有机会观赏到芍药的妩媚，杜鹃的热情奔放，在这个周末清晨，和爱人一起欣赏到这些籍籍无名的小花，又何尝不是一种美，一种幸福。

那份妖娆、婀娜、亭亭玉立，那份端庄、高雅、绚丽夺目，经过风吹雨打，并未褪色。那份顽强向上生长的力量，带给我的温暖和感动像血液一样，循环流转。

谁说人间四月，芳菲落尽。那满园的璀璨与芬芳都开放在我的心里。让我在每一个沉寂无声的夜晚，在每一个雨后寥落的黄昏，在每一次备受打击挫折的日子，都心生甜蜜和喜悦。

唯有牡丹真国色

不记得从什么时候起，一家人聚在一起做同一件事，看场电影，逛个公园都要提前约定了。也因为团聚的日子太少，所以格外投入和珍惜。

天公作美，昨夜狂风骤雨，今晨终于雨停风歇。七点钟之前进园是免费的，只能早起。正因为迫于早起的免费诱惑，才有了起床的动力。如果随便什么时候都可以去，想必计划会一拖再拖。

公园里人并不多，都是上了年纪的老人来晨练。像我们这样一家三口纯粹是来赏花的几乎没有。

一进园子，老廖就像个导游一样引领我们。

我心心念念的玉兰早已凋谢枯萎，还好赶上了牡丹的花期，也算不虚此行。

古人形容牡丹雍容华贵、国色天香、富丽堂皇，寓意吉祥富贵、繁荣昌盛，是华夏民族兴旺发达、美好幸福的象征。除此之外，我再找不出词汇来描述他的美。

牡丹园里，这一枝，那一枝，各种各样的红、绿、黄、粉、白。似火、似翠、似金、似霞、似玉，驻足贪看多时。柱颓山房前的一株百年牡丹，更是雍容华贵、国色天香。早起时的困倦和慵懒，已不复存在。内心倏然充盈着喜悦，对未来的美好期待瞬间涨潮。

尽管经受了暴风雨的洗礼，她依然昂首挺立，傲然绽放，娇艳欲滴。在晶莹的水珠衬托下，更平添了一丝妩媚和端庄。

不矫揉造作，不随波逐流，不讨好不献媚，不张扬，只管开出自己的风采。让人除了感叹她的美，她的高雅，她的气宇轩昂，她的落落大方外，无须过多介绍和关注，就无法忘怀。

脑海里突然跳出《牡丹之歌》的旋律：

有人说你娇媚，娇媚的生命哪有这样丰满

有人说你富贵，哪知道你曾历尽贫寒……

硕大的花朵，层层叠叠有序绽放，不拥挤，不杂乱，看似开得漫不经心，却有种摄人魂魄的美，美到令人赞叹，令人陶醉，令人欲罢不能。

突然感叹植物的生命力，远超人类。

老廖体重严重超标，近期运动热情高涨，为了鼓励他的信心，我佯装兴致正浓，特意跟随他多逛了几处。一家人徜徉在鸟语花香的园林中，心境格外温馨、宁静。

只听闻"洛阳牡丹甲天下"，却不知身边亦有牡丹开。近在咫尺，开得芬芳醉人，我们曾经一无所知。

错过的花期，不必追悔和感伤。眼前的美景，似一幅图画，让人赏心悦目。明天的约定，让我们满怀期待。

同样的路程，打开计步器查看，老廖走了九千七百步，我却只走了八千七百步。

我大惑不解："你的手机有问题吧？怎么差了这么多？"

老廖笑答："我比你走得早，所以比你走得多。"

我不语，随即反诘："怎么可能，路程是一样远的！"

稍后才恍然大悟："噢，原来是你走得慢，我走了八步，你要走九步。"

老廖憨笑不止，眼睛眯成了一条缝，和小时候一模一样，纯真无邪。

八月桂花香

这段时间工作忙，强度大，十天没去公园跑步。

刚走进公园门口，还没有一丝一毫的感觉。跑着跑着总感觉哪里不对劲。

公园里经常会有不同的味道出现。有时候是烧垃圾让人窒息的味道；有时候是喷洒农药刺鼻的味道；也有草坪修剪过后的清新味道。

今天的味道很特别，不刺鼻也不难闻，若隐若现。让人有种舒适和亲近的感觉。

越接近公园深处，味道越明显。当那股淡淡的幽香随着微风不断钻入鼻翼的时候，我终于恍然大悟！

就像分别多年的同学或好友，在街头偶遇。激动之情此消彼长，却一时叫不出对方的名字。

在心底窃问："不是八月桂花香吗？怎么都九月底马上进十月了才开？"

一边纠结一边质疑，最后还是自己解开了疑团。

原来传统意义上的"八月桂花香"其实指的是农历八月，也就是中秋节前后。每年这个时候，才是桂花盛开的时节。

桂花的香味浓郁，像奶油，也像蜂蜜，让人闻了就想尝一尝；桂花的香气有种魔力，闻到花香，总忍不住要深吸几口气，想把这独特的幽香吸入肺腑，储存起来。

用力一呼一吸之间，悠悠一股清香顿时在胸间荡漾，沁人心脾，令人陶醉。这一刻，只有馨香满怀。

我以前从来不知道桂花是那样娇小，花蕾只有米粒那么大。淡淡的黄色花瓣，轻轻摇曳，却发出很诱人的幽香，老远就能闻得到。浓烈时，空气里都是桂花的香气。

一簇簇拥在一起，卑微而又含蓄，清芬袭人，浓香远逸，让人不敢忽视。独特的带有一丝醉人的幽香，总能把人带到美妙的世界。

不由自主地走近，霎时间已不是一缕，而是一股又一股浓郁的香味铺天盖地而来，将人笼罩包围在其中。恍惚间，也变成了一株桂花树。

倏然忆起去年中秋，在朋友圈发了一首诗：

　　　遥知天上桂花孤，
　　　试问嫦娥更要无。
　　　月宫幸有闲田地，
　　　何不中央种两株。

多数好友点赞，我立马解释澄清：这是白居易的《东城桂》。

一举手投足，一出神恍惚间，已物转星移。去年的事恍若昨天，今天的事仿佛去年的。让人有种今夕是何年的错觉。

从小生长在北方，对桂花的所有印象皆来自罗文的那首《八月桂花香》

　　　尘缘如梦
　　　几番起伏总不平
　　　到如今都成烟云
　　　情也成空
　　　宛如挥手袖底风
　　　幽幽一缕香
　　　飘在深深旧梦中
　　　……
　　　人随风过

自在花开花又落

不管世间沧桑如何

一城风絮

满腹相思都沉默

只有桂花香暗飘过

都说桂花的花语是"收获"，大概因为桂花是秋天开放的缘故。

也许是先入为主吧。我始终觉得桂花是忧伤的代名词。虽清可绝尘，浓能远溢，陈香扑鼻，令人神清气爽。但花期短暂，开在仲秋时节，祈盼圆满，而深知完美不可得。

就在这夜静轮圆之际怒放，而后即便"零落成泥碾作尘"，到底有过一世的繁华！

赏菊

中秋假期，对于平日里疏于运动，已经飙升成标准胖子的老廖，主动提出去几十公里外的五厍看菊花展，我倍感惊奇。可见对菊花的喜爱程度。对一件事物的喜爱，能改变一个人平时的习惯。

对于难得的兴致，不好打击，为了鼓励，我欣然前往。

虽是深秋，天气阴沉，倍感凉意。听说穿旗袍可以减免五十块钱的门票，我还是毅然穿了旗袍。

我以为是举办方为了扩大影响和知名度，吸引游客的手段。门卫说菊花展已经举办三年，看来是我整天上班下班两点一线，太孤陋寡闻了。

进门的时候，老公还担心。我大模大样地走进去，门卫愣了一下，什么都没说。

为了体验一下特权的效果，我进去后又出来，等买票的老廖一起。那感觉跟捡了大便宜似的。

跟平日里旅游的熙熙攘攘不能同日而语。园子不是特别大，也许是天气的缘故，也许是规模太小知名度不高，总之，冷冷清清，没什么人。

很多品种特殊，略微名贵娇嫩一点的花还没有大批开放。有经验的人说菊花要在十月下旬才是最佳观赏期。

一进门口的人行道左边是大片的向日葵，右边是格桑花。从小生长在北方农村，对这两种熟悉的植物格外亲切。

虽然没有北方的土壤丰厚肥硕，葵花略显羸弱和单薄，还是让我涌起强烈的想要亲近的感觉。尽管角度光线都不是最佳，中间的雕塑也倍显突兀，我还是毫不犹豫地连按几下快门，仿佛看到手机里一张张似笑脸般的花盘，我就拥有了她们，我就亲近了她们，就走进故乡里了。

无论什么东西，多了就会感觉有气势，感觉壮观。

一丛丛不起眼的小花，聚拢在一起，远远望去，仿佛一条彩色的毯子，铺在大地上，美不胜收。还是让人忍不住惊呼和赞叹。

对于有过多年养花经验，花中又偏爱菊的老廖来说，看不到大头菊定是一件憾事。

顺着指示牌的指引，来到室内种植区，顿时眼前一亮。有种慕名而来，寻遍大街，终在深巷觅得心心念念的美食一样激动不已。

一簇簇，一丛丛，竞相开放，各有特色。有的秀丽淡雅，有的鲜艳夺目，有的昂首挺胸……姹紫嫣红，流光溢彩，争奇斗艳。让人兴奋得毛孔都张开了。

无论是完全盛开的，刚刚绽放的，还是含苞待放的花蕾，都让人欢喜。花瓣一层赶着一层，排队似的向外涌去。一朵朵的菊花像用象牙雕刻成的，晶莹剔透，似假亦真

想要碰触抚摸感知她的存在，又怕伤害到她。想要拥有又想让他自由生长的矛盾心情折磨着自己。

她们开得那样洒脱、自在、无拘无束，肆无忌惮。那惊世骇俗的美让人自惭形秽。

土花能白又能红，

晚节犹能爱此工。

宁可抱香枝上老，

不随黄叶舞秋风。

秋天来了，树叶儿慢慢地变黄，花草逐渐凋零，唯有傲霜的菊花却迎着秋风怒放。难怪元稹说："不是花中偏爱菊，此花开尽更无花。"

很多文人墨客都写过咏菊的诗句。陶渊明爱菊成癖，更是广为流传。"采菊东篱下，悠然见南山"，至今仍脍炙人口。

轻肌弱骨散幽葩，

更将金蕊泛流霞。

欲知却老延龄药，

百草摧时始起花。

苏轼的这首《赵昌寒菊》就是对菊花的姿态、花蕊的色彩、菊花品性的高度赞赏。

古书也有记载，最初古人栽培菊花是以食用和药用为目的的。至于菊花是否真的能延缓衰老就不得而知了。

突然有点羡慕古人。在"东篱把酒黄昏后，有暗香盈袖"，在"开轩面场圃，把酒话桑麻"后，还可以在明月照窗、竹炉汤沸之际，与三两好友相对而坐，看菊花在杯中沉沉浮浮，在水中缓缓舒展，细品菊花的悠悠清香。

起舞的日子

对于喜欢旅行的人来说，有免费旅游的机会，无论如何也不能错过。所以，当公司宣布今年秋游去嵊泗列岛的时候，我第一时间就报了名。

三毛说，每去一个地方，都要提前做好功课，了解一下当地的建筑、历史以及风土人情，做到有备而来，才能有所收获。

说实话，我是被这个地名吸引打动的。在我富于幻想的性格里，嵊泗列岛该是类似马尔代夫这样充满浪漫，奢华的休闲度假场所，有蓝天白云，有碧海金沙。晚上在阳台上喝着小酒，谈着梦想、吹着海风、听着海浪拍打海岸，看着污浊的浪在心中澎湃。直到坐在出行的大巴上，我才匆匆浏览了一下百度百科。

对陌生环境的新奇，抵消了舟车劳顿。吃过午饭，安置好住宿行李物品，便迫不及待出发去导游口中的沙滩。

对于见过亚洲最大的沙滩"金沙滩"的人来说，基湖沙滩实在不能称为沙滩，只能算作海边。

海水混浊，海岸线不长，沙子果真是名副其实的平板沙，海滩坡度平坦，沙子紧致。走在上面，跟马路上没多大差异，一点都不松散，柔软。

一行几十人，到了海边，不过一会的时间，人群就分散开来了。一家三口带小宝宝的，父母单独带子女的，还有单独一人的，最终分成几个不同的小团体。就像海边的沙子，通过筛子的筛选，细沙过滤掉了，剩下的都是大大小小的石子。

再怎么失望，到了海边，面对辽阔的一望无际的海面，大人孩子都还会生出一种莫名的亲切和喜悦。大海的深远和辽阔让我们感觉到自己的渺小和卑微，那些原本沉重的负担和无法释怀的心结突然觉得都微不足道了。这也是很多人喜欢大海，觉得大海能净化洗涤心灵的原因吧。

小时候洗澡都喜欢戏水，免不了要被大人呵斥。到了海边，再也不用顾忌，可以肆无忌惮，大海是放大了的浴盆，我们是被放大了的孩子。

才哥全神贯注，在落潮的瞬间寻找螃蟹和贝壳。哈！找到一只！两只！我们兴奋地围拢过来，欣赏才哥的战利品。小孩子叽叽喳喳地询问方法和窍门。才哥一脸得意和自豪，捡了一个人家丢弃的小水桶，宝贝似的养在里面。在帮我们拍照的时候，被海风吹倒了，才哥紧张地扶起水桶，慌忙寻找两只小蟹，以为被海水冲走了。幸好，里面放了点沙子，小蟹钻到沙子里面，藏到桶底。

小孩子忙着到海水里嬉戏，打闹。我和两位好友一起寻找合适的角度和光线拍照。拍了几张，效果都不是特别理想，动作死板无新意，看上去就像到此一游。

索性网上搜索模板，再加上同事的帮助，居然也拍出来几张像模像样的照片。一发不可收，大家都热情高涨，想挑战更高难度的动作和场景。

比起工作的压力，娱乐和游戏更容易让人轻松愉悦。我们都像是导演，每一张照片便是一出好戏。

此时此刻，所有的烦恼，不安，压力统统都抛到了脑后，被海水冲刷后消失得无影无踪。

在我们的指挥下，两个八零后大男孩表演的跳跃，因为动作没能统一拍出的喜感令我们忍俊不禁。这也是生活带给我们的馈赠，因为参与、投入后带来的快乐会被我们存储起来，在生活艰难、困苦，遇到打击挫折后拿出来享用，于是，烦恼和压力被稀释掉，我们又能轻松前行。这也是旅行带给我们的收获。

有同事笑说我们不是来度假旅行，是来拍照拍外景的。

在岛上，空闲的时间很多。住的地方离沙滩很近，出门不过几分钟的路程，因为天气炎热，也没怎么出门。因为食物大部分都是从陆地运过去的，所以蔬菜比海鲜贵，水果也很贵。青菜要十一块钱一斤。

如果有台风停航，无法进出，岛上的食物会消耗殆尽。不再迷恋憧憬和向往海岛的富庶和悠闲。内心里还是不甘受束缚和制约，不想有一天被困在孤岛上，无处逃脱。

钱钟书先生在《围城》里说，婚姻是一座城池，外面的人想进去，里面的人想出来。这句话也适用于旅行时的心情。

没去的时候，渴望。去了以后，厌倦、失望、想要离开。

当我真正离开小岛，回到家，再回头遥望，曾经的颠簸、劳累，都变成了美好的回忆。小岛比未去时变得更小，更清晰，更具体，一眼就能望遍；小岛变得更轻，一只手就能托举；小岛变得更近，一步就能跨过。

尼采说——每一个不曾起舞的日子，都是对生命的辜负。还好，我们都没有。

女儿，妈妈跟你说声对不起

女儿从小就特别懂事，也许是因为家庭条件差，也许是大人刻意的培养，也许是因为天性使然，也许是因为性格软弱不敢表达自己的真实意愿，也许是因为大人夸奖的次数多了，她明白怎样做才能得到别人的夸奖和喜欢，反而掩盖了自己本来的真性情。

平时忙于工作，加班，基本都是奶奶带。加之结婚早，年纪轻，不知道怎样教育、培养孩子，对于孩子的表现大都是听奶奶讲述。

不知道女儿是怎么长大的，不知道女儿在儿时、青春期的各种心理变化和需求，也很少倾听女儿的心声，很少跟她沟通和交流。

每次跟婆婆聊天，都不可避免地聊起女儿的乖巧懂事。有一些事情是每次必会聊到的，就像电视剧中间的广告，女儿听得都不耐烦了。

现在回想起来，女儿的懂事有很大一部分是天性使然。心软和善良的成分占很大比例。小时候生病打点滴，别的小孩哭闹不止，女儿却很镇定地对我说："妈妈，你去休息一会吧，好了我叫你。"仿佛生病的不是她，需要照顾的是我。那时女儿也就两三岁。

每次和奶奶上街卖菜，都主动帮奶奶提自己力所能及的重量，以减轻奶奶的负担。奶奶心疼孙女，又考虑家里人多开销大经济拮据。天气炎热，奶奶提议买支冰激凌。

女儿用探讨的口吻："奶奶，你还有钱买菜吗？"

奶奶此刻反倒下定决心，再怎么艰苦也要给孩子买。

女儿："奶奶，你实在要买，就买支五毛钱的吧！"

听着让人觉得心酸。

当时还像讲笑话一样，当故事听。讲的次数多了，也就不觉得什么了。就像烧菜需要放盐一样。

两个人絮絮叨叨，把前尘往事陈谷子烂芝麻都讲述一遍，就仿佛完成了见面的仪式和目的以及意义。

每讲述一次，两个人就都心照不宣地自认为达成共识，各自点头发自内心地表达一番感慨，这孩子真懂事，庆幸自己的福气，有这样好的子女。却从来没问过女儿的感受。

又跟往常一样，旧事重提。女儿在旁边补充了一句："其实，我很想吃啊，你们不知道我当时心里有多委屈！"

那一刻起，我才意识到对女儿的疏忽。事实上，我从来就没考虑过女儿的感受。一直自以为是地肯定女儿的懂事。其实她到底还是个小孩子，也才只有四五岁。却要承受在她这个年纪不该承受的东西。

听到女儿这句话，我鼻子一酸，眼泪强忍着才没掉下来。

如今的孩子衣食无忧不说，吃的用的玩的应有尽有，女儿小时候没参加过任何学习班，没学过一种技能，也没有买过一件像样的乐器。

我从来不知道女儿的想法和真实感受。也许她也曾渴望，但是她不敢提出来，她知道有些愿望不能实现，家里的条件不允许，所以索性不说出来。她所表现出来的理智、冷静和懂事其实是大人刻意培养的结果，是表象，根本不是孩子的真实意愿。

想想女儿的童年该是有多孤单。没有父母的陪伴，没有游戏和玩耍，没有玩具，没有礼物，加班半夜回来女儿房间里还亮着灯，她说一个人害怕。

想想女儿一个人在家没人陪伴，看个电视还要受限制，我每次关心的只是她的成绩。

假期我都因为节省路费让她不要回来。想想自己真的很不称职。

以前从未有过这样的感受，突然地某一时刻意识到了之前所犯下的错误。都说凡事的来和去都有它的时辰和道理，在清明时节突然有了这样的发现和感触。感觉愧疚万分，心绪难平，亏欠女儿太多太多。眼泪像断了线的珠子，止不住滑落。抑制不住地哭出声来。

不敢细想女儿小时候是怎样长大的，那是种万箭穿心的感觉。仿佛女儿一个人吃完泡面，还等在门口，倾听我的脚步声，盼着我早点下班回来。女儿还在烈日下，提着一袋蔬菜，眼巴巴盯着别的孩子手中的冰激凌……

要怎样才能弥补我的愧疚和女儿童年缺失的关爱。

在电影《唐山大地震》里，徐帆扮演的母亲，在女儿回来的那一刻，特写的镜头里，是母亲精心准备的西红柿，那是在出事前，女儿想吃没吃到，妈妈让给弟弟了。

这是母亲一生的遗憾和愧疚，是心里永远无法平复的伤痛。像刺，戳在胸口。她一直没有搬家，住在破旧的平房里，怕女儿回来找不到路。

在清明，在一个由节气变成了节日的日子，我要马上告诉女儿，五一一定要回家，妈妈给你买玩具，买冰激凌，买礼物，买任何你小时候想要的东西。

身在异乡为异客，回到故乡仍为异客

"身在异乡为异客，回到故乡仍为异客。"在《读者》上看到这句话，2016年中国社会心态研究报告，《社会心态蓝皮书》里这样说。

在上海生活了20年，买了房，安了家，工作稳定，结识了一批朋友同事。适应了这里夏日的高温闷热，冬天的阴冷潮湿。

听得懂外语一样的上海话，知道出行乘几号地铁，熟悉周边的旅游景点线路，购物去哪个超市物美价廉。

没有旅行的慌乱，没有度假的匆忙，寒来暑往中，我自觉已如砖瓦，镶嵌在鳞次栉比的高楼里。若逢年过节，同事邻居的一句："放假回家吗？"瞬间将我打回原形。

生养我的地方才是故乡，有父母在的地方才是真正的家。陌生的城市，即便熟悉每一个角落，我仍是异客。

在一场场狂风的肆虐中，在一次次暴雨的洗礼后，我依然如花儿般向着太阳，倔强生长，奔赴人生的光明。在颠沛流离中挣扎着，试图抛开重负，挣脱羁绊，踏上那片久违的土地。

六月里正是庄稼疯长的季节，玉米已比肩高。离家的脚步越近，越能体会古人"近乡情更怯，不敢问来人"的心情。

离家咫尺之遥，居然找不到回家的路。想找个人打听问路，怕人家笑话。曾经荒凉破败的小镇，一如从前。少了冷清，多了拥挤与热闹。被包围在青纱帐里，仿佛入了迷阵，思绪飞速旋转，不知道哪个出口是正确的方向。

是我心底的故乡，却已不是记忆中的故乡。

父母、兄弟姐妹听闻我回来，老早就在大门口张望，一如迎接凯旋的战士。在慌乱愧疚中走下车,内心五味杂陈。父母苍老的面容和满脸的欣喜让我无地自容。

离开得太久,一切印象都停留在记忆中。曾经那么熟悉的情境,此刻变得有些陌生。还是红砖砌成的院墙,铺就的庭院,锈迹斑斑的铁门,几只小鸡在院子里旁若无人地觅食,它们一定不知道,我曾经也是这里的主人。

众人争抢着接过我手中的行李、包裹。门帘褪了颜色,污渍明显可见,两只苍蝇嗡嗡地叫着,趁着开门的间隙钻了进来。

灶膛边堆放着柴火,灶台上一口大锅呼呼冒着热气,水缸还在固有的位置,旁边是父亲手工做的水舀子。

土炕是故乡的代名词,一提到东北,就让人联想到冰天雪地。母亲一边往我碗里夹菜,一边跟我说鹅是自己养的,肉味有多鲜美,她炖了很久,让我多吃点。

我明明是回家的,可是我不知道灶膛拿什么引火,洗好的碗筷该摆放在何处。我找不到母亲放在冰箱里的菜,不知道怎么样才能把不听指挥的小鸡赶到笼子里。

母亲耐心地告诉我哪里可以给手机充电,哪一条是洗脸的毛巾,夜里去露天厕所门灯在哪里。

在她眼里我仍是她幼小、不谙世事,需要呵护照顾的孩子,怕我受苦、受累、受委屈。可她分明又把我当成了客人。

我分明是在自己家里,却再也无法融入和适应这种原始、古朴的居住环境,母亲嗔怒:"你不是从小就在这里长大的?!"随即又陷入沉思。也许,她深知我已如候鸟,在特定的季节才能北归。

泥泞的小路变成了水泥路,伸向远方,连接着外面的世界。田埂上行人踩出的小径已不复存在,土地已连成一片,方便机器大面积耕种。当年青纱帐里被迫与母亲采摘蔬果,汗水浸湿衣衫,玉米锋利的叶子划破脸庞臂膀,咸涩刺痛灼伤,看不到远方,看不到希望。想要挣扎又没有勇气，想要摆脱又没有方向的日子，已淹没在遥远的记忆里。

当年红红火火，积攒了大量人气，一派繁忙热闹景象的砖窑厂，已荒废，弃置不用，掩映在杂草丛里。这是我童年里唯一的"旅游"景点，消遣放松的好去处。和小伙伴一起做的荒唐事，仿佛昨天发生的，历历在目。

我熟悉的故乡，此刻变得有些陌生。是我认不出它，还是它认不出我了呢？

村里没有安装有线，电视机只能看三个频道。父母还沿袭着以前的习惯，晚上八点上床睡觉，早上四五点钟就起床。我每天都是在睡意蒙眬中被母亲叫醒吃早饭。有时候叫醒你的除了闹钟、梦想，还有母爱。

年轻人外出打工，留在家里的大都是老人和孩子。乡亲们热情地打招呼，有些面孔似曾相识，我却叫不出他们的名字。也许再过些年，我就像贺知章《回乡偶书》里描述的情形了。

农村的生活条件比以前大有改善，城乡差距也在一点点缩小。最直观的感受就是穿着上的变化和消费观念的转变。而直接带动消费的当属收入的提升。

装修精致典雅的私人别墅，出行便捷的私家车，以及辛苦打拼的事业，都透着底气十足的自豪。让我这个在外漂泊多年，自认为视野开阔，至今靠微薄的薪水度日，居住在大都市的虚荣和自信瞬间土崩瓦解。

到底离开多年，居住环境和交往的人群不同，交流的内容只能停留在衣食住行这些最原始的部分，我试图用内心的充实与丰盈来抹平彼此间的落差。我觉得自己也是他们中间的一分子，又似乎游离在边缘。我和他们就像磁铁的同级，真的想靠近，却被排斥在外。他们接受我的思想观点，却并不接纳和认同。我明明和他们距离很近，却感觉很遥远。

一个人一生居住的地方，有些可以自主选择，有些是被动接受的。在一个地方生活久了，就会慢慢适应这里的一切，正所谓入乡随俗。

越来越多的人离开故乡，离开父母，到异乡打拼，并在那里安家落户。看似安定富足的背后，总有一个起伏不定的灵魂在骨子里游荡。

想回到故乡，已经回不去了，回去只是做客。不回去，在异乡扎根，又没有归属感，总觉得自己是别人眼中的外地人，实则进退两难。

以我的年龄算起，我现在的人生被分成两半。一半在别人的城市，一半在自己的故乡。

生活的滋味

小时候，不喜欢吃香菜、麻油，尤其不喜欢吃生姜。可以说是深恶痛绝。

在自家吃东西，父母会顾及孩子的口味。到了别家，就只能自己适应了。遇到不喜欢吃的，就一点一点地挑出来，仿佛这样，菜就可以下咽了。

腐乳、臭豆腐想必曾经也是很多人拒绝品尝的食物之一。鲜红的颜色和老远就散发出的臭味让我唯恐避之不及。

每次吃饭，实在抗议无效，只能要求摆放得离我远一点。

在当时物资匮乏的年代，腐乳和臭豆腐对于喜欢的人来说，可以称得上是美味了。正所谓他人之蜜糖，我之如砒霜。

每次饭桌上，父亲都极力劝我尝一尝，我百般拒绝。一次，父亲执意坚持：

"你吃一口。"

"不吃！"

"味道很好。"

"不要。"

"你尝一点点，不好吃你就吐掉，不会毒死的。"

半推半就，半信半疑，也算是给父亲一个面子。在众人热切注目之下，我吃了平生第一口腐乳。

舌头刚接触到就本能地想排斥，待真正品尝到了滋味，并不是自己想象中的坚决不能接受。

微咸、甜、涩、软糯，入口却有余香萦绕，食欲大增。不记得当时是怎样放下偏见与憎恶，放下面子与矜持自己主动夹的第二次、第三次。

嫂子曾跟我一样对臭豆腐退避三舍。也在父亲的鼓励和劝说下缴械投降，成为臭豆腐的忠粉。

事后，父亲哈哈大笑，大有阴谋诡计得逞后的得意、自信和一脸的自责后悔。

我因为胆小自卑，最终还是没敢挑战臭豆腐的威力，而至今与它绝缘。

张爱玲说：成长只是一夜之间的事。实际上，人在不同的年龄、经历不同的人和事，对食物的喜好也会跟着变化。有时候的转变也只是一瞬间的事。

记得多年前一朋友结婚，前去贺喜。酒席宴上，大家频频举杯。盛情难却，被逼无奈之下，抱着英勇就义，壮士一去不复返的壮志豪情，一口气干了一杯！

太过于专注情绪上的起伏，还没等反应过来，一杯酒已经下肚了。

虽然至今仍不喜欢啤酒的味道，但是自那以后，不管什么场合，无论红酒、黄酒、香槟，虽然以前也没喝过，都不会再拒绝。

几十年过去了，我至今仍清晰记得那天喝酒的情形和啤酒的味道。它不是别人形容的味道，也不是我想象中的味道，而是我喝下去的味道。

而我之所以不敢尝试，完全是因为恐惧。

等到我无论酸甜苦辣都敢于尝试和挑战的时候，饮食习惯却在不经意间悄然发生了改变。

大概从四十岁开始，我发觉自己不能喝茶，不能喝咖啡，后来发展到不能喝功能性饮料和可乐。经多次验证，凡是含咖啡因有提神功效的饮料我喝了都会失眠。

近些年，因为工作的关系，经常出差。每到一处，必有当地的美食可以饱餐一顿。满桌的美味佳肴，各种饮料。

如果咖啡和茶，甚至连可乐都不能喝，总不能只喝白开水吧。

到了安徽，听说古井贡酒是当地的特产，是中国古代十大宫廷贡酒之一。度数不高不辛辣，入口绵甜，醇香清怡，口感饱满，回味经久不息。

闻着浓浓的酒香，我突然想换换口味，让同事帮我也倒了一小杯。

圣诞节快乐

女儿三岁那年，12 月 25 日是在北京度过的。是我记忆里唯一给她过的一次圣诞节，也是在她还相信有圣诞老人的年纪。

平安夜，女儿迟迟不肯睡觉，她说要等圣诞老人来。当终于被袭来的困意打败，睡意蒙眬中还在不停地念叨。我悄悄将事先买来的米色小熊储蓄罐放到她的枕头旁边。

第二天早上醒来，女儿见到礼物的惊喜转瞬就被失望和遗憾代替，随即又转为不甘和好奇：

"妈妈，圣诞老人来过了吗？"

"来过了。"

"什么时候来的？"

"你睡着的时候来的。"

"那圣诞老人长什么样子呀？"

"就是身上穿着红袍，头上戴着红帽子的白胡子老爷爷，驾着驯鹿雪橇来的。因为你是乖孩子，可不是每个小朋友都有圣诞礼物的哦。"

"那下次圣诞老人再来，你记得叫醒我！女儿很认真地说。"

我也很认真地回答：好的！

圣诞节的礼物，不过是给孩子一种鼓励、安慰，是另一种爱的表达方式。或者是父母希望孩子可以乖巧一点而哄骗他们最好的、最能令孩子乐于接受的方法和手段。

我更希望自己可以永远都是女儿心中的圣诞老人，每年都来看望她。每一件圣诞礼物，都能给她带来一份激动和喜悦，鼓励她自强、自立，努力做一个勇敢的人、善良的人，做最好的自己！

同事去年精心为女儿准备了圣诞礼物，圣诞树也装点一新。不巧女儿生病，恹恹地没有气力。同事佯装突然发现了礼物，捧到她面前，兴奋地说：

"圣诞老人送礼物给你了，快点打开来看一下！"

女儿只扫了一眼，又倒头睡下去了。

母亲的心也碎了一地。

今年，当妈的又兴冲冲地问女儿有什么愿望，想要跟圣诞老人要什么礼物，希望给女儿一个惊喜。谁知被女儿无情地揭穿了。

"你就是圣诞老人！"

"我没有驯鹿雪橇，也不会飞，我不是！别骗我啦，礼物都是你买的，我都在你淘宝上看到了！"

虽然如今的圣诞节已变成商家赚钱、牟利的节日，但我们还是会莫名地期待。

在生存的压力和生命的尊严面前，我们几乎变成了劳动的机器，每天不停地运转。至少有这样或那样的一个节日，可以提醒我们光阴流转，青春已逝。每多一个节日，我们便多了一个家人、朋友团聚、祝福的日子，因为有了节日，我们才会庆祝，才有喜悦，才有表达的勇气、借口和理由。

听说初老症是从重视节日开始的，说明我已经开始变老了。但是多了一个节日，又有什么不好呢？

岁月不曾饶过我

最近出差会感觉到累，频繁更换城市和住宿地点的新鲜和兴奋感在降低，第一次有了早点结束，早点休息，早点回家的想法，希望出差的概率可以降低。

那种出差可以见缝插针的旅行已经无法吸引我，可以睡在家里的那份宁静、踏实和坦然，规律的饮食和起居更让人舒心和愉悦。

出去旅行的热情也比以往少了很多。对路途中乘车、坐船换乘的拥挤和嘈杂，第一次感到厌倦。闷热潮湿的空间里，伴着孩子的哭声，众人大声的喧哗以及空气中各种气味混合在一起，也可以沉沉睡去。

语言越来越跟不上思维的运转，思绪会跳跃、漂移。过去的人和事会突然浮出水面，和眼前的事实混合在一起。想要表达的东西在出口的瞬间停滞了，去了很远的地方，要努力才能把它找回来。

夜里会失眠，醒了就不容易入睡。莫名地盗汗，浑身燥热，开着空调也热，必须再打开风扇才能缓解。与其翻来覆去睡不着胡思乱想，不如打开手机浏览网页。

于是，长长的夜像是一块完整的面料，被我裁剪成了几块，一块做了吊带背心，一块做了衬衫，一块做成了连衣裙。

本来一觉到天亮的完整睡眠像是揉好的一块面团，被我切割成了许多小段，一段做了饺子，一段做了面条，一段做了馒头。

本来长夜是一条笔直的路，可以直达一个叫作黎明的终点，我却在中途停靠了很多小站。

老是想吃凉的东西，连续吃了四根冷饮才感觉胃里不像火烧。吃饭没有胃口，也不觉得饿，好像总是饱胀的感觉。本来流畅的溪水，中间筑了个低坝，硬生生阻断了，不能向前流淌。你能感觉到那低坝的高度横亘在身体的上部。

自己吓唬自己，去医院检查一番，医生没给出任何建设性意见。好像有很多问题，也好像一切都很正常，于是要不要吃药，要不要治疗都是你自己的事。

最终是我自己总结出来：这是体征的退行性变化，是衰老的表现。岁月到底没有饶过我。

史铁生说："死是一件不必急于求成的事，死是一个必然会降临的节日"。

同样，衰老也会必然降临到每个人头上。只是没有人觉得自己的衰老是正常发生的事，总是觉得来得太早，太快，太突然，令人猝不及防。

其实不是身体没有准备好，是心理还没做好思想准备。知道衰老迟早会来，但也许自己会是个例外。

在各种适应和过渡期间，是让自己慢慢接受的一个过程。比起衰老的症状带来的困扰，更多是无法接受这样一个事实带来的打击。

米兰·昆德拉说："人生下来就这么一次，人永远无法带着前世生活的经验重新开始另一种生活。人走出儿童时代时，不知青年时代是什么样子，结婚时不知结了婚是什么样子，甚至步入老年时，也还不知道往哪里走：老人是对老年一无所知的孩子。从这个意义上说，人的大地是缺乏经验的世界。"

虽然如此，我还是愿意理智冷静的对待老年。就像进入少年、青年、中年一样，充满期待。虽然有些事物还是未知，对老年也缺乏经验，我还是会全身心的投入，心怀梦想，不虚度每一寸光阴，让人生的每一天都过得清晰而踏实。

既然岁月不曾放过我，我也绝不能轻饶岁月。

台风之夜

近日，新闻里到处都在播报台风要来的消息。在大家的观念里，台风到来应该是狂风大作，风雨交加，严重的还可能带来很多自然灾害。因此，对台风的到来还是心有余悸。虽然年年预报台风会来，但是很多人从始至终没有见过台风真正可怕的面孔。

立秋之后，天气并未明显转凉。在城市的中心，远离江河口岸，除了阴晴不定的天气，几乎感知不到台风的到来。

晚上还是要开空调才能入睡，最近常常在夜里热醒，浑身是汗，感觉像是待在桑拿房里一样，让人透不过气来。不想起来，又不得不爬起来，摸黑把电风扇打开。

廉价的风扇吹出凉风的同时，伴着扇叶和电机一起发出呼呼的响声。

脚放在被子外面，像两根接收器，凉风从脚底向上蔓延，瞬间凉到心口，整个人从内到外变得清爽通透。

迷迷糊糊中，只觉得微弱的风声变成怒吼，越刮越猛，嚎叫着拍打着窗子，伴着呜咽声，似乎从门缝里挤进来，一股股凉意有规律地来回转动。惊出一身冷汗，下意识地把脚缩进被子里。

明知门窗关得好好的，却分明感觉到台风肆虐地在屋子里窜动，有种想要起来关窗的冲动。也想走到阳台上去近距离感受一下台风的威力，看清台风狰狞的面目，想想台风的恐怖和暴虐无情，还是作罢。困意袭来，占了上风，渐渐地感知不到台风的存在。

早上起床，第一件事先推开窗。外面风平浪静，地面已经很干爽，只有篮球场上湿漉漉的，今晚估计不会有人打球了。

早晨上班，看到路边有些一厘米左右粗细的树枝被风刮断，垂在那里。

新闻里说，南京路附近有个店铺广告牌脱落，砸死三人，砸伤九人。

其实，台风真的来过，只是我们还在睡梦里。台风离我们并不遥远，我也曾听到了它的脚步声。

心安是归处

我知道上海并没有完全接纳我，把我当成他的一分子，对我还存有排斥和戒备。在上海人心目中，我只是一个在这里住了很多年的外地人，也许有一天还会离开。

上班要乘坐地铁 9 号线，然后换乘 11 号线，跨越上海和江苏两个省份。

除去步行和换乘公交的时间，我在地铁上要乘坐将近两个小时，途经 34 个站点。

运气好的时候会有座位，运气不好的时候要一路站着。在拥挤的人群里，找一处落脚的地方，尽量让身体能舒服点，借此减轻电脑的重量。

我还不是大家主动让座的目标人群，没有人会照顾你的身体不适、心绪低落、工作的繁重和压力。

路程的远近、旅途的疲惫我早已经习惯甚至麻木。很多时候，没人见证你的努力和付出，也许你还活在别人的误解、嘲笑和怜悯之中，没有人倾诉，也无从诉说，因为这是人生的常态。

习惯性地随着人流上车、下车，不会争先恐后地去抢座位，再怎么拥挤都不觉得夸张，也不会抱怨。偶尔也会坐过站，淡定地下车，到对面换个方向。

每个程序化播报的站点只是一个普通的名词，不会悸动和惶惑，不再包含诗和远方。

但是徐家汇不同。工作的缘故，会经常出差。无论从哪个城市归来，只要乘务员播报出徐家汇的地名，看到站台上徐家汇三个字，内心就莫名地感到踏实和温暖。

虽然在这座生活了 20 年的城市，走在马路上我很可能遇不到一个熟悉的人，也鲜有属于我的记忆，但我还是会不由自主地生出一种久违的亲切感。

也许是因为在这座异乡的城市里，还有一个愿意顶风冒雨来接我上下班的人；陪我去公园、菜场、超市，陪我看他不喜欢的电影的人；陪我去医院挂号、排队的人；在我受伤的时候，会抱紧我的人。

还有一所供我安身的房子。让我踏进屋门的那一刻起，卸下所有的不安、惶恐、焦虑，化解了所有的苦闷、沮丧、和失落。每一次都像是回来充电，积蓄能量。

于是，和爱人吃粗茶淡饭的甜蜜、我看书、他下棋的安静时刻，给阳台里的花花草草浇水的悠然时光，都是一种幸福和满足。

唐代诗人白居易的《初出城留别》里有这样两句：我生本无乡，心安是归处。

原来，生活在哪里并不是关键，重要的是你将自己的心安放在哪里。心安了，自然踏实。

最难的事

右手虎口处长了个"疣"，多日疼痛不见好转后，去看医生。一次液态氮冷冻后就初见成效。

第一次去的时候，因为心里没底，不清楚病情，没有其他奢望，只是希望能将眼前的病痛去除就已经很宽慰了。

第二次去的时候，因为了解了病痛的级别和治愈的时间机会，心里比较淡定，同时会滋生和助长欲念。

左侧鼻翼处也长了一个类似疣的东西，已有 N 年之久。不痛不痒，又在隐蔽处，别人并不在意，有时候连我自己都忘记了它的存在。如果不是因为手上的疣，也许它将会陪伴我一辈子。

人的很多想法都是基于一件事情的起因和缘由。最初的目的是治病去痛，然后上升到美观的层面，这就是人类永不满足、贪婪的本性。

在得到医生明确的答复，时间和气候都吻合的时候，一直会有个念头蠢蠢欲动。

在心里幻想着赘物去除后光滑平整的面庞，仿佛人也跟着年轻变漂亮几分。甚至能想象出别人看我后惊奇的眼神，连走路都瞬间挺直了脊背，精神焕发。

激光手术节假日是不能做的，一定要在正常的工作日。周六周日两天加班调休的假期，仿佛专门是为手术而储备的。

想象总是容易，又都是美好的。

想到要换衣服下楼，顶着烈日步行去公交车站，坐将近一个小时的车程，排长龙挂号付费，从一楼 A 区到四楼 D 区等候叫号的难熬场面，我已经开始打退堂鼓了。

跟自己斗争了很久，也挣扎了很久。最终，驱使自己下定决心的原因，是觉得人要克服心理障碍，去除惰性，逼迫自己寻求改变，积极上进。如果错过天时、地利、人和的最佳时机，无限期推迟、拖延下去，人生就永远没有改变的可能。

就算改变暂时没有任何帮助，甚至没有任何作用和意义。对未知事物的向往、热情以及结果的期待，还是让我对未来对生活充满激情。这种情绪会激发一个人的斗志，至少瞬间你会觉得自己还很年轻。

当我换好衣服，带好所需物品下楼，来到公交车站的时候，一切就简单容易很多了。

近一个小时的车程，实际上并没有我设想得那么久那么难熬，还因为和一个久未联系的好友聊天太过投入，而坐过了头。

因为前面登记注册后有了档案，这次挂号在自助机器上就可以完成，简单方便快捷。

排队等候的间隙，我绕着门诊室散步，一来缓解紧张焦虑，二来权当运动锻炼。

医生问明来意，二话没说，大笔一挥，付款等候吧。

来过一次，熟门熟路。递上单子，排队等候叫号。

所谓的激光，如今在我理解，就是类似氧焊、液化气的火苗之类的东西，在"手术"处理的过程中，我分明闻到了肉被烧焦的味道。清理掉残留物后再做下一次处理，一个直径 0.5 厘米，高度 0.3 厘米的，大概处理了四次，疼痛的程度不亚于针尖戳手指一样钻心。

手术结束，护士把镜子拿给我照，不是我想象中的平整，而是凹进去一个坑。

事已至此，别无选择，只想要达到最佳的效果，追问如何护理才能不留瘢痕。

护士的回答很简单，不要沾水，一点都不能。大约十天伤口就会愈合平复。没好意思问护士怎样才能让患处不碰到水。

像得了圣旨一般，十天假期没有用水洗过脸，在患处贴上创可贴，用湿毛巾擦拭。减少洗头洗澡的次数，不用淋浴。

出门会在患处贴上创可贴，防风防灰尘细菌感染，按照医生的指示定时在患处涂抹药膏。

一次出门，路上下起了毛毛细雨，没有带伞，情急之下撕一截面巾纸压在眼镜下面遮雨，路人皆用异样的眼神望着我。

当你一旦开始去做一件事的时候，会努力达到自己当初设想的结果，而忽略他人的眼神和评论。

没有人指点和帮助的时候，自己会想尽办法创造条件克服一切困难。

在精心呵护下，基于我皮肤良好的愈合性，也赞叹人类神奇的再生功能。在疑虑和不知不觉中，伤口已完全愈合，心里的担忧也渐渐消失。虽然皮肤还没恢复到正常的肤色，我已不再担心。

虽然并没有人关注，也没有人问起我。似乎，赘物的存在与否对于如今的我已不再重要。它的存在与消失并不影响什么，也没改变什么，甚至有时候我自己都忽略和遗忘了它曾经的存在。

但是，我自己知道，我曾经花了很大的决心和勇气去做一个决定，实施并且为之付出过努力。虽然很微小，却让我的人生发生了很大的变化。我不再害怕困难和挑战，不再拒绝接触新事物。因为我知道，凡事只要开始做了，就有成功的可能！

旋转木马

有生以来第一次坐旋转木马，是在上海迪士尼。

第一次觉得旋转木马是真实存在的。已经靠近旋转木马，终于离旋转木马很近了。不用再有任何顾及，可以自己选择游戏项目了。

对于我，旋转木马不仅仅是一项游乐设施，一项运动，更是一个曾经的小女孩纯真美好愿望的实现，梦想成真。

那个曾经如海市蜃楼般遥远，虚无缥缈，变幻莫测，宛如仙境般的场景终于可以置身其中，想想就让人觉得激情澎湃，热血沸腾。

尽管因为假期人多，排队等候了95分钟，最终只坐了一分半钟，我还是觉得值了。为此很多人表示不解。

为了能等到骑乘自己喜欢的木马，我宁肯耽搁一会，乘坐下一班。

排队等候的闸门一打开，我便以百米冲刺的速度抢占先机。

坐在心仪的木马上，仿佛即将开启的是太空之旅，是一段遥远未知而又神秘的旅行。

旋转木马像是一个童话的世界。坐在上面的人，此刻都有一颗天真的童心和美好的幻想。

旋转木马有一个神奇的功能就是：返老还童。

在众多的动物中，唯独选择了马，而不是其他。如果是木牛、木驴、木狮子、木老虎，想必效果会大不同。

我相信很多女孩子喜欢旋转木马。

旋转木马的形象和代名词更接近于女孩子心中的"白马王子"。是女孩子青春期唯美主义的浪漫情结。有显赫的贵族化门第及相应的权势或财富。总之代表浪漫的环境和气氛。

有人说，旋转木马是世界上最残忍的游戏，坐在旋转木马上的两个人，周而复始地旋转，相互追逐，却永远也触摸不到，始终有永恒的距离。徒有华丽的外表和绚烂的灯光。

　　张小娴说，我最爱旋转木马，没有开始，也没有终结。一切都是圆的，仿佛从今有了永恒。很喜欢这句话。

　　我想说，旋转木马也可以是一个人的游戏。

　　转动的时候，木马载着我们到达了一个完美的天堂。暂时忘却所有的烦恼，一瞬也是地久天长。

　　坐在上面、一圈圈旋转的时候，你才会知道，原来无止境地寻觅，也是一种幸福。

在成都的街头走一走

到达成都的时候，已经是下午一点钟了。骄阳似火，晃得人睁不开眼。根本不敢站在太阳底下。

记忆中这是第二次来成都了。都说民以食为天，到了第一件事先找吃的。分公司招待我们去一家地方特色浓郁的火锅店。

四川火锅，以麻、辣、鲜、香著称，已成为四川和重庆两地的代表美食，有上百种之多。

可我并未吃出清代诗人严辰的"围炉聚炊欢呼处，百味消融小釜中"的意趣。

如今一回想起来，胃里还翻江倒海，犹如锅里的汤汁翻滚，仿佛那麻辣和厚味重油还在撕扯、纠缠。

到了成都，你可以不去武侯祠，不去杜甫草堂，也可以不去近郊的青城山。但你不得不去一个地方，一个可以让你置身于城市，回归于清幽，生活在古代与现代交融的古朴、典雅、浪漫与诗情意境中的宽窄巷子。

宽窄巷子位于成都市青羊区长顺街附近，由宽巷子、窄巷子、井巷子平行排列组成，全为青黛砖瓦的仿古四合院落，这里是成都遗留下来的较成规模的清朝古街道，以旅游休闲为主、具有鲜明地域特色和浓郁的巴蜀文化氛围的复合型文化商业街。拥有四合院式建筑、川西建筑、民国时期建筑、中西合璧式建筑，不同风格的建筑，是具有"老成都底片，新都市客厅"内涵的"天府少城"。老砖墙上的"宽窄"二字是画家吴一潘所题。

宽巷子，有很多老成都留下来的风土、民情、民俗和美食文化，是

148

老成都生活的再现。

窄巷子，是一条小资最爱的情调延长线，有老成都的院落文化。在有格调的酒吧、餐厅闲散地度过整个下午，感受着时光的停驻，享受着灵魂的休憩和驻足。

井巷子，是一处市井老成都的情景再现。呈现了现代人对于一个城市的记忆。

巷子不长，幽静、古朴，让人来过一次就很难将它从记忆里抹去。

呼吸瓦墙，人微微倚靠在上面可轻陷其中，形成有趣的压印图形。在这片瓦墙的中间，演变成一个现代的游戏区。仍是瓦样的弧度，却独具匠心地把瓦换成了可抽拉的铁棍，这些铁棍如铅笔粗细，抽出来，可以随心所欲地摆成自己喜欢的字及图案。

"宽窄重门"不需要高深的解读。这是一个古老的门，古老青砖堆砌。门洞有四层，深深的门洞内木门斑驳、破旧，尽显了历史的久远与神秘。

浓缩成都历史于此，全国唯一以砖为载体的博物墙。展示老成都历史、文化、民俗长卷的文化墙。

现代建筑的嵌入，毫无违和感，相得益彰。

商业气息浓郁的步行街，熙熙攘攘的人流，依然无法阻挡游人的热情。

老成都的闲适，新成都的时尚，都可以在巷子里轻易寻觅到。

古韵与时尚，梦幻般地交替呈现，让你惊喜之余，越发想探究这些巷子深处的沧桑巨变。

对于到处排队的旅游现象，大家也都习以为常，表现得异常冷静。著名的景点拴马石立体浮雕墙画前，一对母女头尾站立，深情对望，情景交融，倒也和谐。眼中的别人，有时候就是自己的映像。

吃过晚饭，沿住处附近转转，寻找传说中慢生活的"画面"，那句歌词像是提前设置好的，很自然地从口中跳出，自动循环播放：

和我在成都的街头走一走

直到所有的灯都熄灭了也不停留……

成都，一座来了还想再来的城市。

在云朵里穿行

虽然不是第一次坐飞机，对空中的云朵我相信很多人都没有免疫力。

汪国真说："凡是遥远的地方／对我们都有一种诱惑／不是诱惑于美丽／就是诱惑于传说。"

之所以对云海心驰神往，因为那是一个我们根本无法到达的地方，平时也难得一见的景象。因为稀有，所以珍贵。

这次坐飞机居然没有头晕、耳鸣、心跳加速的症状，让我一度以为飞机还在滑行，没有起飞。

当大片的云朵透过窗口浮现在眼前的时候，我才有了悬空感。

飞机逐渐攀升，云层越来越厚，越来越浓密。

脚下的城市、车流和人群彻底从视线里消失不见。云层如一张白纸，将我们原有的世界遮盖。现实被隐藏起来，展现在我们面前的是无垠的未知和无限的可能。

对于难得一见的景致，我们往往倍感新奇。兴致和热情高涨。早上五点钟起床后的困倦消失得无影无踪，睡意全无。

不过瞬间，视线所及之处，是连绵起伏的云朵、云山，云海铺向天边，与湛蓝色的天空一线相连。

近处的云细细密密地排列组合，像无人走过的雪地，洁白无瑕，晶莹剔透。远处凸起的云峰，若隐若现，让人浮想联翩。

细致而分散，具有纤维组织，像羽毛、头发乱丝或马尾，孤悬高空而无云影的应该是卷云吧。

对于从小生长在北方，见过太多白雪皑皑、银装素裹。面对云的轻柔和洁白，我一时词穷。

像棉花一样蓬松，像发丝一样飘逸，像烟一样绵软，像雾一样轻柔，像是又好像完全不同。

他分明是立体的、有棱角的、变化无穷的。

那狰狞的面孔，似雪崩前的宁静，背后隐藏的是可以摧毁一切的恐怖。

层层叠叠的雪块、雪板似的应声而起，像一条白色雪龙腾云驾雾，顺着山势呼啸而下，会以极快的速度和巨大的力量卷走眼前的一切，势不可当。

他薄如蝉翼，丝滑如水。似婴儿的呼吸，宁静均匀。抑或如空气般透明，让你感知不到他的存在。

舷窗的视野有限，总有想把头伸出去看个究竟的冲动。用双手去触碰、抚摸，把他握在手中。

难怪人们把比喻不受外面影响的生活安乐、环境幽静的美好地方，或理想中的世外桃源称作人间仙境，这就是吧。

手机的像素无法还原他的真实，展现他的美不胜收。有些美其实无需展示给别人，镌刻在自己的心底才是永恒。

如果有机会，有可能，每个人都应该多出来走走。不一定要游览名胜古迹、名山大川。多一些经历和见识，人生会更丰富多彩。

两小时五十分，飞机开始降落，终点又回到起点。

真实的世界又清晰地浮现在眼前。那蜿蜒起伏的细线是一条条公路，像极了游戏里的地图，行驶的车辆像电脑屏幕上闪烁的光标。

二冬说："每次从飞机上往下看，都会有种看蚂蚁搬家的庞大感，总觉得那种俯瞰的视角，是最接近佛的，很容易就能让人恍然大悟。那些小房子里的小人儿在跟另外的小人儿攀比，他说那个叫车的小方块儿比另一个小方块的车更高贵更有存在感。其实有时候旁观一下自己的存在挺简单的，一个是俯瞰一下这个城市，一个是住院病房看看。但大多数时候，一落地，随着人和建筑物的变大，那些荣耀和需求，就被放大了。所以，还是要生活在天上。"

生活在天上，当然不可能。但是我们可以让思绪和梦想翱翔！

重庆印象

重庆西站位于重庆市沙坪坝区，2018 年才正式投入使用。

领先的设计理念也好，体现"英雄之城"的概念也罢，对于我来说，都是人生之旅匆匆停留过的站点。

到了重庆，不吃一碗重庆小面，就不能算是真正地来过。

我想说我吃到的重庆小面，调味料和方便面很是接近，和厚味重油的成都火锅极为相似，让我"食而生畏"。

在没有其他选项的情况下，再吃重庆小面，我告诉店主不要帮我放油、放辣。

人的胃是有属性、有记忆的。在熟悉和适应了某些食物以后，对于新生、外来的会加以选择和排斥来保护自己。

漫无目的地闲逛，一片枝繁叶茂、郁郁葱葱的密林近在眼前。以为山重水复，走进深处，却原是柳暗花明。

无论到了一个陌生的环境，还是不熟悉的领域。要多近距离接触、细心观察，才有机会发现他的特点、了解一些知识，进而开阔我们的视野。不放弃每一次机遇，人生就会多一些惊喜。

原是打算从酒店出去，在住处附近转一圈，权作散步。我并没有随意更改线路，只是沿着一条路一直朝前走，神不知鬼不觉就来到了立交桥上。

立交有几层，连接数条匝道，层层叠加，分支密布，让我这个从酒店房间出来，左拐、右拐是电梯方向都要寻思良久的超级路痴来说，简直就是迷宫啊！

我站在桥上驻足远眺，心里默默祈祷，已经完全不知"去向"。

突如其来的刹车声，惊得我一身冷汗，心狂跳不止，以为自己出神没有走人行横道线。

假装淡定，四处张望看风景，掩饰内心的惶恐。行人步履匆匆，根本没人在意我内心的兵荒马乱。

有了前车之鉴，再不敢任性凭感觉走，我怕天黑之前到不了住处，老老实实开启导航。

前方五十米处道路突然齐刷刷中断，瞬间崩溃。我该往哪里走？怎样才能回到住处？天黑之前、体力不支的情况下我还能撑多久？有没有人啊让我问个路！！！

走到近处，才知虚惊一场。下面是几十级台阶，通往地面，瞬间喜出望外。

千万不要天真地以为重庆的返程公交车就在街对面。

在重庆慎用地图，因为地图是平面的，重庆是立体的。地图指示的路线和屏幕显示的楼房可能不在同一平面。

都说重庆由于丘陵、山地的特殊地势，道路往往都是爬坡上坎，九曲十八拐，坐个公交，犹如在坐过山车。其实心情也分分钟像坐过山车。

百度百科上说，重庆夜景："灯的海洋。车船流光，不停穿梭于茫茫灯海之中，依稀飞起汽笛、欢笑、笙歌之声，给夜中城平添无限生机。更兼两江波澄银树，浪卷金花，满天繁星似人间灯火，遍地华灯若天河群星，上下浑然一体，五彩交相辉映，如梦如幻，如诗如歌，堪足撩人耳目，动人心旌。不览夜景，未到重庆。"果真名不虚传。

雨中的山城重庆地形高低悬殊，最高处海拔 2796.8 米，最低处水面海拔 73.1 米。

很多房屋依势而建，山上的房子层层叠叠，几乎没有一段平地，名副其实的 3D 魔幻神奇之都。你以为的十一层高楼，出门可能就是平坦的马路。难怪在当地生活了二十年的重庆人，都还要迷路。

暗想重庆人应该没有胖子，都能长寿。每天都在爬山，都在运动。

车子疾驰而过，不失时机地捕捉到一处难得的美景。倏然想到唐代诗人杜牧的诗句：

远上寒山石径斜

白云生处有人家

沿着弯弯曲曲的小路行走，雾霭重重的山上，在白云深处，竟然到处都是人家。云朵鲜活、亲切、有烟火气。鸡舍、房屋、田野，隐约可见。寻常山居，却如此动人心魄。

虽然杜牧是陕西人，这首诗写的是霜林尽染的艳丽秋色，我却固执地认为，山城的特殊地势，展现出的自然、壮观的美，更胜一筹。

喜欢上海

二十年前，对上海的最初印象和了解，还停留在相声关于地方方言的讲述里，以为上海人管鞋子叫"孩子"。

爱人从上海回来，我第一时间就问上海人管钱叫什么。当他回答叫钞票的时候，我一度以为是在取笑我。

当时的上海，在我的眼中，仿佛是另外一个国度，遥远而又神秘。

我居住在上海郊区，当时三千块钱一平米买的房子，现在已经涨到三万多了。中间的差价，已经是我现在工资年收入的几十倍了。老家同等城市的房价仅仅是上海的六分之一。

如今上海的地铁已经从我来时的六号线，增加到十八号线了。随着动车高铁的建设，从我居住的城市到杭州只需要一个小时。交通出行的便利可想而知。

楼下的邻居是一对中年夫妇，人很和善友好，从没瞧不起我们。一次有个老乡来家里玩，可能穿着有点邋遢，加之又是陌生人，大叔觉得形迹可疑，上楼来敲门求证真伪。

阳台里连接洗衣机的自来水龙头，因为劣质，使用后又没有及时关闭，加之长时间太阳照射风化后在凌晨四点钟脱落，直到"水漫金山"我和爱人还在熟睡当中。还是楼下的大叔通知我们，并帮助我们一起把水全部清理干净才回去休息。对于被水泡湿得像地图一样的棚顶，没有提出一分钱的赔偿要求。

很多人对上海人的印象，可能还停留在余秋雨先生《文化苦旅》里的精明和小气。你可别小看那些穿着落后，打扮土里土气的乡下阿婆阿公，说不定每个家里都是几套房，每个月有几份房租入账，高出我们收入的好几倍。

　　我一个要好的同事，比我年长八岁。家里两套房，固定资产近千万。退休后返聘上岗，乘坐公交还要算计票价。上海的公交规定，每换乘一辆车次抵扣一元钱，如果你每次乘坐的都是一块钱，那么后面每次就都是零元，因此她宁肯每次多换乘一辆车。有一次上班乘车正好相差一站就多出一块钱的费用，她就主动下车，然后跑步去往下一站。

　　虽然早就过了退休的年纪，但是他们依然劳作，勤奋。无论是骑着脚踏三轮车出来卖自家田里种的小菜的大叔，还是做手工活计的阿婆，他们很少有人闲在家里。我一直觉得热爱劳动，自食其力的人都是美的。凭自己劳动创造财富的人，到任何时候都是值得尊重和应该被称赞的。

　　我从刚开始来时的一线流水工人，每个月拿着计件的、不稳定的工资，到后来分管四十多人的车间主管，再到后来的工艺师，每一步都在不断进步提升自己。随着收入的不断增加和技能的不断提高，自信心也在逐渐树立。从当初背井离乡时的孤独无助、怯懦恐慌、痛苦迷惘，到后来的勇敢坚强、自我救赎，走出了人生的灰暗和低谷。

　　当所有疼痛的过往被你当作故事讲出来，当所有往事都变成下酒菜的时候，当你变得足够强大，能够战胜自我的时候就会知道，没有什么事能够打败你。我觉得这才是一个人最大的成功。

　　在上海，你不需要求助任何人，只要你足够优秀，就有供你展示的平台。只要你技术超群，英雄就有用武之地。即便你不够优秀，但是足够努力，也会有自己的一席之地。所以，上海给我最大的感受就是可以公平竞争，在周围很多上海朋友和同事身上，我看到了积极向上的力量。克服了自己的惰性，重拾信心，找回了自我。这段生活经历将是我一生最大的财富。

　　有人说上海是国际大都市，我当然会喜欢。来上海 20 年，外滩和南京路我去过的次数屈指可数。每日为生活奔波劳碌，上海的热闹和繁华真的跟我没多大关系。我喜欢上海，是喜欢我认识的上海人，是他们的刻苦上进、勤俭节约、精打细算，是他们的敬业、专注撑起一座城市的美好和体面。

喜欢一个地方，一座城市，就和喜欢一个人一样。他能吸引你，带给你快乐和幸福，给你留下难忘的记忆。哪怕是痛楚和感伤，他至少给过你勇敢的力量，让你学会了成长。

女儿因为外地户口，无法上公立幼儿园，当时我们全家一筹莫展。是婆婆在教会认识的弟兄，无偿帮忙解决了难题。女儿幼儿园表现出色，老师并没有因为是外地人就轻视和排斥，各种演讲和比赛都极力推荐。当然，女儿也不负众望，取得了不俗的成绩。

到小升初时，全新的环境、老师和同学。竞选班长环节，老师提议投票自由选举，女儿落选。老师以第一次选举太混乱为由，宣布重新来过。不知道是大家明白了老师的意图，还是有了关注度，表现优异，最后这次女儿高票通过。我一直觉得是老师有意偏袒，看重学习好的学生，虽然女儿极力辩解。

很多来南方旅游的朋友都说上海冬天阴冷，夏天闷热潮湿受不了。其实，那只是表面的感受。一个人，不在一个城市住上个三五年，他的体会都不具有代表性。因为你来去匆匆，内心并不踏实，想着的只是怎样快点逃离，无形中放大了自己的感受。

当你不得不、必须或者只能生活在这里，没有选择也不能逃避的时候，你就会静下心来去接受他，接受所有的事实。因为他本来就是这个样子，他就应该是这个样子，你不会再去排斥和反感，会慢慢适应和接受。就像自己的身体和容貌，久了也就习惯了。

有一次和女儿去看电影，不记得是因为服务人员的操作不当，还是系统出了故障。总之电影马上就要开演了，还没有拿到票。最可气的是她表示无奈，我要求他们把经理叫来投诉。首先，我不是无理取闹，你们的过错不能让我来承担。其次，我也不是计较票价，调整场次打乱了我的观影时间，迟到进场严重影响了我的观影心情。更关键的是他们的态度。也许是我的情绪激动起了作用，事情很快得到了解决。

　　回家的路上，女儿用半是嫌弃的表情半是无奈的语气说："老妈，你越来越像上海人了！"我扭过头，瞥了她一眼，半天没说话。

　　我思忖良久……或许，这就叫入乡随俗吧。

出路

初来上海那年，我 25 岁，还属鲁莽冲动，不知天高地厚的年纪。对于重音多、声调起伏大的上海话一句也听不懂，如在异国。

一天，厂里没什么活，闲来无聊，我随手拿起旁边的一本杂志翻看。老板的妈妈，一个脸上布满像核桃一样皱纹的乡下老婆婆，眼神犀利，用当地土话冲着我说了一句。从此，我开始能听得懂上海话了。

那时，我在老家每个月拿 240 元钱的工资，这还是托关系才进的单位。后来经理找我谈话，说效益不好，要将我的工资从 240 元降到 180元，言外之意我的工资太高了，很多人觊觎已久。我抱着拼死一搏的决心和勇气，才抑制住怦怦的心跳，勉强能表情自然、语调正常，完整地说出一个句子。我的据理力争没有丝毫作用，经理对我的工作内容和强度并不感兴趣；我的局促、窘迫、凄惶并没有打动经理，在生活的压力面前，我放下尊严，也没能让他回心转意。撑到离开经理室，我才让眼泪掉下来。

当我在上海第一个月拿到 800 元钱工资的时候，最先跟婆婆分享。身为教师的老太太笑着鼓励我："跟我挣得一样多了。"这种喜悦的滋味并没有维持多久，我在一次和老板因产品质量标准意见不合发生争执后"事了拂衣去"。空有侠客的勇敢和刚烈，却无侠客的盖世武功，更无可以隐藏的功劳和美名。

我后来回想，人的身体和心脏走的并不是同一条路，至少不和谐、统一、步调一致。我人是蹬自行车，沿平坦柏油路骑回家，而这心是爬山路回来的。人先到家，心还在后面气喘吁吁地追赶。

回到闷热潮湿的出租屋，依然心绪难平。洗了个冷水澡，意识彻底清醒。屋子变成透明的，周围空无一物，而我被遗弃。随即陷入巨大的旋涡，被吸入无底的深渊，茫茫一片，没有束缚，却感觉胸闷、窒息，无法挣扎逃脱。工资没发，孩子马上开学，学费还没着落。没有手机，没有网络，人地两生，求助无门。瞬间涌起的焦虑像有千万只蚂蚁在心中咬噬，令我辗转反侧，坐卧不宁。我和老廖商量：

"要不我买台机器，自己在家里做加工，顺便照看孩子，你去找工作？"老廖摇头。

"那么我出去找工作。"老廖说好。

一大早来到小镇西面的公交车站，正好开来一辆，迟疑了一下跳了上去。总能带我去一个跟这里不同的地方，我心里这样安慰自己。不等乘务员问，主动交了两块钱，我自己也不知道要去哪一站。在当年两块钱是可以乘到终点的。乘务员的报站对我来说形同虚设，听和不听没任何区别。表面佯装镇定自若，安静地坐在位子上，生怕别人发现我的胆怯和窘迫，眼睛不时望着车窗外。正是从那时起，再乘公交车，我知道眼神慌乱的人就是准备要下车了，常常很快就能找到座位。汽车一路颠簸，窗外陌生的景物倏然而过，我的心也跟着起伏不定。

看着不断地有人上车下车，我很慌乱，好像自己乘错车，坐过站。也像小时候父亲带我去姑姑家，没有跟紧大人，被丢在站台。我更怕公交车会将我带到终点，汽车一直行驶，我就一直觉得有希望，汽车如果到了终点，我就觉得自己无路可走了。眼看公交车上的人越来越少，我开始坐立不安，似乎所有人都用怀疑的目光注视着我。当汽车驶过一排排整齐划一的行道树，驶过空旷寂寥的田野，道路两旁出现大片楼房建筑、花草树木的时候，从繁华的程度上我判断可能到了城里。于是，惴惴不安地下了车。

八月的上海，天气热得像个蒸笼，烤箱，却看不到火苗。这种够不到、摸不着却又无处不在的热浪，让你又怕又恨却又无可奈何。地表温度接近50度，一丝风也没有，知了在树上聒噪地鸣叫着，吵得人心烦意乱。我从家里出来的时候用矿泉水瓶灌了一瓶凉开水，路上买了两个包子当作午饭。没打遮阳伞，没戴遮阳帽，那会防晒霜是什么东西我连听也没听说过。不买水省下的钱，我在报摊上买了一份招工信息的报纸，热的时候遮挡太阳，累了还可以垫着坐下歇息。

严重路痴，尽管在公交车站四处观望很久，我依然没能辨别东西南北。怕找不到回去的车站，我不敢拐弯，沿着马路一直向前走。看到头发花白的老人，猜想他们大概不会讲普通话，无法沟通，还是再等等；一对夫妻领着孩子经过，怯懦着想走上前去，两只脚仿佛被人拖住："会不会打扰到人家，惹人家不够高兴？"一个四十岁上下的中年男子从身边走过，脖子上挂着结实如绳索般的黄金项链，想必是有钱人，一个迟疑的声音对自己说："万一人家赶时间，不会搭理我吧？"几个年轻人有说有笑地走来，脚步匆匆，我还在组织语言打草稿的时候，人群已经走远。心里难过又自责，告诫自己："下次一定不能再错过。"

一个人的不敢问，三个人的不能问，一群人的来不及问。迎面又走来两个人，看上去像是一对母女，长得慈眉善目，从她们用上海话的亲切交谈中，有三个字的发音我很熟悉。就是这熟悉的三个音节让我有种他乡遇故知的亲切感，终于鼓足勇气走上前去。真是天无绝人之路，她们恰好知道附近有一家中外合资的工厂，和我目前在做的工作吻合。

顺着母女二人指点的方向，我沿途一路打听很容易就找到了这家工厂。登记、面试、复试，一路顺利得有如神助。工资待遇不错，还包吃住。收到通知的那一刻，我还恍如梦寐。

每天我是全厂最早的一个，八点上班，我七点就到了。晚上别人下班，我主动要求留下，因为加班到九点还有两块钱的餐补，够我明天买早饭。我边学边做，找方法、找窍门，不断提升产能和效率，逐渐成为生产的主力。在工价不合理的时候，代表整个车间挺身而出和老板讨价还价，甚至带头罢工抗议。非但没被开除，反而得到老板的赏识。在又一次人员变动调整后，经领导推荐，升为部门主管；后遇贵人相助，2003年房价才三千多一平方米的时候，我在工作地附近买房安家，从此，结束了租房生涯。

正所谓"黑云压城城欲摧，甲光向日金鳞开"。再后来，我经历过辞职、工厂倒闭、失业、自主创业到后来进入行业知名的品牌公司做到产品经理。似乎每次都能绝处逢生、化险为夷。

自此，无论遇到什么样的困难和挫折，我都不再惶恐、畏惧和退缩。最终，所有的结局都告诉我：走出去就有路。

2019 年 10 月 11 日拍摄于呼兰河边

第三辑　故园之恋

酸菜酸

《舌尖上的中国》里说："酸菜，是每个东北人的记忆。腌至恰到好处的酸菜，酸味绵柔，松软清脆。地道的东北人用鼻子一闻，就能完成对一缸酸菜的品鉴。"可见酸菜在东北人心目中的地位。

东北气温低，有半年的时间都是冬季，田里没有庄稼，从前没有反季节的大棚作物，吃不到蔬菜。于是，老百姓就发明了一种冬天储存大白菜的方法，把白菜腌起来。我小的时候，家里冬天除了窖藏的土豆和萝卜之外，吃得最多的就只有酸菜了。

为了使漫长冬季餐桌上的菜式不至于单调，东北人把酸菜的吃法可以说是发挥到了极致。炒着吃、炖着吃、煮着吃、蘸酱吃、空嘴吃；酸菜猪肉炖粉条，酸菜汆白肉、酸菜炖冻豆腐，酸菜炖鱼……酸菜几乎是无所不能。

酸菜吃油，炖的时候一定要放点猪肉才好吃，最不济也要放点猪油，这也是酸菜才有的待遇。对于常年见不到荤腥的孩子来说，就是人间至味。即便如此，母亲每次舍不得多放肉，都是将肉切成手擀面条一样的细丝，土豆切成条，填上捞饭的米汤和酸菜一起放在大锅里炖。

玉米秸秆在吹风机的鼓动下，拼命吐出火舌，在灶膛里熊熊燃烧，噼里啪啦的欢跳声此起彼伏。柴火的馨香、米饭的甜香、酸菜的浓香一股脑从锅盖的缝隙里挤出来，钻进我们饥肠辘辘的胃里。我们不时借机跑进跑出把头探进厨房观望。

当一大碗刚出锅的酸菜端上桌，热气袅袅升腾，弥漫整个厨房。我们兄妹四人急不可耐地团团围坐。经过大火的慢炖，小火的熬制，每一根酸菜丝儿上都裹满油脂，亮晶晶的，令人垂涎欲滴。米汤黏稠的程度像是精心调制过，让酸菜丝、土豆丝之间保持恰到好处的亲密。只有肉丝像是调皮的孩子，在和我们玩捉迷藏，迟迟不肯露面。母亲教育我们，吃饭的时候不能用筷子在盘子里翻动。我们只好调动所有的智商，高度集中精神，根据各自判断的位置，采取先下手为强的策略。谁能夹到一根肉丝，跟打了胜仗一样欣喜，贪婪地咀嚼。若是一筷子能夹到两根以上，怕是要引起公愤了。毕竟僧多粥少，吃不到肉丝，退而求其次吃点口感糯软而不烂、浸满油脂而又保留原味的土豆条也很满足。

我到现在吃饭的速度也极快，怕是跟小时候吃饭的情形有关，父亲总说像是有人跟我抢。感觉饭菜不是嚼好咽下去，而是倒进去的。屋外冰天雪地，室内宁静而温暖，一碗热饭下肚既暖身体又暖胃，使得手足温热，额头冒汗。如果菜量少，舀点菜汤拌饭也能吃下一碗。这是儿时最朴素本真的日常生活片段。因为常吃炖菜的缘故，我至今都没有喝汤的习惯。

虽说全中国人都吃饺子，但酸菜馅的饺子绝对是东北地区的专属美食。这也是酸菜食谱中重要的角色。忍住锥心刺骨的寒冷，从结着冰碴的缸里捞出菜帮微白半透明，菜叶泛出玉石黄的上好酸菜。出缸的酸菜先要将外帮分割开来，再用菜刀斜切将其片成薄片，横向切成细丝，最后剁成菜泥。作为一年当中最繁忙的腊月，全家人都在为春节、为正月里的猫冬做准备，这种没有技术含量的活计小孩子也在劫难逃。两把菜刀双管齐下，叮叮当当，乒乒乓乓，震天动地，像是和砧板有仇，剁完两大盆饺子馅早已手腕酸软、手掌红肿、胳膊都抬不起来。经济匮乏、食材单一的年代，经过最原始发酵的菜心酸脆爽口、开胃提神，曾被我们当作零食。一年到头我们也只有在参与集体劳动的时候，近水楼台才有机会享用。

在酸菜的所有菜谱中，回味绵长的还要数杀猪菜，也是酸菜众多经典吃法里最隆重的菜式。进入腊月冰封大地后，养了一年的年猪就开始杀了。每每都是切一大锅酸菜连同白肉、下水一起乱炖，这是一年到头最丰盛的菜式。屋里的灯全开了，亮亮堂堂。猪肝、猪肚、猪肾、猪蹄、猪耳朵、大肠、血肠，白肉和酸菜的完美搭配相得益彰，摆满桌子，亲朋好友，齐聚一堂，欢声笑语，热烈喧嚣。升腾的热气，飘香的美酒，鼓舞着欲求，掀起热望，让心中美好的愿望膨胀起来，连同香喷喷的菜肴热乎乎地填满每个人的心怀。

也只有这一天大人小孩才能敞开肚皮吃个够。有一年杀猪，妹妹吃得太多，以致后来的很多年里，谈"杀猪菜"变色。

我是地道的北方人，对酸菜的味道有一种特殊的感知和理解。四十多年前的玉米面酸菜团子，没有肉，只有零星的油渣，略显粗糙的口感和粗犷的独特味道，似乎在记忆里慢慢远去，却饱含情感，意蕴绵长。

酸菜，一提及就会令岁月流转的字眼，酸爽醇正的滋味便悄然爬上舌尖。这一令味蕾满血复活的古老菜式，宛如一道通往秘境的小门，引领着我于沉静之中驻足，回望与怀想，细细品味，似有氤氲的醇香，正静静弥散。

落叶的温暖

南方的秋天来得比北方要晚一些，11月了，才有点秋天的味道。

和朋友在公园里散步，一阵突如其来的狂风，吹得路两旁的树叶如骤雨般纷纷坠落。我们惊呼壮观的同时，感叹树叶雨如流星般划过，又开始欣赏落叶的唯美。望着堆积成如地毯般蓬松、柔软、五彩斑斓的落叶，我的记忆突然跳转到故乡的秋天，和母亲一起扫落叶的情形。

小时候家里人口多，条件不好，能创收的机会很少。父母尽管省吃俭用、节衣缩食，生活还是捉襟见肘。

我觉得每个母亲都是伟大的，都是智慧、勤奋、吃苦耐劳的代名词。

读书不多的母亲不但勤劳节俭，整日不知疲倦地劳作，还能不断发现机会和创造价值。这种惊人的能量也许是天生，骨子里就有的，是怕孩子挨饿受冻想保护他们的本能。

20世纪80年代的北方农村，都睡火炕，取暖烧饭的燃料大都是玉米的秸秆。当年收割的农作物还很青涩，含有大量水分，在冰天雪地里存放，水分很难挥发。取用的时候冰冷不说，也不易燃。为了防止火灾发生，村里规定柴火只能放在田间地头，离住宅很远，院子里只能存放几天的用量。而且每年收割的数量有限，自家的如果烧完，就要跟别人借。

母亲天性要强，轻易不肯向别人开口。秋天，满坑满谷的白杨树叶就是免费的、最理想的天赐燃料。易燃、耐烧，火力旺。

于是，每个放学的午后，我们兄妹几个就要轮番跟母亲到房前屋后、村庄内外的各个树林里去扫落叶。

记忆中的落叶不是街道上经常清扫后的稀疏，也不是公园里供人观赏的柔弱、娇贵。被强劲的西北风没有商量余地地吹落，在迫不得已接受后只能找个背风的角落安顿自己。于是，路两旁的排水沟成了他们的新家，一个聚集栖息的场所。厚厚的树叶叠落在一起，像一条松软的毯子铺展开来，一直延伸到远方。我们在上面用力跳一下，可以弹得很高。

　　说扫其实并不恰当，我们叫搂树叶。用父亲自制的五齿耙子把树叶聚拢在一起，装进麻袋。对于母亲来说，有免费的树叶可以收取，简直是大自然的恩赐和馈赠，只要能给冰冷的屋子，给自己的儿女带来温暖，就是一种莫大的幸福。母亲见到树叶的惊喜，无异于见到了宝藏。树叶小巧，轻又飘，很容易散落，难于收集，张开双臂能抱起的重量也十分有限。看上去满满的一抱，压下去只是薄薄的一层。所以，这也是母亲每次要带帮手的原因。撑口袋是十分必要的，否则一个人根本无法完成。小时候极其厌恶这项劳动，感觉麻袋好像故意和我过不去，总是装不满。已经提不动了，母亲像是没发现我心怀不满，依然乐此不疲。弯下腰，满怀喜悦地努力将树叶收集起来装进麻袋。我们感觉装不进了，母亲还要用力压一压，再装一点，总舍不得离开。仿佛树叶有磁力和魔法，令她挪不动步。

　　当别人都在家里休息、打牌、聊家常的时候，到处都是母亲忙碌的身影。当别的小朋友都可以纵情嬉戏玩耍的时候，我们经常要做母亲的帮手。我们已经厌恶至极想要逃离的时候，母亲依然兴致勃勃，精力充沛，热情不减。边收边惋惜地说："多好的柴火啊，居然没人捡。"

　　附近的树叶收取完，就要走到很远。那时候，父亲经常在外面做工，我们就和母亲借辆板车，可以多装一点。即便没有板车，我们也别想偷懒。村庄里恰巧有人骑车路过，母亲也会请求帮忙用车驮一点，余下的我们都要自己一点一点搬回家。

　　无论多辛苦，多繁重的劳动，我从来没听到母亲抱怨过，消沉过、退缩过。

　　像蚂蚁搬家，如燕子衔泥，我们把黄豆和玉米的根也从田里拔出来，敲掉土块，连同收集的树叶一点一点将家里的柴火垒成囤状，堆得老高，直到母亲认为可以足够抵御一个冬天的严寒。

当冰雪覆盖大地，动物已经沉睡，开始冬眠；当别人家还要缩手缩脚从雪地里挑拣一些能点燃的柴火，当我们不必忍受刺骨的寒冷，可以开开心心坐在热炕头取暖的时候，才理解了母亲的远见和为整个家所付出的艰辛。

年少时不懂事，不知道替母亲分担家务，让母亲一个人承受了家庭所有的重担，到老落了一身病疾。庆幸终于悔悟，母亲还健在，让我有机会报答和偿还。

"随风潜入夜，润物细无声"。父母是孩子最好的老师，更是榜样。孩子是父母的折射镜，在孩子身上可以折射出父母为人处世的行为和做人的准则。在朝夕相处、潜移默化中不知不觉渗透到生活中。

是母亲给了我面对磨难的勇气，遇到困难不轻易放弃；是母亲给了我积极、乐观的心态，让我在绝望中也能发现生存的价值和乐趣。

父母的言传身教对一个人的成长影响最为深远，也至关重要。是母亲让我有了一个健全的心智，健康的信念，无论生活再苦再难也能绝处逢生，找到属于自己的幸福。是母亲的乐观、豁达和包容，让我一直心存火种，去冰除雪，终于迎来属于自己的春天！

故乡的雪

无论读书还是听歌，最怕读到或是听到"故乡"这两个字。一直觉得故乡是很多人心里的病灶。不去触碰，觉得它已经消失不见。一旦抚摸，才知道它一直都埋在心底。

思乡，是一道无论多久都难以抚平的结痂，虽然伤口愈合了，但疤痕还在。从小生长在东北，只要提到故乡这两个字，就不得不说故乡的雪。

被漫天轻舞飞扬的雪花包围，感觉自己也变得轻盈了，仿佛一片雪花在空中飞转盘旋。曾经极力想要摆脱的寒冷，突然变成强大的磁场，将我笼罩在其中。想要挣扎，却动弹不得。

瞬间又觉得自己变得强大起来，浑身充满力量。想要张开双臂，拥抱这个洁白无瑕的世界。

当一个人受到外部影响或者刺激的时候，首先的反应都是出自本能。其次是自己印象最深，认识最久，接触时间最长也最熟悉的事物。

小时候极其讨厌下雪，似乎记忆中的雪下得更大一些。

就像课本里描述的一样：雪整整下了一夜，无声无息。早上，推开门，外面是一个白茫茫的世界。比起雨的烦躁不安和张扬，雪更恬静温柔和低调。

我讨厌下雪的最大原因，除了出行困难以外，就是劳动。

家里的积雪要清扫，学校里的也要清扫，否则踩瓷实以后，走路光滑如镜面，很容易摔跤。

一直觉得扫雪工作是对小孩子的惩罚。厚厚的积雪，几十上百个平方的面积，常常让我们甩了棉袄还满头大汗。

积雪扫完以后不能堆在院子里，没有运输工具，我们都是两个人抬个竹筐，将积雪清理到很远的地方。

成吨的积雪，会扼杀你堆雪人的欲望。

生长在这个环境里，不觉得它有多美，也没觉得它给生活带来哪些不便利。

人类的聪明之处就在于他能适应环境，并加以利用和开发。

小孩子是不怕冷的，甚至他们根本就意识不到冷，也不觉得冷。

对劳动天然的排斥　对游戏却是无一例外的热衷。

家里有条件的，会有雪橇，因为并不专业和过于简陋，我们更愿意叫它爬犁。

清阮葵生《茶余客话》卷十三中载："法喇，似车无轮，似榻无足。覆席如龛，引绳如御。利行冰雪中，俗呼扒犁。以其底平似犁，盖土人为汉语耳。"形象地描述了爬犁的形制、构造，解释了得名的缘由、使用的环境场合等问题。

小孩子玩游戏的爬犁制作很简单。两根木方左右竖向摆放，然后横向钉几根板条，人可以坐在上面。前面拴两根绳子，往前拉动。

这种游戏灵活性很高，一个人玩的时候，趴在上面，自己跑动或者推动滑行也很嗨。两个人就一个坐在上面，另外一个人在前面拉。三个人的话就一个人在前面拉，两个人坐在上面。然后大家彼此轮换。

那会村里还没有汽车，百十户人家的小村子不过两三条街。并不宽敞的小路就是我们天然的游乐场。

小孩子很诚实，彼此恪守规则。从一户人家到另一户人家之间的距离，就是起点和终点。你把我拖过去，我把你拉回来。

来来回回重复着同样的动作，居然乐此不疲。仿佛那是一个魔法，里面蕴含着无穷的乐趣。

对于农村的孩子来说，这就是他们的娱乐活动。没有对比，也就没有伤害，没有疼痛和委屈。

只要是在运动着的，生命就是鲜活的，充满生机的。他们的理想就是：写完老师布置的作业，做完父母交代的家务活，熟悉的小伙伴在一起疯狂奔跑嬉戏，没有矛盾和摩擦，没有意外发生就是幸福的。

　　没有路灯，每个孩子都找得到回家的路。常常要父母老远扯着嗓子吆喝："天黑了，回家睡觉了！再不回来把你关在门外了。"

　　不用特意叫谁的名字，又好像是在叫每一个孩子。只要有一个孩子退出，整个游戏的热情就会减退，直至传染到其他人。

　　大家开始跟小伙伴告别相约明天的时间，收拾整理自己的东西。

　　那些意犹未尽的只好恋恋不舍地把玩具交还给人家。

　　那时候的孩子，纯真得如洁白的雪，晶莹剔透，没有一丝杂质。愿望极其卑微，低到尘埃里。

　　母亲做的新棉鞋也穿了出来，回去免不了挨顿骂。只顾着贪玩，什么时候鞋底上冰雪凝结成的"钉子"也浑然不知。鞋钉子尖锐突起，路滑，走起来左摇右摆。急了在地上用力蹭几下，跺跺脚，或者踹几下，去除多少根本没时间顾及，也丝毫不影响心情。

　　那些出来晚的，没有活动场地和玩伴的小孩子，也不会闲着。

　　略深一点的土坑或者土堆土坡，都可加以利用。厚厚的积雪覆盖之后，稍微浇一点水在上面，就是天然的滑梯。

　　胆子大的，敢站立着往下滑。胆子小的，几个人组合，互相搂抱着一起滑，像是一列小火车。

　　那些实在没有游戏道具的孩子，就三两个像老鹰捉小鸡一样连成串，由一个人带头往前跑，然后靠惯性向前滑行，也能滑出去老远，搞不好还要摔个屁墩。

　　再单调枯燥乏味的日子，都可以有欢乐。再恶劣的环境和条件，也能创造属于自己的幸福。

　　多年前背井离乡，人到中年越发怀念过去。以前曾经厌恶想要迫切逃离的地方，痛恨的人和事，都变成了美好的回忆。

经历的时候，没有觉得怎么好。离开以后才知道，再也没有那么好！

无论故乡对我有着多么强大的吸引和诱惑力，也无论故乡是否召唤过我，我深知——故乡与我，永远只能隔江相对了。

故乡，我再也回不去了！

当我在异乡的凌晨，用手机敲打出这一篇文字酣然睡去之后，希望梦里能下一场鹅毛大雪。

雪花纷纷扬扬，飘飘洒洒，像儿时一样不慌不忙。

雪落无痕，寂静无声，而我，还站在岁月里。

人间至味是酱香

提到四川，人们脑海里跳出来的是鲜香诱人的麻辣；说起江南，烟雨迷蒙的背后总透着一股甜腻；去到山西，是挥之不去的醋酸味……那么，哪个才是代表东北的味道呢？

要我说，一定是透着酱香的咸味。齁咸粗犷的东北大酱，才是那片黑土地最原始的味道。

我曾对老廖说："世界上最好吃的就是东北大酱。"老廖撇嘴、摇头，一副不可救药的表情。

中国人制酱的历史非常悠久，《周礼》中就有关于酱的记载。西汉史游的《急就篇》也有"芜荑盐豉醯酢酱"记载，东汉文学家王逸注："酱，以豆合面而为之也"。这是中国关于制作豆酱最早的记录。

在满族史诗性文学作品《尼山萨满》中，萨满去阴间寻魂求寿，带去的法宝其中就包括酱，每次遇到难关，送上"三块酱""三把纸"就可以闯关，足以看出酱是当时让神灵、鬼魂垂涎的"供品"。慈禧当年每顿饭几十道菜不重样，但用大酱做的四个小碟酱腌菜不能变，每餐必上。

东北人如此热爱大酱，与生活的环境密不可分。无论酸菜还是大酱，都是东北人用来应对漫长冬季的利器。东北人除了要在秋天储备冬菜，还要腌制各种咸菜、晾晒各种干菜。而宜于大量制作和贮放的酱，刚好能拯救单调的饭桌。酱不仅成为东北人家餐桌上必不可少的佳肴，在日常生活中占据重要地位，也被赋予更多的文化意义。

20世纪八九十年代的东北农村，家家户户门前的那口酱缸，几乎包揽了一整年的餐桌风味。

可以毫不夸张地说，东北人一年四季都离不开大酱。无论春季漫山遍野的山野菜，还是夏季品种繁多的时鲜蔬菜，也无论是秋天晒的干菜，还是冬天的酸菜丝，不必做过多处理，洗干净，端上桌，配一碗酱，拿起菜叶，蘸满酱汁，送进嘴里，生吃就足够了。东北大酱，醇厚咸香，就着蔬菜的鲜嫩多汁，这一口口咬下去都是幸福的味道。

但不论是春夏秋冬，始终不能缺席的就是干豆腐。地道的干豆腐，会激发蘸酱菜的灵魂之味。一张干豆腐，干爽细腻，薄而清透，筋道有弹性，顺着纹路撕开、摊平，一片生菜，数段青葱，一条水黄瓜，一绺香菜，抹点大酱，卷成卷，外软里脆。把干豆腐换成薄油饼，大煎饼，内里的蔬菜换成土豆丝，鸡蛋酱要炒得辣一些，淡一些，香菜葱段岿然不动。需用力撕扯，方可大快朵颐。一点都不花哨，但却是每一个东北人成长的记忆。

东北大酱不但可以生吃，而且可以做熟了吃。除了可以在各种吃食中佐餐，也是非常重要的调料。配合葱、蒜、花椒、大料等调料，做成鸡蛋酱、肉炸酱、辣椒酱、小河鱼酱等多种口味。酱大骨头、酱炖鱼、酱炖茄子、酱炖豆腐、……东北人的餐桌，始终缭绕着这股酱香。而它们的精髓，都在于那咸香诱人的大酱。东北人在这上面发挥了惊人的创造力，在东北人看来，没有大酱的东北菜是没有灵魂的。

到了夏天，更重要的大酱伴侣出现了：旱黄瓜。调皮的孩子溜进黄瓜地，一旦超过手掌长度，偷偷扭下来。翠绿清香的旱黄瓜，蘸上浓郁芳香的大酱，在口中融合产生奇妙的爽快和满足，那一刻的期待从来都不会落空。

东北人把"香"这个终极定义给了炸鸡蛋酱。锅中倒些植物油烧热，等油温慢慢升高，撒点细碎葱白爆香，大豆酱汁倒进锅里，与蛋絮融合，这时气氛才算到了。用筷子快速搅拌，蛋絮随着油跳动，咕嘟咕嘟冒泡，转小火，在一阵吱吱啦啦声中，再放进青椒，几下翻炒后撒味精调料后起锅，香气满屋子乱窜。一勺酱淋在过水面条上，温热，再加点黄瓜丝，相互衬托，就是一碗简单可口的炸酱面。用筷子一搅一提，反复数次，面条会被酱汁充分浸润，并与蛋絮交缠，辣椒丁撒落期间，酥软劲道，油而不腻，清香扑鼻，吃起来滑溜溜的，十分解馋。那简直是人间美味。

在东北，还有一种特别的鸡蛋酱，不是炸的，而是蒸的。将青椒、小葱切碎，加入适量豆油、和大酱鸡蛋一起搅拌均匀，蒸米饭时一起放在笼屉里蒸熟。鸡蛋酱扎根于那片黑土地，也跟着东北人到处漂泊。每次女儿回来点菜，都要吃一碗家传的"蒸鸡蛋酱。"对于零厨艺的我来说，是最有成就感的时刻。

当夏的新酱颜色鲜亮，浓稠适度，汁水多一些，去岁的陈酱颜色深邃，浓郁稠厚。从黄褐色变成暗黑色，味道差了点，把小黄瓜、豇豆、萝卜、辣椒土豆之类的蔬菜扔进酱缸，腌个把月就成了酱菜。

东北的冬天太过漫长，也要添些"暖"意。新买来的卤水豆腐白白胖胖热气腾腾，用来炖菜太慢等不及，浇上一层鸡蛋酱后入味三分，直接扑上去咬，与豆腐一起，入口融融，暖心安逸。热气混同香气一同滑进肚里，比切块吃要香很多。闭上眼，软糯交织，爽心怡人。这种武式吃法也是东北才有的独到特色。

更有特色的要数"打饭包儿"。相传，这种吃法是努尔哈赤南征北战时留下来的。饭包配鸡蛋酱，很郑重。大白菜叶子肥阔，要先用鸡蛋酱浸润一下，再盛住热米饭、土豆茄子泥，佐以葱段青白香菜肆意，打包捧食。内里炙热，氤氲虽被包住，温度还是会透过青叶传到手心。看似寡淡，实则诚意满满的东北大饭包，鸡蛋酱是内部各种食材的黏合剂。地生白菜的绿裙边会先探进来，牙齿负责把菜叶破开，土豆饭团会顺势断入，抬舌，搅动中不时跳出葱花，略顿，再使劲儿碾碎，蛋香、酱香混着葱香从口腔上蹿到鼻腔，直抵头顶。掺杂了米饭的鸡蛋酱浓郁软糯，白菜爽脆清甜，完美结合，相得益彰。再来瓣大蒜或扒颗毛葱，一口下去，有野性，也有丝丝辣意，仿佛被万道霞光笼罩。

在一场雪后的冬日，取回挂在屋檐下被霜打过的萝卜缨子，原本鲜嫩饱满清脆的叶子晒去水分，脉络清晰可见。皱巴巴的，还散发着淡淡的气味。坐在灶前小板凳上细心择去枯叶，周围堆叠着玉米秸秆，洗净后用火灶上的沸水烫透，随着热力的增强，萝卜缨子遇水后逐渐膨胀，酥软，恢复珠圆玉润的模样，变得绵软而有筋道，嚼劲十足，韧性十足。攥干，切成寸段，盛在瓷盘里，像一溜琴键，合着大酱谱成新的乐章。轻咬慢品，少了些刚晒时的辛辣、涩味，多了历经翻晒水焯后清甜的圆融。唇齿间漫浸了那种依依不舍的味觉，余香回绕。

　　大酱与食物之间的包容与成就，注定成为东北的一大美味。现如今，家庭单位越来越小，自己下酱的人也越来越少，取而代之的是工业化、规模化的品牌大酱。在自家下酱几乎成为历史的今天，鸡蛋炸酱就是我们对记忆和传统的那份终极仪式感。

　　我当成珍馐美味送给同事品尝，碍于情面只说一个字"咸"。我实在形容不好大酱细腻、浓烈的味觉，只有喉头紧密地吞咽下这历经阳光的味道，舌尖在自然储存中，独自享受这份岁月的宁静与美好……

　　大酱里，浸着广袤富饶的黑土大地，裹着粗犷豪迈的东北风流。这种纯大豆发酵而成的酱，黄褐色，酱香气，特别咸，能替代食盐做菜，且远比酱油的味道醇厚。像东北人，虽然卖相粗糙了一些，但是性格中却透着一种浓烈。

　　大酱不像小鸡炖蘑菇那样早早地成为东北菜头牌，也不像锅包肉一样走向全国的餐桌还好评如潮，更不像烧烤那样成为东北菜中的记忆烙印。作为东北餐桌上日常必备的食物之一，大酱一直润物细无声地照顾着每个东北人的味蕾与肠胃。更是每个离家在外的东北人，最长效持久的精神补剂。仅需一小碟，就可唤醒被喧嚣所掩埋的味觉。

　　有人说，味道是难于记忆的，只有你又闻到它，你才能记起它的全部情感和意蕴。当过去的一切荡然无存，唯有气味弥亘。回忆，等待，期望，不屈不挠地负载着记忆的大厦。

挖野菜

像我一样 20 世纪 70 年代出生在农村的东北人，几乎都有过挖野菜的经历。

清明节以后，沉寂了一个冬天的东北大地才开始逐渐苏醒。随着春天的到来，肥沃的黑土地里，小根蒜、婆婆丁、荠荠菜、灰灰菜、苋菜、苦麻菜、苣荬菜、野韭菜……各种野菜陆续粉墨登场。

最先破土而出的是蒲公英，我们叫婆婆丁。这种植物有极强的生命力。小小的嫩芽到展开叶片似水袖飞舞一般，没几天就长出来。如果不抓紧去挖，很快就开花了。那满地繁星似的小黄花，在春风里摇曳，煞是醉人。

春天，万物复苏，随处可见三三两两挖野菜的景象。我挖野菜的时间，下午放学后居多，常和村里女孩子一起结伴而行。拿上铲刀，挎着篮子，迈着欢轻快的步子，向广阔无垠的田野里奔去。我们边走边说着、笑着、跑着、跳着、闹着。和煦的阳光，绿色的田野，就像一幅优美的风景画铺展开来。头顶上蓝天白云，不时有叽叽喳喳的小鸟飞过，到处洋溢着蓬勃的气息。

哪块地里野菜多少，不用互相告诉，大家都知道。一般秧苗和野草长得高长得稠的地块，必然土地肥沃，水分合适，野菜肯定又多又大。但也有时候判断失误，兴冲冲地赶去，却发现被勤快的人家连同野草一起铲掉了，抑或有人捷足先登。挖菜的过程一开始很难找，即便看到一棵小点儿、瘦点儿、不那么满意的也会赶紧挖掉。等到豁然开朗找到浓密的一大片之后，就会挑肥拣瘦，挑那水灵多汁的、个头大的、周围杂草不多的、土质疏松的来挖了。

嫩生生的野菜，郁郁葱葱，俯拾皆是。绿油油、水灵灵、脆生生的诱人神态，让我想起了南宋诗人杨万里在南岭留宿时的诗句："山村富贵无人享，一路春风野菜香。"

挖野菜时，我们很有原则，绝不哄抢。四散开来，若即若离，每人占据一块地盘，一般直径一米的范围属于禁区，是安全距离。野韭菜总是几棵长在一起，我们称一小撮、一小撮的分布，只要看到一撮，它的周围能找到的概率很高。有时候就是一片绿油油的，像觅得宝贝，令人兴奋不已。

婆婆丁个头更大，周围很少草根缠绕且土质疏松，所以特别容易挖，挖出来的也比较干净。

在野菜家族中，小根蒜虽称不上是名门贵族，但因为气味特殊、面貌独特，也算是一枝独秀。野蒜比野菜根深，长的地方地质又比较坚硬，常常因为判断失误，切伤蒜头，也因力度不够，把根弄断，蒜头还留在地里，心里怅然失落不已。

苣荬菜才是大家最青睐的野菜，也是我们挖野菜的代名词。看到苣荬菜，便把所有的都抛弃了，专挖苣荬菜的小嫩芽。苣荬菜特别好挖，只要把铲刀对准野菜的底部在土壤里插进再拔出，它的根就被切断了，轻轻一提，菜根就乖乖地从泥土里出来向我们投降，服服帖帖地任由我们把它捉进篮子里。不像婆婆丁的根像吸盘一样紧紧抓住地面，它就只有直直的一根茎。

寻找野菜要俯下身去，降下身段，腰弯得幅度足够大，足够虔诚，这时候它就会出现了。右手拿铲子挖，左手一颗一颗地捡，捡够一把，放进篮子。这样前后左右像戏曲中武丑人物一样"矮行"，不到半天，手快的人就能挖满一筐。

野菜跟人一样都爱聚堆，一旦发现一棵兴奋地蹲下去后，就会发现它周边还有好几棵，而当把它们都挖掉欲站起身来目光扫向远处时，发现前面、左右都还有隐藏起来的，再回头看看，又会发现几处，弄得好半天也挖不尽。等篮子挖满下决心往回走时，又发现一片，舍不得迈步，不得不下手把它收入囊中，用力将野菜向下压一压。

长在坟地和壕沟边上的野菜，是没人挖的。有一种长着窄窄叶片的苦菜，和蒲公英长得很接近，我们叫"苦麻子"，这种野菜也是没人挖的，它的味道巨苦，不仅人不吃，鸭子和鹅也不喜欢吃。灰菜和苋菜是猪的美味。

太阳即将落山，琥珀色的晚霞渐渐地从天边退去。远处，村庄上空升起袅袅炊烟，牛儿哞哞地叫着，由种田归来的主人赶着回圈，乌鸦也哇哇哇叫着回巢去了。我们一行人才优哉游哉地走在回家的路上。这真是"拄杖傍田寻野菜"，然后"手挑野菜满篮归"呢。

我童年时对苣荬菜情有独钟。苣荬菜的清甘微苦再加上黄豆酱的咸香，是东北饭桌上的灵魂伴侣，四季餐桌上的常客。野菜不仅是蘸酱菜的主打，更是东北人心中最完美的春天味道。吃野菜有益健康，很多野菜都是中草药，清热解毒，还具备滋补和治病的功效。

我常常贪玩偷懒，有时候挖的野菜只盖了个筐底儿。怕挨骂，我就用凉水将野菜淋湿，菜就舒展支棱起来，显得多一点。有时候小伙伴挖得多，也会送我一些。所以我后来拿的篮子都比人家小一号，比较容易装满，更有成就感。挖回来的野菜，择掉沾在它上面草根、杂草、缠绕的柳絮杨花、或者其他丝状物，再洗掉泥土，夹在菜心深处的茸毛、生虫或者择去枯萎的叶子，就可以吃了。如果母亲舍得打一碗鸡蛋酱，就着小米干饭或者是苞米碴子水饭吃得那才叫香呢。

等到菜园里的蘸酱菜长起来时，小白菜、小菠菜、小生菜、小香菜、小葱、水萝卜就可以尽情地吃了。但野菜还是要继续挖，不再用篮子，而是要用蛇皮袋装了。我们常常汗流浃背，碰到大片的直接用手薅，手指也被磨得通红。挖野菜几乎是从清明节后一直到地里的庄稼没过膝盖的时候。菜长大老了，即使人不能吃了，也要喂猪、喂鸡、鸭子和鹅。

东北，从春天大地复苏后开始，每年吃到新鲜蔬菜的时间只有六个月左右。由于近年来受"回归自然，返璞归真"，野菜绿色、环保、无污染的观念影响，导致开春的山野菜已成餐桌上的轻奢，尝鲜的野菜有的要几十块一斤。很多野菜，原本只有在合适的季节，才能够吃到。现在想吃野菜，可以很轻松地在农贸市场甚至是超市里买到。人工培植的野菜，肥硕鲜嫩的模样长得肥肥大大，洗得干干净净，水水灵灵，码得整整齐齐地摆在菜摊上，可我却再吃不出童年的味道。

总还是怀念那长在田里的野菜，就像怀念那些与自己共患过难的老友，怀念儿时的伙伴。偶尔回到故乡，已经很少能吃到野菜。我以为是节令不对，家乡的亲人告诉我，现在都不用锄头铲地，喷洒农药来除草，野菜几乎绝迹了。

如今，人到中年。每当看到游乐场、公园里，草地上、沙滩上小孩子拿塑料玩具挖沙、铲土、相互追逐嬉闹，小时候挖野菜的场景就会不由自主地浮现在眼前。在黑土地里长大的孩子，童年都充满了泥土的芬芳。那时候虽然贫穷，但快乐无比。

秧歌情

离开故乡已经 20 年之久，其间回去过几次也都是来去匆匆。地理上的距离是固定不变的，心理上感觉故乡在一点一点向后退，逐渐疏远我。在异乡为生活打拼，对故乡的记忆自以为已经淡忘，随着岁月浪潮的冲刷，起起伏伏，最终沉入谷底。

在朋友圈看到亲戚发的视频，一群姑娘、大妈，身着柳绿桃红，随着清脆、高亢、嘹亮、悠扬的唢呐声、锣鼓声，和着流畅的旋律，欢快活泼地扭着秧歌。只一瞬间，我就跨越了千山万水，从记忆的云端跌落到故乡的记忆深处，跌回到童年的记忆里。

在东北老家，正月里，置办齐年货，拜访完街坊邻居，招待过亲朋好友，除了围坐在热炕头上打打牌，聊聊家长里短，秧歌队大概是漫长的冬季里当时唯一一项大型户外娱乐活动。

村里每年都会组建秧歌队，"办秧歌"的发起者，都是民间组织。通常是由一位喜爱热闹、演技好、在当地有些威望、办事能力强的"包头"负责张罗。从置办服装道具、聘请鼓乐班子、到组织排练、筹划演出安排等事项。

秧歌队喜欢招收那些青春亮丽的姑娘、身强力壮的小伙子。队伍的规模根据报名的人数而定。每到正月初一或初二，大伙兴高采烈地身着色彩丰富艳丽的统一服装，坐着敞篷大卡车开始走街串巷，挨家挨户拜年贺喜。头上花枝招展、腰间彩绸缎带迎风飘舞，在皑皑白雪中是一道流动的风景线。歌声、欢笑声响彻一路，让广阔的田野、静谧的村庄也变得热闹、欢腾起来。

欢快活泼的唢呐声、锣鼓声由远及近，就知道秧歌队来了。"包头"

腋下夹着皮包，满脸堆笑地直奔正门。倒背如流的新年祝福裹挟着寒风和一群跟在后面看热闹孩子的脚步声一起涌了进来。主人如果提早知情，大都会主动热情开门迎接。

流畅的旋律，欢快的节奏，丰富的舞蹈，伴着锣、鼓、镲、唢呐奏出的曲调，诙谐的表演，独特的风格将东北人民的热情、质朴、粗犷、豪放、刚柔并济的性格特征完美地展现出来，辛苦劳作一年的丰收喜悦，以及对明年的祈望全部融进这载歌载舞中。扭动的腰肢，灵活的舞步、夸张的表情，挥臂跳跃、扭腰甩肩，节奏明快富有弹性的鼓点，以及略带顽皮、幽默、俏丽的表演，生动活泼，多姿多彩。场面的红火，亲切、鲜活、火爆、热烈的气氛，点燃了你高涨的生活热情。日子好像一下子红红火火、亮亮堂堂起来。

演出结束，主人要么预备烟茶，要么秧歌队临走时给赏钱，所以秧歌队拜年一般会去家境富裕，给得起赏钱的人家。那些富贵、长寿、平安、发财、好运与兴旺吉祥话把你围起来，掀动你的热望，鼓舞你的欲求，会让你做出一反常态的举动，心甘情愿地掏出超过自己平时都舍不得消费的赏金。真诚地希望圆满过年，来年圆满。

为了给主人面子，"包头"会大声报出比主人高出几倍的赏金。话音一落，意味着表演结束，大家已经达成默契，有序撤出，重新集合去下一个表演的人家。

谁家表演的时间最长、给的赏金最多，预示着有钱有势，是慷慨、豪爽的体现，也是乡亲们茶余饭后议论的话题。小孩子可不管那么多，一直跟着秧歌队跑到村口，免费观赏阵容强大的演出。那份强劲、深厚的认真、虔诚、执着与热情，是一年到头的热切期盼。秧歌队离去，热闹的村庄顿时安静下来。在孩子心中，预示着新年即将结束。所有聚积的喜悦和快乐舍不得拿出来与人分享，悄悄地积攒着希望可以延续到下一个冬季。

如今，随着丰富多彩的娱乐活动逐渐增多，"秧歌队"已经退出了历史舞台。这些年生活的安定、富足，让人们开始重视强身健体，就连70

多岁的老母亲也加入了秧歌队。

　　这热烈、奔放的歌舞也是一种生活的情感、期望和生机的表达与诠释。不管生活里还有多少失落与遗憾、困苦与艰辛，但在跳跃的时刻，舞动的瞬间，面带微笑，自信满满，生活充满魅力。动作熟练地旋转着扇子，挥舞着彩绸、手帕，优雅轻盈地转身，所有的烦恼甩在身后，不自觉中美好的愿望膨胀起来，热乎乎地填满你的心怀。这时你会感觉到，美好和幸福其实不在任何其他地方，它原本就在我们每个人的心里。就像一把火红的舞扇，让快乐、甜蜜、满足和喜悦在心中不停旋转。

雪的性格

最近几天，下雪了。因为难得一见，朋友圈都被刷屏了。

各种地方、各种场景、各种题材的表达方式，层出不穷。

众人皆醉我独醒。

从小生长在北方，见过了太多的鹅毛大雪。对于南方人眼中的雪实在提不起兴致。

怕别人不解和误解，不想评论也不想解释。也许因为"曾经沧海难为水"，所以除却巫山的都不能算作云。

南方和北方，虽同是雪，却性格迥异。

南方的雪纤瘦、小巧，几乎看不到雪花的形状。如还没成熟的果实，被人强迫采摘，下得极为勉强和委屈又不敢反抗。若有人声援，立马就会改变主意，甚至即刻停止。也许不情愿，节奏缓慢，如有重重心事。加之气候潮湿，含水率偏多，落到身上很快就化了。仿佛因味道青涩，尝一口就被人丢弃的感觉。而且降雪的频率低，雪花叠落在一起，有种故意的虚高，看着厚厚的一层，实则并没多少数量，更不持重，踏一脚，就能到底。似吸了水的棉花，瞬间瘪下去。看上去英勇威猛的壮汉，威风凛凛，实则徒有其表，不堪一击。借助霜冻的势力，虽坚固却完全失去本色，变成一坨冰粒拥挤在一起，竭力彰显自己的强硬。故而南方的雪胆怯、谨小慎微，像是顾忌别人的感受。

北方的雪则完全不同。只要想下，就无人能够阻拦，并不征求谁的同意。下得尽兴，爽快，洒脱、大大咧咧，全然不管旁人的态度。不掩饰、不做作，不浮夸，不亲近也不偏袒谁，使出全部气力，铺天盖地，浩浩荡荡，要下就下个够。

"鹅毛大雪"常用来形容北方的雪。雪花之大，速度之快，频率之高，让人惊叹。倘若你听到大雪下了一整夜的话，早起，推开屋门，你会慨叹大自然的神奇力量，一个白茫茫的世界呈现在眼前。房顶是白的，树木是白的，田野是白的，村庄是白的，这样的描写和句子全是真实到无以言说的质朴。

　　北方的雪轻盈，纯净，透彻，洁白，无任何杂质。像一个不做亏心事的人，落在掌心里时形状还完好无损，完全不怕谁的质疑。

　　北方的雪干脆、利落，不矫情，不耍小性子，不依附和黏着，落在身上，轻轻一抖就全部滑落，绝不纠缠。

　　北方的雪实诚，一片片一层层的叠落，丝毫没有缝隙，不偷懒不耍滑，紧致瓷实，踩上去咯吱咯吱地发出声响，像在提醒你走路要小心。

　　北方的雪豪迈、奔放，心胸宽广。厚厚的像铺了棉被，躺在上面打几个滚的那份酣畅淋漓，如今想来，仍心驰神往。

呼兰河

说来惭愧，背井离乡 20 载，回家的日子屈指可数，而且每次都来去匆匆。名义上是探望父母，除去走亲访友，同学聚会，陪伴父母的时间少之又少。应酬结束，总算安定下来，我又要去河边看看。母亲虽不反对，也没阻拦，只像是自言自语却又不解地说："河边有什么好看的呢！"

而我像是为着赴一个约会似的，一大早就来到河边。北方的十月，已是深秋。天气虽晴，还是泛起丝丝寒意。河沿两旁的人行道被拓宽了许多，斜坡浇筑了水泥，路面铺上青砖，干净又宽敞。行道树的叶子已经开始由绿变黄。

我满怀喜悦，热切地走来，直到双脚踩在松软的泥土上，悸动的心绪才稍稍平静下来，像久别重逢的故人，握手觉得流于形式，显得过于生分，想要亲切地拥抱又觉得有一种疏离感横亘在彼此之间。我们就这样深情地对视、热烈地凝望。

迎着秋风，我站在河边远眺。天光微明，天空和河面茫茫然呈黛蓝色。对岸尚在沉睡，而这边的街道已经醒来。小鸟在河边杨树的枝头上啼啭，晨光仿佛在清脆婉转的鸟鸣声中涌上河面来了。

河面水雾已经消失，曙光充溢着四方。庄严之极，平和之至。天空像是由藏蓝、宝蓝、蔚蓝、淡蓝到白蓝过渡成渐变色的帘子，悬挂在那里。河面映衬出自己的脸孔也变得碧蓝。倘若假寐片刻，那梦也许是蓝色的。

蓬蒿和野草临水而立，或交织在寒冬枯寂的田野里，干枯泛黄。或孤立，或丛生，摇曳于清风之中，满含着露水，在朝阳里闪耀。风清露冷之晨，我独自在这河边上走一走。听百鸟鸣叫数虫唧唧，沿古道而行再向下走，皆是枯萎的芒草。落叶已开始飘散。翠松几点，萧散之致。

一阵萧风，遍野芒草沙沙作响。声如人语。伫立片刻，语声戛然停歇，只剩下一片寂静，周围仿佛空无一物。正当我心清如水的时候，不知打何处传来清越的响声，萧萧而起，飒飒满目。时值深秋，河水瘦缩，部分河床裸露，近乎干涸的细流，依然打小丘中间穿行，蜿蜒曲折而下。啊，这就是呼兰河流水的声音吧。再向前行，堤上的芒草渐渐稀疏起来。堤外东西数余里，茫茫一片。

此时，河面上空已经变成一片蔷薇色。一河波光，洗去了心底的阴霾。当年的呼兰河，曾是我理想的天堂，梦中的王国。无论是芳草萋萋的春日，绿树浓荫的盛夏，"晓来谁染霜林醉"的深秋，抑或漫天飞雪中无际的洁白宁静，四时佳兴，皆是生命中永不再来的美好。

我就这样缓缓地沿着河边行走，河面宽阔，目光越过对岸的蓬蒿、蒲草、白杨树，倚在某棵树上。那一片片青色的、紫色的，高不过两米，粗不盈几厘米的柳条林，一丛丛、一簇簇，你挤我挨、蓬蓬密密的矮小灌木，自然生长，无须人为呵护，却能够在江边、河畔自由生长着。当年，一群孩子成帮结队带着铁夹子在林下捕鸟；或带着网兜在水中捕鱼；玩累了大家调皮地割下柳枝，用刀截成一段一段，轻轻地割开一个豁口，用手轻轻转动，前端的柳皮便慢慢脱落下来，做成柳哨，放在口中，便吹出清脆、悦耳、动听的声音。

轻轻迈动脚步，怕惊飞所有栖息的往事。在那一河粼粼波光中，时间自动跳转。旧时的记忆，忽就全如闪电似的苏醒过来。首先浮现的，是昔日老屋房后茂密的杨树林，月光如水的乡间小路，一群少年围着火炉烹茶煮水，促膝长谈的暖夜，十几岁的小孩子在雪地上奔跑的情景，就这么把自己跑成人到中年。回头一看，才发现童年时光都是清澈透明的，抖一抖，除了风沙、泥泞、满天飞雪，少不了也有两三片花瓣从书页里掉出来。

在河边站着看了很久，才觉得时光在体内乱流后，会疼。往回走的路上，我忽然想起十五岁那年的夜晚，与三个好友结伴去小店买糖果，四人唱到的"流水"歌词：

> 门前一条清流
> 夹岸两行垂柳
> 风景年年依旧
> 只有那流水总是一去不回头
> 流水哟，请莫把光阴带走……

怀念故乡的土炕

周末休息在家，天气实在太热，厨房像蒸笼一样，瞬间大汗淋漓，就如同锅里烧着的水，咕嘟咕嘟响着，满屋热气腾腾。

简单做了两个菜，赶紧端到卧室。客厅里没空调，热得人没有胃口。

没有宽敞合适的位置，我把饭菜放在床头柜上。和老公一个坐在沙发上，一个坐在床沿边。

总觉得坐姿和吃势别扭，找不到郑重其事的感觉。仿佛吃饭是一件很勉强很为难的事。不是在自己家里，不是踏踏实实地吃饭，有种临时凑合匆忙的感觉，总之不舒服。

于是我跟老公提议，把饭菜放在女儿的简易电脑桌上。

床上有点软，怕汤洒了弄脏了床单，于是阵地转移到地板上。

小桌子 60 厘米 × 40 厘米大小，放在地中央，碗筷往上一放，两人盘腿席地而坐，感觉立马就来了。有了吃饭的胃口，有了踏踏实实想饱餐一顿的心情。

两人边吃边聊，粗茶淡饭居然也吃得津津有味。

记忆的大门似乎是一直关着的，偶然间不经意地碰触，就会自动打开。那种熟悉的感觉和气息迅速弥漫开来，将我们团团围住。

一种久违了的动作仿佛露天电影幕布，被风吹着不由自主地前后鼓胀凹陷，被推近和拉远。让你有一种想要去抓牢固定它，不被中断破坏进而影响到自己兴致正浓的观赏。

这就是为什么说一方水土养一方人。

仿佛还是昨天，在故乡的老屋里，我还是那个刚上小学的孩童。

听到开饭的消息，立马脱鞋上炕。回来得早，可以坐自己固定的位置。晚了，就只能看哪里有空位挤过去。

之所以用挤这个字眼，是因为圆桌的范围就那么大。兄妹四人加上父母奶奶，一家七口人。

靠在炕沿边的地方还要放饭盆。很多时候父母都是搭边坐一下或者干脆不坐。要随时给我们添加饭菜。

北方气候寒冷，资源匮乏，家里经济拮据，每顿饭只有一个炖菜。就是各种食材放在锅里一起炖。连菜带汤盛上一大碗，吃完再到锅里盛，如果菜少不够吃，后面的人就拿汤泡饭。

小时候吃饭从不挑剔，不考虑荤素搭配，不计较咸淡，纯粹是因为饿要填饱肚子，满足胃的需求。

吃顿饭像打一场战役，有种尘土飞扬的感觉。筷子交错起落，饭碗交叉传递，一只只小手都像训练有素的士兵，一矢中的。

偶尔也有因为两双筷子夹到同一份菜的时候，争执不下时，手中的筷子就变成了武器。

有吵的、有叫的，有父母大声的呵斥，也有趁机多夹一次的窃喜。

"菜没了，盛菜！"

"盛饭！"

我们不时地提出请求。

仿佛是一场比赛，先吃完的就是优胜者。父母会如释重负地丢下一句："吃饱了下去吧。"

像得了特赦令一般欣喜和迅速，一骨碌从炕上跳下来。

写到这里，我突然知道自己吃饭速度快的原因了。

吃得慢就会吃不饱，甚至有可能吃不到。我必须一边迅速咽下口中的食物，手中的筷子伸到下一个目标，眼睛骨碌骨碌地还要盯着旁边人的动作。要像猎犬一样警觉。

长大后，我依然改不了吃饭快的毛病。父亲耐心地教导我："慢点吃！慢点吃！没人和你抢！"

我缩回筷子，放慢咀嚼的动作，还没三秒钟又旧病复发了。后来，我得了阑尾炎，手术切除了。自此，父亲再不劝我了。每次见我吃饭，父亲一脸的无奈："现在你随便吃吧。不会再有什么隐患了。"

吃饭不是为了品尝，不是因为生长的需要。是胃里的定时闹钟，是课堂上的必修课，是在最短的时间内把食物倒进胃里，然后完成任务一样迅速撤离，不要耽搁大人的时间，影响大人收拾的进度以及成为障碍。

这样一般都会得到父母的夸奖和认可。

也许是因为炕上更暖和一点，也许是活动范围小更利于集中管理。总之童年时的饭大都是在土炕的圆桌上吃的。

但终究不会盘腿，紧急的时候就直接跪在炕上，或者两只脚左右分开放平，更多的时候，是把腿从桌子底下伸到对面，有时候碰到对面的"敌人"不友好，也会受到警告甚至攻击。

也许是天生骨头硬，不够柔软，一如我的性格一样耿直，不会奉承讨好人。

也许肢体的强度和柔韧度就预示了一个人的性格和命运。那我还是希望做现在的自己，宁折不弯。

想家的季节

中午，同事说不想在食堂吃饭，问我去哪吃。不假思索地回答："必须梁大娘。"另外一个同事应道："好，听你的，就吃东北菜。"

来这里几乎每次都是我点菜，每次必点的一道菜是酸菜炖粉条，不管别人爱不爱吃。

"梁大娘"家的菜偏油腻，不能多吃，但隔一段时间不吃就会想念。吃一次家乡菜，对旧日的时光，对故乡的眷恋，对亲人的思念，那些挥不去的记忆，化不开的乡愁就会冲淡一点。

对于远离故乡的人来说，心里始终有处空缺，只能拿食物来填补。仿佛吃顿家乡的饭菜，离故乡就近了一步。

在品尝食物本身的滋味之后，还有食物另外赋予我们的苦辣酸甜。每口佳肴，都是已经凋零的繁华，和回不去的过往。

我突然发觉每到冬天，我就想家。尤其春节，特别严重。

想母亲炖的酸菜粉条，热气腾腾端上桌，我们兄妹几个像燕子叽叽喳喳，闹哄哄地围坐桌前，吃得津津有味，看谁幸运能从盘子里找到一小块肉，都羡慕嫉妒不已。

像冬天停电的夜晚，只有厨房里炉火燃得正旺，烤得我们小脸通红。我们坐在矮凳上，围坐在火炉边，热切地渴盼哥哥给我们烤的土豆。

想起故乡那些大雪纷飞的日子，嘎吱嘎吱的脚步声还在耳畔回响。雪花白得耀眼，和周围连接成一个广阔无垠的世界。

在我看来，没有雪的冬天，算不上是真正的冬天。

我之所以每到冬天就特别想家，更多是因为清冽、彻骨般寒冷的冬天，埋藏了太多的回忆，那些刻骨铭心的记忆都留在了冰天雪地里。就像有些病，到了特定的季节就会复发。

　　寒冬一到，春节就要来临。喜气洋洋的气氛、熟悉的乡音、家乡的美食一股脑涌了上来。在异乡的孤寂瞬间就被填得满满的。

　　冬天到了，除了身体，心里也感知到了寒冷，想要取暖。

没有故乡的人

女儿在东北出生，在老家的幼儿园读了没多久，我们外出打工。当时婆婆还没退休，女儿只好一同前往，同时也开启了她跨省之旅的第一站——北京。

我们平时忙着做生意，没有人照顾她。本来住在前门附近，最后委托朋友帮忙疏通，才勉强去了大红门幼儿园。

当时外地孩子就读还不像现在控制得这么严格。

离得太远，只能整托，周一送去，周五接回来。

也许每天被关在屋子里太无聊了，也许年纪还小不懂事。总之第一次带她去幼儿园见到滑梯，就很喜欢，并很肯定地表示愿意来。

如今想来，小孩子的想法和意愿很多是受大人的引导和诱骗。

怕女儿哭闹，我并没有去送她。不知道女儿当时的表现。也不知道那么小的年纪就离开父母的女儿是不是会想家。是不是因此受到老师的责骂。

半年后，我们离开北京转战上海。

女儿读书的事又成了一块心病，一道解不开的难题。

幸好婆婆在教会认识了一个"弟兄"，在沈叔叔的帮助下，交了一千元借读费，女儿得以顺利入学。

因此事后，婆婆特别虔诚。

人往往经历得越多，也就越懂得感恩。

女儿在幼儿园并没有因为是外地人而受到任何排挤。反倒因为普通话标准，识字多，见识广，反应灵敏等多方面因素受到老师的重视。

各种表演、比赛是老师培养和推荐的首选。女儿也不负众望，每次都表现得很出色。我对上海的好印象也许就是从这时候开始的。

上小学就是顺利过渡了。除了非农业户口每学期交四百元的借读费。

女儿成绩非常好。三年级的时候，考试全年级第一。

每次开家长会，我们都坐在第一排，接受老师的表扬和其他家长投来羡慕的眼神。

读五年级的时候，我们在县城买了房，女儿再一次转学到陌生的学校。

预出班和初中在一个学校。女儿小学毕业后，就等于是又换了一所学校，同学和老师当然也是完全陌生的。

虽然不是重点班，但女儿的成绩始终名列前茅，当选为班长和中队长，依然是老师的得意门生。我每天加班回来，多数时候女儿已经睡着了，房间里的灯还亮着。

女儿的学习生活和学校环境我几乎没有关注过。

一次期中考试，女儿睡过头，还是老师打电话到家里。起床后来不及刷牙洗脸，更没时间吃饭，穿了件空心棉袄骑车向学校飞奔。

第一节考英语，李老师教英语，同时也是班主任。

事后，听女儿讲述，老师一边焦急地等待，一边恳请调整节奏，把听力考试放在最后，因为她班上有一名成绩最好的学生还没来。可见老师对好学生的赏识是没有任何地域歧视的。这一点，作为家长，我从心底里感激。

所以，我一直很喜欢上海，一直觉得它是一座很包容的城市。

"外地人"虽然不是贬义词，但它到底是将我们区分开来。

因为没有本地户口，不能参加高考，在初二下学期，女儿再一次被转学，回到东北老家就读。

在这一点上，我特别内疚。倒是女儿，也许已经习惯了这种转战南北的节奏，并没有反抗抱怨和抵触，在我们没有计划，临时匆忙的决定中办理完转学手续后再次北上。

东北，对于女儿，也只不过是地理书上的一个名词而已。

老公回去陪读，我一个人继续留在上海工作。

不知道女儿是怎样适应冰天雪地的寒冷，和新同学老师相处，接受繁重的作业，以及没有节假日无休止的补课。也许淹没在题山题海里，已经麻木了。

小时候的记忆已经荡然无存。

高三时一名女生因为父母期望过高，压力太大，在一次模拟考试发挥不好和父亲争执后服毒自杀。

此事引起轰动，女儿根本不知道这名自杀的女生是她小时候的玩伴，家里到现在还有两个人的合影。

高考填志愿是女儿自己决定的，被第二志愿录取就读杭州，距离上海乘高铁也不过一个小时的车程。

至此，女儿三所幼儿园，两所小学，两所中学，一所高中，一所大学的读书历程总算告一段落。

毕业后留在杭州工作，现在是新杭州人。

从小到大，女儿在我身边的时间不多。而我由于自己也还年轻，又忙着打拼，忽略和缺失了对女儿的陪伴和关爱，这一点，我愧疚终身。

只要女儿回家，有机会团聚，我都会买很多零食，烧一桌子菜。

有时不远千里从老家寄来特产，自己不舍得吃，一定要等到女儿回来。女儿并不买账。

我口中的美食和心心念念的特产，女儿并不喜欢。

一直想方设法弥补，甚至讨好，询问她的喜好。最怕听女儿说：

"没什么想吃的呀。"

"没感觉。"

因为读书的学校太多，女儿的同学遍及各个城市。也因为交往的时间短暂，最终友谊长存的也寥寥无几。

记得我们毕业的时候，离别时大家都哭成了凄风苦雨，那是发自内心的情感，没有任何表演的成分。

也许正是这种到处奔波，不同城市漂泊的日子使女儿更加淡定和从容。

女儿不急躁，不浮华，不虚荣。

也许经历了太多的分别，才会如此平静。

像女儿这种，出生和生长以及户籍完全不在同一个地方的孩子越来越多。

如果有人问起来，我不知道该怎样回答。

说她是东北人，她对东北没什么特殊的记忆；说她是上海人，她没有上海户口；说她是杭州人，她只不过是在杭州生活得久一点，有了杭州户口。

无论走到哪里，都只有那里的风景最美；无论走了多远，仅有一种食物是你心底的美味；无论年纪多大，总想再去看一眼的地方——叫故乡。

女儿不想回东北，那里没有诱人的美食；女儿不喜欢上海的快节奏和拥挤，除了父母，没有她再牵挂的人；女儿倒是喜欢杭州，目前还住在出租屋里。

突然觉得有这样一群人，他们都没有故乡。我总觉得他们的灵魂没有归属感。

我后来问女儿，没有故乡，有没有遗憾。女儿思考了片刻，肯定地回复我："没有。"

"可是你究竟算是哪里人呢？"

"我是杭州人。"

"可是哪里才是你的故乡呢？"

"和心爱的人在一起的地方就是故乡。"

豆角

　　每年春节，我都要买一点家乡的特产。过年吃不到家乡菜，不吃一顿熟悉饭菜的味道，仿佛这年过得不完整，不踏实，不圆满，不如意，不痛快，不舒畅，总归像少了点什么，仿佛还在年这边。所以，即便不远千里也要托人从家乡寄点特产来。

　　这次十一假期有八天，比春节还要长。而我们因为前几天公司组织特卖会，周六周日加班可以调休两天，所以共有十天假期。想想就让人心花怒放。仿佛一直被人捆绑束缚着，终于可以自由活动行走一样轻松愉悦，甚至有点飘飘然。

　　长假对于打工一族来说，是最好的福利。和加工资一样令人欢欣鼓舞。终于可以名正言顺地不用上班了，关键还有工资拿。

　　相信很多人对长假都有规划。而我总是在长假，尤其是春节期间才享受家乡美食。时间太短暂和仓促，我会感觉自己还没准备好心情，不能尽情投入地品尝那味道是否纯正，不能体会那熟悉的味道所带来的地域转换和时光倒流的幸福瞬间。

　　计算好快递的到货时间，我提前让侄女帮我买了哈尔滨香肠、小肚、粉肠、干豆腐卷，还有豆角。粉肠因为天气热，无法保存只得放弃。干豆腐卷居然没有，让人大失所望。仿佛一道渴盼已久的美味，突然缺了一种作料，虽然味道影响不大，到底让人心生芥蒂，总觉得不够完美。

　　快递到了那天，我还是很兴奋。仿佛小孩子小时候才能吃到上一年的糖果，甜味还在喉咙里萦绕。

　　平时下楼都懒得走动的老廖，这次异常勤快，主动要求去取快递。我担心箱子太重，以他身高乘以 1.15 倍的体重，上楼都气喘吁吁的体能，搬个箱子对他来说简直是重体力劳动。

"箱子很重吧？"我关切地问。

"不重，不重！"

52块钱的快递费至少有四公斤。走了几百米上了五楼居然说不累，我觉得很神奇。

人在心情舒畅愉快的时候，对周围的事物感知会不敏感，有时候根本感受不到，比如对重量的感知会觉得比本身轻很多。

老廖这次异常聪明能干，香肠小肚都放进冰箱，把一堆散乱的豆角交给我。

我小心翼翼、满含深情地把两个不同品种的黄金钩和油豆角分开摆放，仿佛混在里面一个都有损对它们的尊重。最后还是混合在一起下锅，我等不到下一顿再品尝另外一种口味。老廖在一边已经津津有味地吃起了香肠。

去菜场买了最好的肋骨，迫不及待地准备晚餐。

对于没有做菜天赋，不喜欢下厨的我，今天异常积极主动，自信满满，还没开始做就觉得一定美味可口。

认认真真掐去豆角两头的弦丝，有斑点的部分都舍不得丢掉。清洗的过程不仅不厌烦，反倒是种享受。就像多年不见的朋友，仔细端详，看看有没有什么变化，还能不能找到当年的踪迹。

准备工作做得相当充分又细致。平日里胡乱切的葱姜，今天都很有耐心切得很匀称。

深吸一口气，点火、倒油，每一个步骤都一丝不苟，倾注了满腔热忱和期待，期望丑小鸭最终变成白天鹅。

每一颗豆角从生涩到绵软再到熟烂，急切想要品尝的心情都会加剧。就像情窦初开的少女，第一次和男孩子见面一样紧张、忐忑。

把火开到最大又关小，汤汁咕嘟咕嘟的翻滚声无疑是种煎熬，飘出的香味唤醒了所有的嗅觉味觉，如果视觉也能品尝的话，我估计拿眼睛就能把它吃完。

不考虑荤素搭配，不考虑菜的奇数偶数，不考虑能吃掉多少。我将黄瓜、粉丝、豆腐皮和香菜等切丝凉拌了一盘，切了一盘香肠，又盛了一小碟东北大酱，配一组大葱，我就要地道纯粹的一桌东北菜。加了其他地方的菜种，会影响心情、胃口和氛围。

一家人，在一起，吃一顿久违的家乡菜，胜过人间所有的美味！

时间什么都知道

爸爸因为心灵手巧，人又热心，会木工、铁工以及多种技能，经常帮亲友、邻里乡亲做事。有些会给报酬，有些碍于情面，加之雇主家里窘困，很多做了义工。即便一年忙到头，收入也寥寥无几。

那年月的经济条件虽不好，但人情厚重。加之奶奶健在，于是逢年过节来探望、送礼的亲友络绎不绝。一到过年妈妈做饭忙个不停，常常刚送走一拨客人又来一拨。在我们还小的时候，送礼的最高规格是"四盒礼"。其中包括两瓶酒、两包糖、两包糕点、两盒罐头。望着堆满整个柜子的礼品，尽管我们垂涎欲滴，母亲仿佛视而不见。除去部分回赠给其他亲友之外，余下的全部送到食杂店里代售，贴补家用。

有一年春节，实在忍不住，趁着父母心情好，我和妹妹厚着脸皮跟他们商量，能不能让我们吃一盒罐头。结果还是被母亲严词拒绝了。我俩垂着头，灰溜溜地逃回自己房间。早早上炕，钻进被子里把头蒙起来闷声不响。没过多久，父母一同来到我们房间，讨好似的坐在炕沿上，柔声问我们要吃哪一种。我俩像是心有灵犀，异口同声委屈地说："不吃了。"父母默默地推门出去，被窝里同时传出了轻微的抽泣声。

朋友出嫁，哭得泪眼婆娑，母亲也泣不成声。极力劝阻，也无济于事。我当时十分不解，出嫁是件开心、幸福的事，干嘛要哭哭啼啼的。我结婚的时候，是欢天喜地在众亲友的祝福声中坐上婚车的。当时母亲没有出来送行，我后来也没问过母亲。

婚后第三年，我和老公举家南迁，带着女儿，跟着公婆来到离家一千多公里的上海定居。那时还没手机，每次打电话都要到公用电话亭排队。母亲每次说不了几句就急着要挂断，说打长途太贵费钱。每次除了问我吃得好不好，住得习不习惯，工作累不累，都不忘这几句："外孙女长得好看又听话，小嘴巴巴的，可招人喜欢了，一开始想都睡不着觉。"但母亲从没说想我。

父亲退休后，觉得自己老了，不中用了，在儿女面前威信降低。曾经的一家之主，如今倒要看儿女脸色行事。一时失落，患了轻度抑郁。我离家在外，并不知情，打电话听他唉声叹气，还批评他不够乐观、不够坚强，自暴自弃。

几年后，老家房子拆迁，我顺便去看望父母。侄子、外甥当时只有几岁，一路小跑着，去三公里以外的火车站接我。母亲早早就等在村口，一路牵着我的手回家。到了家门口，看到父亲的瞬间，血一下子涌向头顶，眼睛酸涩胀痛。父亲头发全白了，背佝偻着，走路颤颤巍巍，像是随时都会摔倒，还来接我手中的行李。后面的几天里，有同学、朋友来约我吃饭、逛街，被父亲一概拒绝。朋友骗他说："就出去一会，很快就回来。"父亲坚决摇头。

临走的时候，母亲拉着车门，迟迟不松手。非要让我带一大包她亲手做的拖鞋。她说她做的拖鞋牢固、耐穿，鞋底厚实，面料蓬松柔软，可以穿很多年。过几年她眼睛看不见，就没有人帮我做了。我把东西拿上，佯作欢笑，挥挥手，对母亲说："回去吧，我走了。"

女儿大学毕业后要去外地工作，整理好行李送她。一路上唠唠叨叨，千叮咛万嘱咐，女儿一概笑着答应："好。好。好。"看着女儿坚定的背影进入检票口，走向站台，我突然有种莫名的酸楚，就想找个没人的地方放声大哭。

去年，胳膊莫名其妙地开始疼痛，一开始没在意，结果愈演愈烈。惊慌失措地到医院各种检查、治疗，效果甚微。最终几个医生诊断为肩周炎，俗称五十肩，也就是五十岁上下的年纪容易得。根据个人体质、身体状况不同，症状和恢复的时间长短也各不相同，只能慢慢调理，急不得。

小时候发烧，母亲演示教我怎么把药吞下去，就是死活咽不下。母亲又把药捣碎放在勺子里，放糖也没用，到了嘴里我就要把它吐出去。母亲无奈至极，也实在没那么多精力总盯着我，我就安慰母亲说："您去忙吧，药我自己会吃。"其实，后来我偷偷把药丢到菜园子里，用土埋起来，骗母亲说我吃过了。母亲笑着夸我有进步，我以为母亲不知道。

中学的时候，有男生给我写信，我把信藏在书包里，悄悄和男孩去约会，回来晚了，我做贼心虚，自圆其说，去同学家了，父亲并未追问，我以为父亲不知道。

我举家南迁的时候，满心满眼的喜悦和兴奋，我以为母亲也和我一样欣喜，因为我是去大城市打拼，会有更好的前途，母亲的心痛不舍和难过并没有说，所以我当时并不知道。

我如今回家，母亲还时不时干涉我的"自由"，我有时候忍不住也会回敬她一句："我都多大了，你还不放心我。"女儿难得回来，我把自己认为好吃的都要叫她尝一尝。女儿言辞恳切："老妈，以后我说过三遍不吃的东西你就不要再给了。"这一刻，我如梦方醒。

原来母爱的深挚、醇厚，父亲的慈爱、宽容，父母的老去，儿女的成长，时光的流逝，我竟浑然不觉。但是，时间知道啊，时间什么都知道。

天真岁月不忍欺

农村的孩子，格外纯朴善良。

看到别人有困难和烦恼的时候，会倾其所有，竭尽所能地去帮助。却忽略、遗忘，甚至压根就不知道，自己其实就活在贫穷落后甚至愚昧里。

上初三的时候，我十五岁。村子里还有几个比较知心、能说到一块去的朋友。

对于我们这些孩子来说，除了书本上的知识，和外界几乎没有沟通交流。

每个村与村之间相隔一两公里。这一公里的距离将我们彻底剥离开来。

在没有路灯，一到夜晚就被成片庄稼笼罩的夜色里，别说孩子，就是成人也觉瘆得慌。

那会还没实行火化，谁家有死人就埋在自家田里，并留有坟头，以便逢年过节烧纸时容易辨别。

田头是成片的树林。要到别的村里去，走大路要绕很远。走近路就要从庄稼地里穿过。

夜晚，风吹过树林田野，树木和庄稼发出唰唰的声响。你会脑补出各种恐怖的场景和念头，吓得自己心惊肉跳。

我小时候最怕走夜路，担心后面有人尾随。越害怕越想回头，总觉得后面有声音，哪里不对劲。

自己劝慰自己不要害怕，没事的，哪来的鬼，都是骗人的。

夜里起来上厕所，去的时候迫于无奈。回来的时候，刚站起身，提上裤子，拔腿就跑。速度不亚于百米冲刺。

人是不是都有这种体验，觉得跑快一点就能消除危险和恐惧。

看似自由广阔的天地，实际上我们能够活动的范围小得可怜。

除去上学和做家务干农活的时间，能出去找小伙伴玩的时间就屈指可数了。

村子都不大，最多也就百十户人家，天天见面，大家熟悉到谁家孩子的生日时辰，谁家晚饭吃的什么，谁家的孩子相亲了，家里来了几个客人。

农村好像还有这样一种观念。互动和玩耍只能和熟悉的人。如果去别的村子就会被人怀疑动机和人品。在当时，去别的村子就相当于现在的出门逛街和旅行。

一年放两场露天电影，是比过节还要喜庆令人兴奋的事，简直是奔走相告。其实在村里喊一嗓子，全村都听得到。

没有电视机，没有交通工具，能去趟县城都是奢望，连想都不敢想。

我突然明白为什么那时候特别注重感情，和好友分别会特别伤心难过了。

在信息闭塞的环境里，能有一致的想法，彼此产生共鸣的人少之又少。

能沟通和交流的人群是有限的。离开就代表失去，离开一个，就少了一个。就像一个人饿了很久，心慌气短无力。空出来的一部分再也没有东西填满。除了空虚还有恐惧。

他们已经是长在自己身体里的一部分，硬要撕开，肯定会痛，所以才会有一个词叫痛不欲生。

这是一种力量，一种温暖，能让你心底的寒冰融化，让你的孤寂有一丝希望的火苗燃烧。

既能互补，又能互相安慰，化解烦恼。最重要的一点这种精神上的食粮是免费的。

在这种混沌懵懂中，随着书读得越来越多，人的思想也像渐渐化开的冰河，有了裂痕。

面对沉重的现实，我们想要改变，想要做点什么。农村孩子的单纯和天真让我们的想法严重脱离了现实。

我们六七个小伙伴商量着要"拯救世界"，要让这死气沉沉的乡村生活丰富多彩。

经过多次秘密协商，最终达成一致。我们要组成一个音乐团体，每年农忙的时候到各村去演出。名字我们都想好了。就从我和另一个比较有主张见解的朋友名字里各取一个字，叫"丽华青年演出队"。之所以没叫华丽，是觉得我们的条件实在太简陋了，怕名不副实。

宏伟蓝图规划好了，需要进一步实施。我们只知道需要乐器，需要费用。至于演出内容，演出场所，服装道具等概没考虑。

几个十几岁的小孩子，不知道乐器都有哪些种，怎么弹奏，连哆来咪都认不全，异想天开的想法倒是要让人另眼相看。

都说初生牛犊不怕虎，我们盘算了半天，认定我做生意的表哥是个暴发户，有钱。

不管三七二十一，一行人由我带头去的。估计是太晚了，被我们的激情热血给冲晕头了，表哥居然答应借给我们 1500 块钱。并当场开了支票给我。

1500 块钱，在 20 世纪 80 年代相当于普通家庭一年的收入。我当时激情澎湃，热血沸腾，倒是也做了最坏的打算。江湖义气第一，既然大家这么支持，如果赔钱，大不了我以后打工偿还。

当我理想的火苗还在熊熊燃烧着，当我准备咨询购买什么乐器，大展拳脚的时候。正在上课，老师提醒门外有人找我。

表哥估计是早上清醒了，派人来取回了支票。我当时没有反驳也没有争取，就这样静静地把支票还回去了。

没有撕心裂肺的疼痛，没有得而复失的心酸。一切就像一场梦一样不真实。

这样大规模的聚会和谋划的场所根本没有，在谁家都会引起敌视和非议。

我们像地下党一样，放学的时候约好时间地点，秘密会和。

一次，聊得兴起，时间有点晚了，在没有任何娱乐的乡村夜晚，人们早早就睡下了。经常停电，可以省一点烛火。

我们几个偷偷摸摸地嘀咕商议着，像是在做什么见不得人的事。

一次次的群情激愤，慷慨陈词，仿佛成功就在眼前，不去抓住都是种罪过。

血气方刚的男孩子，一时激动，把持不住，用力朝墙上踹了两脚。

"咚！""咚！"两声，震得墙皮脱落。响声在寂静的夜晚传出老远。

声音明显惊动了屋内的主人。

我们自知闯了祸，四散奔逃。

第二天早上，邻居大嫂一脸严肃地向我们描述："昨天晚上我们家来贼啦！你大哥听到动静起来，已经跑了，没捉到！"仿佛损失了什么一样惋惜不已。

我们表面上配合着睁大眼睛，一脸认真地倾听。

后来，遇到了一个阳光帅气的男孩。为了调节过于紧张的气氛，他提议每人讲一个最难忘的故事。

不知怎的，我想起了这段往事。就像一尾游动的鱼，突然跃出水面。

他说自己环游旅行时，为了筹集经费，穿个白大褂，冒充医护人员在路边摆摊行医。

用耳压疗法通过穴位按摩给人治病。每个穴位粘一颗"王不留行籽"，收费一毛钱。最多的一次，给一位病人耳朵上粘了五十多颗。

男孩平静地讲述，一直面带微笑，很迷人，像是在说别人的故事。

我已经笑得肚子痛，直不起腰，眼泪都流出来。

天真的岁月，荒唐的青春，我们都曾做过蠢事、傻事。

有时候，是为别人；有时候，是为我们自己。

信天游

北方的冬天，雪下过了，很久都不会融化。

大雪似乎是东北的专利。就像刺骨的寒冷，和凛冽的北风，以及粗犷豪放喜欢大口喝酒大块吃肉，大声说话打招呼。雪也似乎有了性格，要么不下，下就下个够。

下雪并不影响出行，该上班上班，该干活干活。

此刻我和几个小伙伴一起，正走在收工回家的路上。

下午三四点钟的光景，天就已经黑擦擦了。有了雪地上亮光的映衬，根本无须路灯，我们就能看到回家的路。

仿佛打了一场胜仗一样欢欣鼓舞，兴高采烈，一路高歌。

母亲做的纳鞋底的棉鞋，厚厚的棉絮鼓蓬蓬，显得脚又大又宽。厚厚的积雪，踩得很瓷实以后，走在上面，会发出嘎吱嘎吱的声音。在很少有行人走过的小路上，听得格外清晰。

刘茹比较调皮，走到马路边上，一脚踩进没膝的雪丛里，北方人叫它雪壳子。扑哧一声，一个深深的脚印就出来了，接着又去踩下一个。

突然，一个趔趄，刚刚还忘乎所以的劲头，脚下一滑，"哎呦"一声惊叫。旁边的邢英反应超常迅速，粗壮结实的臂力稳稳将她托住。

刘茹的嗓子出奇地好，音节准，音调高，尤其唱二人转最拿手，比专业的有过之而无不及。

每天收工回来路上的时间，是我们最放松和自由的时间，只有这一刻完完全全属于我们。

寂静的小路上，几乎碰不到行人。广袤无垠的天地，就是我们的大舞台。

五个人轮番上场，每次都是我来起头。有时候是齐秦低沉伤感的《大约在冬季》；有时候是高亢辽阔的《黄土高坡》；也有刘欢的《少年壮志不言愁》、张雨生的《我的未来不是梦》和潘雨辰的《我想有个家》。每天必唱的曲目是《信天游》，信天游一开始，就预示着快要到家了，到了吃晚饭的时间了。

　　　　我低头 向山沟
　　　　追逐流逝的岁月
　　　　风沙茫茫满山谷
　　　　不见我的童年

　　　　我抬头 向青天
　　　　搜寻远去的从前
　　　　白云悠悠尽情地游
　　　　什么都没改变

　　　　大雁听过我的歌
　　　　小河亲过我的脸
　　　　山丹丹花开花又落
　　　　一遍又一遍

　　　　大地留下我的梦
　　　　信天游带走我的情
　　　　天上星星一点点
　　　　思念到永远……

　　在一片广袤无垠的东北平原上，几个十五六岁的女孩，唱着这首苍凉、宏壮而又沉郁的信天游。歌声在乡村的傍晚肆无忌惮地飘向远方。

没有一丝一毫的修饰和伪装，饱含着不谙世事的女孩心里未知的、模糊的、懵懂的理想。

这大地，光秃秃的，望不到边际，没有一点生机。苍茫、恢宏而又深藏着惆怅、迷惘。

千百年来，祖辈们都是在这块贫瘠的土地上生息繁衍。很多人没有机会走进都市，不了解外面的世界。

母亲没文化，不懂得什么大道理。但是节俭勤奋的母亲心里有一个概念是明确清晰不可动摇的。那就是做人要勤奋，要创造价值，要自食其力。

于是，所有能做的事母亲都让我们学着做。无论家务活还是田里的。

我曾怨恨母亲，甚至诅咒过母亲。村里比我们年龄大的，生活条件差的女孩子多的是，可母亲偏偏让我们出去做事，再艰苦的条件，都没有讨价还价的余地。

隆冬了，大地披上银装，像盼望过年的孩子一样，准备迎接新年的到来。

冬天，土地都冻住了，人的思想也仿佛凝固了，变得慵懒许多。缩在被窝里，借以抵御外面的严寒。

母亲打听到村里唯一的企业——制砖厂正在招工，就毫不犹豫地帮我和妹妹报了名。又连夜帮我们赶制加厚的棉鞋和棉手套。

做工的环境完全可以用破败不堪来形容。四面泥土的墙壁上不时有墙皮和土屑剥落。灰尘和稻草的气味交织着，弥漫在狭小脏乱的空间里，我和其他四个女孩要做的就是编织草帘。

原材料是从农户手中收购来的一车车稻草，工艺也很简单。两米长的距离，两头用木板条固定，中间五个等距离的钢钉。一根丝线从一个点固定，然后来回缠绕到最后打结，形成了五条直线。

工作内容就是把一捆稻草铺在前面，人弯腰单膝跪在地上，两绺稻草颠倒摆放，五条直线上各固定五个计算好长度的尼龙绳，每一次两根尼龙绳的交织缠绕拉紧，就完成了一个动作，循环往复，直到终点。

一个产品的完成大概耗时 30 分钟。最快的一天可以编 15 到 20 张，每个 0.25 元。一个月可以有 100 多元的收入。

一间被烟熏得黢黑的房间是更夫每晚休息的场所，一铺火炕和墙角的一个火炉是房间的取暖设施。隔壁一间是大家工作的地方，伸出来的（用铁皮加工成圆筒状）炉筒子会散发一点热量。每天早上我要和更夫陈大爷交接。

交接的内容无非是炉火燃烧的程度，和怎样添煤不至于熄火以及注意安全的老生常谈。

多年后，忆及此事，仍后怕不已。

砖厂地处村外，天寒地冻，行人稀少。稻草都被掩埋在雪堆里。每次大家都要结伴而行。为了减少外出的次数，大家都存了足够多的稻草堆在屋里。

十几岁的小孩子，书读得不多，当时的信息也远没有现在发达。每天就跪在冰冷的土地上，在一寸一寸的光阴里，编织着自己的"明天"。

有时候房间里一片沉寂，像屋外沉寂的大地，只有拉尼龙绳发出嗤嗤的声音。有时候，大家心情愉快，畅想丰盛的晚餐，聊聊家长里短和上学时的糗事。刘茹的父亲头脑灵活，在外跑运输，所以她的信息最能调节气氛和调动大家的神经。

有一次刘茹恶作剧，说我暗恋的男生带了一封信给我。明知是谎话，我还是一个下午都神情恍惚。

冰冷的土地，并没有耗尽我们蓬勃的热情。终于一个产品完成，可以直起酸痛的腰背，沉甸甸地提在手里，是一份收获的成功和喜悦。看看旁边的同伴，都在紧张有条不紊地忙碌着。不敢偷懒，不敢歇息，赶紧开始下一个动作。

今天回想起来，那是一种极尽恶劣的工作环境，和极其落后原始的加工方式。且不说对身体健康的影响和伤害，单是潜在的隐患和危害想想都让人心有余悸。

一群年幼无知的孩子，没有叛逆的心态，反抗的勇气。在时代面前，在有限的视野里，在不知道前途和未来在哪儿的岁月里，麻木地生长着，度过我们的青春时光。没有痛、没有怨、没有恨。

日子不就是这样吗？日子就是这样的吧！也许想过，也许根本就没有人想。

我们在懵懂、迷惘、困顿又有所疑惑和觉醒中摇摆不定。

一顿饥饿中向往的晚餐，一铺散发着热乎气的火炕，和一床温暖的被窝，就能让我们忘记手上裂开一道道口子的疼痛和刺骨的严寒，在呼啸的北风中相互搀扶着一路高歌猛进。

这一刻，我们是属于自己的。没有世俗的眼光和说教，卸下了疲惫和手中的活计，抛开了一切烦恼，不必顾忌，不必掩饰，不必小心翼翼，唱出自己心底的歌。

每个人都有一首属于自己的歌吧。每个人都在唱，碰到熟悉的，大家一起合唱。歌声穿过原野，响彻云霄。

一轮明月在故乡

　　小时候，屋后的院子是一大片杨树林。从我记事起就在那里，那样挺拔、高大、茂密。

　　不知道是什么时候开始栽种的，也不知为什么偌大的园子父母不用来种蔬菜。

　　小时候，我们很少在林子里玩耍。因为树上有一种会蠕动，浑身长满芒刺，俗名叫"洋辣子"的毛毛虫，既恶心又恐怖。

　　蜇人疼痛红肿有毒不说，传说它能钻入人的体内，因无法取出而致人死亡。因此，小时候曾是我们的梦魇。

　　它会出其不意地出现在我们晾晒的衣服上，做饭取暖的柴火上。碰上去，心惊肉跳。

　　农村的夜晚没有路灯，除了家家户户的灯光，在我的记忆里，大部分时间是靠月光照亮的。

　　乡村的夜晚到底是寂寥的，走在皎洁的月光下，除了沙沙的脚步声，总是疑神身后的影子是个陌生人在紧紧跟随。

　　在故乡的小村庄，一直没办法接受父辈那种面朝黄土背朝天的命运，也没办法适应日出而作，日落而息简单、枯燥、乏味的生活。总觉得自己格格不入，常常会有莫名的寂寞、空虚袭上心头，让我觉得胸口隐隐作痛。

　　在人群散尽、灯光黯淡、杯盘狼藉过后，发现只剩一个疲惫、孤单的自己，无依无靠，无处遁逃。

　　很多人热情地关心、谈论那些与自己生活无关的事，却不曾叩问内心的本真渴望。

遗忘和空虚布满了生命的罅隙，由浑浑噩噩堆积而成的世界庸俗不堪，真实的生活却永远成了在别处的美好图景。

寂寞、空虚是一种对未知世界的饥渴，是不清楚、不知道自己该怎么做才能摆脱这种痛楚和迷惘。这种感觉一旦冒出来，没有一种地方能够隐藏。

于是，月光清澈、明亮、凄清的夜晚，我常常一个人来到树林里待一会，背靠大树，认真思考人生。

月光毫不吝啬将夜晚照得如同白昼，我孤单弱小的身影茕茕孑立，和树木一样笔直。

月光是冰冷的，夜是寂静的，并不关心我满腹沉重的心事。偶尔有风吹过，树林里一阵簌簌的声响，像是树木在窃窃私语。

当假期如期而至，祝福的话语再次来临；当琳琅满目的月饼通过不同渠道呈现在我们面前，当古老、脍炙人口诗词歌赋充斥朋友圈、公众号的时候，我才深知又到了小时候作文里描写的情形：该拿出瓜果点心，一家人围坐桌前赏月了。

离开故乡已经二十年。无论今夜人在何处。在我心中，始终只有一轮明月。她不在别处，仍在故乡的小村庄，在密林深处，在那个小女孩的头顶高悬，闪着银色的清辉。

2019 年 10 月 15 日拍摄于张英屯

第四辑　幸福密码

陪读的日子

女儿因为没有当地户口，只能回老家高考。为了尽早适应课程的差异，初二下学期就办理了转学手续。

四年半的时间是老公和婆婆交替陪读，我只节假日回去住上几日。

不知道女儿怎样适应没有节假日，没有娱乐活动，没有旅游，没有手机，没有电脑，每天补课，上晚自习，做各种练习题到深夜的日子，还要自己洗衣服打扫卫生。

早饭就在街边小摊买点豆浆油条，包子稀饭，中午在学校的食堂吃，晚上加入私人小饭桌。据说只招收学生，最好是女生，像老公这样体重两百斤的饭量人家是不要的。

因为离得远，平时都是电话交流。除了吃好穿暖就是好好学习。不说，怕她不用功，不知道学习的重要性。以为说了总会加深一点印象，殊不知说和不说效果其实是一样的。小孩子并不会因为父母的语重心长，苦口婆心对学习产生半点兴趣，也不会因为父母情深意切而发奋刻苦。

每次打电话几乎是同样的内容。女儿很乖，从不顶撞，总是顺从地答应，这让我心里稍许安慰。大部分时间是我在说，女儿在听。说得久了，我自己都觉得腻了，翻来覆去就那几句话。不在身边，不知道她的生活里确切发生了哪些事，有些关心就显得多余和不合时宜。

对于分离太久的家庭，家人团聚的日子才是节日。

一日，老公接女儿回来，把女儿沉重的书包背在肩上。婆婆准时做好了饭菜，听到敲门声快步起身。老公憨态可掬地站在门口大叫："我放学啦！"

婆婆眉开眼笑，抢上前去接过儿子手中的书包。这一顿饭，大家吃得其乐融融。

女儿每天都要很晚回家，接女儿放学也是陪读的一个重要组成部分。为了让我体会一下壮观的人群，老公提议让我也一同前去。

离放学还有十几分钟时间，门口已经挤满了接孩子的家长。一千多名家长将学校不足十米宽的大门和街道围堵得水泄不通。路灯下，黑压压的，都在翘首企盼。

我因为不熟悉环境，躲在角落里张望。一群孩子陆陆续续从校园的角落里走出，身穿同样的校服，边走边谈论说笑。隔得老远，老公就指给我看："女儿出来了。"我扶住眼镜，努力睁大眼睛，还是认不出。

像失物招领，各家都认领了各自的孩子，确认完好后带离。女儿对我的到来表示惊奇和意外。

像久别重逢，又像是失而复得。我握紧女儿的手，将目光完全投射在女儿脸上。老公不知什么时候也牵住女儿的手。

"用不着这么隆重吧。"女儿显然有点不适应，感觉有点突然和意外。语气中除却羞怯、惊喜更多的是欢快。没有抽回自己的手，反倒迎合着我们的步伐有节奏的甩动。

一家三口，挽手走在故乡的小路上。那个寒冬的夜晚，格外宁静，并未觉寒冷。相反，倒有一丝暖意常萦绕心怀。

转眼女儿已经大学毕业，工作一年多。那些焦虑、烦躁、不安、困惑、恐慌，那些让人牵肠挂肚，寝食难安的日子终于一去不复返了。幸好，那些备受煎熬的时刻我都已经遗忘，只有片刻的甜蜜和喜悦长存心中。让我觉得自己如此幸运，生活一直美好，幸福如初。

三平方米的幸福

家里阳台狭小，仅三四个平方左右。我在里面摆放了两台制作羊毛衫的机器，便显得更拥挤。但想到它能帮我创造价值、带来效益，心里也就不觉得别扭了。

那时的阳台，相当于我的一个小工作室，里面经常堆满了需要加工的衣服。

后来我更换了工作，机器就搁置在那，阳台沦为了晾晒衣被、堆放杂物的场所。

人有时的某些想法是具有繁殖能力的。我原本只是在窗台上养了两盆绿萝，后来因为听说它可以净化空气，结果便衍生出了丰富的愿望。

当我把将阳台打造成一个小花园的想法写进新年计划里的时候，我觉得它是最简单可行的一项美化工程，于是，趁每个休假日便着手开始实施。

清理了一切杂物和闲置不用的物品，把阳台打扫得干干净净。增加了花的品类，摆放整齐有序。为了使空间利用率最大化，我把花盆都放在窗台上，墙壁上也挂满了绿植。中间穿插挂了几幅浓厚书卷气的镜框，顿时营造出了意蕴与情致。

家中有一根两米多长的水管，赋闲多年，一直无用武之地，我便把它废物利用，将其交错钻了好多孔，在里面装入营养土，种上了常青藤。植物或有起死回生的功效，当那根原本冷冰、僵硬的水管缀满绿意时，瞬间便呈现出了生命的气息。

水管是 PVC 材质的，如石头一样坚硬。我使出浑身气力，听着钻头嗞嗞作响，看着碎屑一点一点被挤压出来，掌心渐渐发热，只能不停地变换姿势，以其缓解手臂的红肿与酸痛。因为是自己选择的，所以即便咬着牙也要坚持。

当钻好最后一眼孔，把所有的花都种进去，收拾完垃圾，直起腰，欣赏着自己的作品时，成就感和自豪感稀释掉了我所有的累与痛。

有些花，是朋友送的，有的，是从同事那儿移植来的，因而美化阳台所支出的费用加起来没突破三百块钱，完全在我的预算和承受范围之内。不容小觑的是，阳台焕然一新所带给家人的视觉美感，绝不是能用金钱衡量的。

当时剩下一台机器没有拆除，我索性就地取材，干脆让它担当了花架的角色，同时可于闲暇时修补一下旧衣服。

女儿每次去奶奶那，最多待不上三日便一定会"逃"回来，我常不解地问："那别墅宽敞，舒适，难道你住得不开心？"

"我不觉得有什么好！咱家房子虽然小，但温馨，踏实，爱的密度也更浓稠一些，我更喜欢待在自己的窝里。"

先生回头瞥了一眼女儿，又朝我望了望，会心一笑："果然是亲生的。"

也许，我们没有奢华的豪宅，甚至还住在宿舍或出租屋里，但这并不能成为我们无法提高生活品质与格调的借口或理由。

幸福从来与贫富无关，与地位无关，也不和房子的大小成正比。幸福不是完美和永恒，它取决于内心对生活的感受与领悟。贪婪而麻木的人，即使住在金屋内，也不会感到愉悦。

卡耐基说："决定我们幸福与不幸、快乐与否的，不在于我们是谁，我们在什么地方，我们有什么，我们正在做什么，而在于我们怎么想。"

阳台上艳丽缤纷，花香四溢，生机盎然，温馨满怀。在我看来，这无疑是个精神领地与栖息心灵的家园。一束花、一幅画、一缕阳光，此刻，皆已成为幸福的符号。幸福不是给别人看的，与别人怎样说无关，重要的是自己心中盈满快乐和愉悦。心灵里的花园若鸟语花香，人生定不会有阴霾雾霭。

三毛曾说："我最爱在晚饭过后，身边坐着我爱的人，他看书或看电视。我坐在一盏台灯下，身上堆着布料，两人有一搭没一搭地聊些闲话，将那份对家庭的情爱，一针一针细细地透过指尖，缝进不说一句话的帘子里去。然后有一日，上班的回来了，窗口飘出了帘子，等他——家就成了。"

周末的午后，温暖的阳光洒满阳台，我沉醉在引人入胜的情节里，先生怡然地品着他的香茗。

在这样寂静祥和的时光，感受着生命的真实，感谢命运的馈赠，感觉四季的轮回更替，感恩遇见与陪伴。

静静地，光阴在嘀嗒里跃动，我与先生谁也没开口说话，内心却分外甜蜜而美好。

爱若一碗骨头汤

年纪渐大，体质每况愈下，时常出现些说不清道不明的不适感。

欲去医院检查，看看是否哪里出了问题，也好及早医治，恢复到以前生龙活虎的状态。

可又踟蹰着不敢去医院，唯恐医生会发现某种状况，于是一拖再拖。似乎不去医院，不让医生检查，毛病就与我无缘，就会自己消失一样。

最终，医生还是发现了我的问题。头疼，跟贫血有关；头晕跟血压有关，颈椎也脱不了干系。知道身体并无大碍，我又恢复了以往的不规律作息和不正确的姿势，继续看书玩手机。全把医生的话当成了耳边风。

人在正常情况下很容易忽略家人的一些举动，直到生了病以后才发觉，其实家人比你自己更在意你的身体和健康。老公越来越限制我看书的时间，我随口说了一句床头灯好像有点暗。二话没说就下楼去买个瓦数大的灯泡装上；每次看手机，老公只要发现，会一把从我手里夺过来，扔得远远的；我每次出远门，总要叮嘱我到了之后报个平安。

爱美是女人的天性。为保持身材不变形，我长期严控饮食，尽量少吃荤腥，避免油腻。当然，也不排除尽可能节俭一点给孩子买房的因素。

自从医生说我贫血，自从知道我有省钱买房这个念头之后，老公天天念叨让我多吃肉，多吃肉，多吃肉。就像唐僧念紧箍咒一样，听得我头涨脑疼。我每次出门，他都要往我口袋里塞钱。

"够花了，我自己带着。"

"多带点，别舍不得吃。"好像我会虐待自己。

周末，像往常下班回来一样，老公又来接我。

"我们今天去老陕还是东北人家？你想吃啥？"我习惯性地问。

"今天回家吃。"

"家里有吃的？"我惊诧地问。

"有。"

迟疑了一下，想想晚上少吃点也好，所以我没有追问下去。虽然我对家里有什么吃的并不抱太大期望。

推开门，一股诱人的肉香味直往鼻子里钻。

老公破天荒先我进了厨房，收拾碗筷，一副胸有成竹的架势，仿佛即将呈现的是一顿饕餮盛宴。

我还是忍不住好奇，想看个究竟。揭开砂锅盖，我瞬间一愣，哇，好家伙，满满的一锅骨头汤，足够我喝上三天的。

"怎么煮这么多！"

"你多吃点。"

"我今天休息，去买了大骨头，给你补补。"

"你会做？"

"嘿嘿，我在百度上查的。"

"这一锅骨头要熬几个小时啊！"

"我怕烧干了，就搬个小凳子坐在锅边守着。你一会儿尝尝，估计熟了。"

我乖乖地坐到饭桌前等着。

热气腾腾的骨头汤，飘着油脂和香菇的淡淡清香，在我面前升腾。

老公一脸得意地望着我，就像一个考试考了一百分的孩子，等着家长的肯定和表扬。

"味道怎么样？"

热气在我眼前弥漫，视线渐渐模糊，失控的泪水盈满眼眶。

老公以为我吃得太急了，连声说："慢点吃，慢点吃，我太胖了，这一锅肉都是给你的。"

眼泪终于不争气地滚落下来，滴进了碗里。这一刻，我蓦然理解了爱的含义。

爱不是花前月下的卿卿我我；也不是海誓山盟的地久天长；爱不是千山万水的魂牵梦萦；也不是天真岁月里的两小无猜。

爱就若这碗热乎乎、香喷喷的骨头汤。里面的作料是爱人的关心、体贴、心疼，是期盼你健康平安的真诚愿望。

熬了几十年的光阴，咸淡口味火候都掌握得恰到好处，喝上去，满满都是幸福的滋味。

我用手背擦了一下眼睛，吸了一下鼻子，端起碗，用力喝了一大口。

老廖

老廖结婚的时候体重 114 斤，现在是 184 斤。他所说的跑步，相当于我的快走。

每次下班，我提前给老廖打电话，老廖都爽快地答应："我开车去接你。"

只要说一起出门，老廖三下五除二穿好衣服，拿起钥匙，嘴里催促道："我去取车，你快点下来。"然后自顾下楼。

还没等我到楼下，老廖已经威风凛凛地把他的两轮电动车停在楼下开始按喇叭。

有一次打完羽毛球，老廖心有不甘："你不在的时候我一个人不能打，没法锻炼，你给我买个足球吧。"

六十块钱买了一个足球，踢了没两下，老廖又提出要求："踢足球需要专业的鞋子，运动鞋我两天就踢碎了。"

正好双十一就帮他买了一双专业的足球鞋。这下老廖心满意足了。

周末，我在厨房烧饭，开着排油烟机，听到老廖讲话。"你大点声，我听不清！"半天没反应。

我扭头一看，老廖一个人在客厅里，扯着装足球网兜一头的绳子在踢足球。嘴里念念有词："小皮球，驾脚踢，马兰开花二十一。"

每次饭前我都要盘问：

"手洗了没？"

"洗了。"

"伸过来检查。"

"你看，手还是湿的。"

看我怀疑的眼神，老廖把手伸过来蹭在我脸上。

"你看，是不是真的洗了？"老廖越来越有经验。

我公众号里的文章老廖从来不读，除非我亲自提醒，指出重点必读的，老廖才耐着性子看。

我最近朗诵的一篇文章，播放给老廖听。老廖正在下棋，结果输了。

老廖一脸埋怨："都怪你，瞎读，都给我读'输'了。"

"你为啥输了？"

"分神了呗。"

"读得咋样？"

"不咋样。"

我窃笑：你看，读书读书，可不一读就"输"了吗。

棋境

先生性格内向，不善交际，不喜与人攀谈。每次见人，笑一下，算是打招呼。婆婆来，先生张罗着端茶倒水拿水果，遥控器一按把电视打开，告诉婆婆："妈，你看电视吧。"然后继续下棋。

先生从小喜欢下棋，尤其擅长围棋，年纪渐长感觉体力不支，下象棋的时间便更多一点。先生的棋艺很高，年轻的时候，围棋的水平当时在我们县城里也算数一数二。

我怀孕的时候，无聊，缠着先生陪我下棋。先生让我车、马、炮，我还是输得一败涂地。我不服输，接着再下。先生只用五个卒子，依然赢得轻轻松松。我恼羞成怒，一把掀翻棋盘，棋子溅得满地都是。先生不急不恼，耐心地把棋子一颗一颗捡起来，摆好装进棋盒里，还反过来向我道歉："我错了，我不该赢你。"看他态度诚恳，我一般都会原谅他。只是自此以后，先生拒绝和我下棋，他说下不过我。所以我的棋艺一直没有长进，围棋也一直没有机会学。

先生自来上海之后，也曾做外援参加过一些比赛，每次都能得奖。明明可以拿第一，但是先生只拿第二名，而且输得要让别人看不出是他故意谦让。

先生对下棋的喜爱已经到了痴迷的程度。先生对吃、穿都没有要求，视若珍宝的就是一本本棋书。有人的时候对弈，没人的时候就一个人宅在家里打棋谱，一坐就是几个钟头。有个亲戚笑他："你是不是就一直没动过啊，每次来见你都在一个位置，一个姿势。"在我看来枯燥乏味的棋谱，他可以倒背如流。

我常笑他除了我就没有朋友。每次见他一个人在电脑前面眉飞色舞，口若悬河，就知道他和棋友激战正酣。这个时候千万不要叫他，叫了也没用。等他赢了棋，自会喜滋滋地过来找你求和。很多次和他商量好的事，约好的时间，都因为他心中只牵挂着下棋而遗忘和错过，为此吵过很多次。

围棋的术语中，长、立、挡、并、顶、爬、冲、飞、跳、挂、夹、挤、拆、都是动词。黑白世界，不是你死，就是我活。没有和棋的侥幸、没有求和的策略。

象棋包含着东方的、中国封建社会的哲学。棋盘上，将、士、相、车、马、炮，一字列开，各就各位。等级森严。责任明确。君臣父子，不得越矩。国际象棋也是如此，只不过是奖励更多而已（卒沉底升为后）。

围棋则不然。在棋盒里的每一个子，在出发前，它们的地位都是相同的、平等的。围棋形式简单，只有黑白两种棋子，规则也很简单，但是它的玄妙却是任何其他任何棋类所不能比超的。围棋有极大的包容和哲学意味。琴棋书画中，棋列第二。在黑白世界里的摸爬滚打、闪展腾挪，锱铢必较，斗智斗勇，厮杀得残酷与激烈，搏击时的惊心动魄，不啻于人世间的纷争。

在我看来，下棋于先生，就是打坐，是参禅悟道，也是一种修行。难怪先生在当今物欲横流的时代，依然过着简单质朴的生活，淡定从容地保持一颗初心。先生淡泊名利，与世无争，不与人攀比、不趋炎附势、不贪心、不奢求，看似愚钝、木讷，实则大智若愚。

很多人在经历打击、挫折、病痛、生死之后才顿悟的道理，先生早就洞若观火。而我在多年之后，在知天命的年纪，再看那个曾经的愚钝少年，终于懂得，他也曾历经刀光剑影、也有侠骨柔情，是我一生可以仰仗的英雄。

最浪漫的事

女儿大学毕业以后，我和老廖也像是结束了马拉松长跑，终于可以歇息一下了。

于是每周去公园已经成了固定项目，公园的花花草草是我们交流的重心。

每个季节都有不同的花开，我们的谈论也从玉兰、桃花、牡丹、芍药、杜鹃、海棠、荷花，一直到长青的松柏。

去得次数多了，认识的植物种类也渐渐多了起来。知道了每个植物的名字以后，再看到他们，就像见到老朋友一样亲切。

会停下来仔细打量，看看树干上附着的植被，叶子的颜色、花朵的形状、色彩、浓淡以及花期的长短。在花开花谢间感受季节的更替变换。

"山桃花落杏花开，杏花将落李花来，李花争春桃不暇，西府难压梨花白。"南方的天空除了碧空晴云，绵绵阴雨，还有拥挤着争奇斗艳的各种树木花卉。

我自觉博学，每次都已以师长身份自居，给他复述怎么区分植物间的差异："松的叶子是扁的，像针；柏的叶子是圆的，像鳞片。长得笔直、挺拔、高大的是水杉，树干像白癜风一样的是悬铃木。"

老廖每次都像是个听话的学生，认真配合我的讲解，拼命地点头表示认同，然后在下次提问的时候又一脸茫然。

老廖偶尔也有聪明的时候，让你大跌眼镜。当我再一次跟他讲解榆树和雀梅的叶子都是椭圆形，区别在于一个光滑一个边缘有锯齿、要找出树木特点才能加深记忆的时候，老廖像是突然茅塞顿开，满脸雀跃地惊呼："我知道了，银杏树的叶子像一把破扇子。"

往后余生，全都是你

自从我辞职回住处上班，每天回家以后，老廖的口头禅就是："你老是欺负我。"然后皱着眉，头侧转，斜视，微低，一脸无辜地望着你，好像真受了委屈。

老廖口中的所谓欺负就是：催他洗澡换衣服是欺负；告诫他少玩手机按时睡觉是欺负；让他少抽烟是欺负；让他少喝饮料多吃水果是欺负；甚至让他少吃肉减肥也是欺负。总之，一切他不高兴做的事对他而言都叫欺负。

每次批评他，总是要辩解几句，被我称为"诡辩"。

"你知道吗，诡辩的意思就是——瞎说是很危险的。"

每次，老廖假装一脸严肃，反过来用手指着我，也重复我的话说一遍。

我最近加班比较多，最晚的一次加到凌晨，老廖极力劝我重新再找一份工作。我借机劝解道："你看，你抽一包香烟三十五块，一年算下来几千块，我要多做好几年。"其实我更担心抽烟对身体的危害。

从那以后，老廖开始戒烟。刚开始几天犯烟瘾，又是抓头发又是咬手指头，在地下团团转。我于心不忍："要不去买一包吧。"

"不买。"

"我去帮你买。便利店二十四小时营业的。"

"我去喝茶。"老廖下定决心似的说。

说好回来以后，每天早上陪老廖去公园运动健身。到了时间，我还赖着不肯起床。老廖轻声在我耳边问："去公园啊。"我迷迷糊糊嗯了一声继续睡。我以为我发出声音了，其实并没有。

老廖接着说："去公园了。"我改摇头。我内心感觉不去公园继续睡觉的意愿非常强烈，摇头的幅度应该像拨浪鼓，但其实我的头根本就没动。

老廖又说："起来了，我一个人去多没意思。"睡意正浓，被他吵醒，我终于清晰地发出了两个音阶："不去。"这次我自己也听到了，里面夹杂着厌恶和气愤。

老廖终于不再问了，一个人默默地起床，嘴里嘟囔着骗人，还很认真地帮我掖好被角。其实天气已经很热了，我盖的厚被子本来就感觉有点闷，这下可好，要开始冒汗了。

门锁咔嗒一声，随着把手的旋转，我就知道老廖从公园回来了。伴着熟悉的脚步声，老廖凑到我床边，怯怯地问："吃早饭呀。"我一翻身接着睡，表示拒绝。老廖讪讪地走开。

感觉没过多久，熟悉的啪嗒啪嗒声响起，我就知道又是老廖来了。

"吃早饭不？"老廖柔声问。

"说了不吃，还问，难得休息，就不能让我睡个懒觉。"

老廖一脸委屈："我不是怕一会凉了吗。"

家附近新开了一条商业街，步行也就几分钟的路程。刚开张的面包店新烤出炉的红豆面包口感很好。面包买回来，老廖还睡在床上。

看我回来，眼睛眨巴眨巴地盯着我看，笑嘻嘻地说："我闻到香味了。"我坐在床边，把面包一块块掰下来送到他嘴里。老廖很享受地咀嚼着。

"你知道幸福是什么吗？"

"幸福就是有人喂面包给我吃。"

"那你表扬我几句。"

"你真好。"

"你可好了。"

"你最好。"

"还有吗？"

"没了。"

"能不能换个词？"

"不能。"

老廖属猪，所以每次我去做饭，都说去喂猪。老廖每次都愉快地答应："去吧。"

如果到了吃饭的时间，我还没去做。老廖就拖长了音调一遍一遍地叫："我饿——了，我饿——。"

"谁规定一定是我去做饭？"

"我规定的。"老廖超乎寻常迅速回应。

"饭是我做的，衣服是我洗的，卫生是我打扫的。你不应该感恩吗？！"我时常谆谆教诲。

"不感恩，家里的事都是我做的。"

我用手指向窗外："你听，你竖起耳朵听。"

老廖立马眉开眼笑："听到了，外面打雷了，你要小心点。"

每次抱着手机不撒手，电脑、iPad、手机同时开着，又是下棋、又是复盘、又是推算步数、又是看直播，磨蹭到上班时间快要到了才坐在沙发上叫："我袜子呢？我袜子哪去了？"

我没好气地说："在抽屉里。"

"在哪个抽屉里呢？"

"在左边第二个抽屉。"

"没有呀。"

"我要是找到咋办？"

"那你来找。"老廖就这会最机灵。

"我如果不起来帮你找，你是不是会一直问下去。"

已是知天命年纪的老廖，最近每次回答问题，都歪着头，嘟着嘴，重重地发出一个一声的"嗯"字。

半百读书犹未晚

4 月 23 日，是世界读书日，手机都被刷屏了。到处是关于推荐书单、读书心得、读书的意义、益处、重要性等相关内容的文章。

还有各大商家的打折促销活动，对于我们这些爱读书的人来说，确实是件好事。一本书平均算下来也就十几块钱。最难过的是由于下手晚，加入购物车的好多书都缺货下架了，不免心生遗憾。

世界读书日，除了疯狂选购自己喜欢的书以外，让我不由得心生感慨，也想给自己一个明确的答案。

从小就喜欢读书听广播。每到小说连播节目开始，我就哪也不去，守在收音机旁边，哪怕错过吃饭时间。

碰到信号不好，杂音大，我就把耳朵贴到收音机上。如果有谁说话声音大影响到我，我会大发雷霆，暴跳如雷，对他恨之入骨。

从小生活在农村，和外界接触比较少，消息闭塞，能读书的机会并不多。仅有的一点零花钱都被我用来买了小人书。

书到手以后急于想看，不管光线强弱，也不管姿势。甚至老师讲课的时候，放在桌子底下，因为借同学的要赶紧还。久而久之，学习成绩没见长，眼睛倒看成了近视。

每次父母出门，就意味着有零食吃。记得有一次父亲进城，带回来一本杂志。对于我们来说，只要是新鲜的，以前没见到过的，都算礼物。我和妹妹因此争抢不止。

爸爸见状，提出谁不要书就可以得到两毛钱。我生怕妹妹跟我抢，就假装先开口："我要两毛钱"。还故作紧张上前去接爸爸手里的钱。

妹妹到底年纪小，没有主张，贪吃占了上风。我故作伤心难过不情愿的样子把钱给了她。

拿到书的那一刻，内心狂喜，兴奋激动不已。捂在怀里，生怕被人抢了去。

后来，对书的渴求越来越强烈，我常常把父母给我的午饭钱省下来买书。为此不知道挨了父母多少次责骂。

现在想来，当时对读书的热爱，是天性，骨子里就有的，没人引导。

书里的内容对于我不只是磁石，而是有魔力。

对书的迷恋更多是源于对新鲜事物感兴趣，凡是我不了解的，不知道的，没有接触过的，所有内容我都好奇，并想一探究竟。

也因为没人玩得到一起去，也许是身边的事物无法满足我的求知欲。感觉还是看书更有乐趣，更让人觉得幸福、甜蜜。比吃到美食更令人难忘和开心。

从毕业到工作，一晃几十年过去了。从不停地更换居住的城市和工作环境，到为了生活忙碌打拼，磨去了棱角，增添了白发和皱纹。

兜兜转转，始终放不下的仍是读书。就像是你心里永远放不下的一个人。

如果你能在孩子小的时候，发现他的兴趣爱好，好好引导和培养，假以时日，定会有所作为。

比起去报各种兴趣班、培训班，有意义得多，也更容易出成绩。

自己喜欢做的事，首先不反感，而且兴趣浓，不觉得苦，也不觉得累，会更投入。也可以叫作乐在其中。这也是我自己的一点体会。

而且，人天生喜欢的东西，或多或少都有一点这方面的天分在里面，会比其他人或者自己不喜欢的领域有更多更大的概率成功，因为更自信。

而我除了天生爱读书，这些年也一直没有中断阅读的习惯。之所以人到中年才开始全身心地投入，是因为孩子读大学，不需要我再操心。生活稳定了，不需要再去奔波。也深知再怎么努力，工作上也不会有太大的起色了。

既然如此，不如索性放松自己，去做点自己喜欢的事。至少余生不遗憾。

老廖常常取笑我："少壮不努力，老大徒伤悲！"

我反驳他："正因为少壮没努力，老大才抓紧呢。"

他常常把我的书和手机扔得远远的，冲着我大吼："眼睛还要不要啦！"

我不理他，也不和他争吵。和颜悦色地乞求他让我再看一会。

有时这招也不灵，我就当他不存在一样，自己跑过去把书或者手机捡回来接着看。

他反过来恐吓我："再照这样看下去，眼睛会瞎的。"

"瞎就瞎呗，又不会死"

"死并不可怕，瞎了才可怕，瞎了遭罪。"

道理我都懂，可还是无法克制自己。

经常看手机，眼睛会干涩，模糊，怎么擦都觉得有层雾。

长时间不正确的姿势，颈椎也已经开始报警。

有时候会问自己：还要不要坚持？

每一次的回答都是肯定的，我不会放弃。

哪怕生命会减少，我都不后悔。

当一个人很理智很清醒地做出一个决定的时候，就算别人认为是错的，他都不会改变。因为没有人能懂她，了解她的内心，她心里的真实感受。

一定是一份真诚的爱恋，一定是一份入骨的深邃，才能打动一个人，让你念念不忘，不能舍弃。

如果说还有什么理由让我重新阅读、写作，我说不出什么哲理。

我只知道，读书让我更理智，更自信，更从容。迷茫的时候，读书最能让人清醒。读书可以帮助思考，重塑自己的价值观，让我更明白自己想成为一个什么样的人。

即便亿万富翁站在面前，我也不自卑，不攀附。

我会把别人当成镜子，映照出自己的美丑。会更能理解他人，尊重他人。知道原谅宽容他人也是对自己的救赎。

读过的书，看过的风景，就是一个人的格局。对世界和自身的理解便会更加深刻，读书能让自己的生命充满更多可能。虽然生活朴素，但我们内心丰富；即使深陷泥泞，也依然可以仰望星空。

读书可以改变容颜、塑造优雅的气质。读书开阔了我的视野，有机会了解更多未知的世界。

三毛曾说："读书多了，容颜自然改变，许多时候，自己可能以为许多看过的书籍都成了过眼云烟，不复记忆，其实他们仍是潜在的。在气质里，在谈吐上，在胸襟的无涯，当然也可能显露在生活和文字里。"

读书让我变得勇敢、自信，内心更强大。虽然无法变成直接的财富，却让我的内心无比丰盈和富足。更加懂得感恩，乐于满足。即便苦日子也可以过得精致，甜蜜，溢满幸福。在人生悲喜交加、跌跌撞撞的岁月里，步履坚定。

爱读书的女人身上隐藏着一种不同的气质，不经意地展现，却分外动人。如梧桐树，伸出阔大的枝叶，美成一片风景。然后神情端庄旖旎地走过一程又一程。

简单的幸福

自定居上海后，距故乡千里之遥，加之工作繁忙，几年没回老家。从知道出差可以顺便回家起，我就开始倒计时。

离回家的日期不过半个月，却感觉从未有过的漫长。

父母搬离农村，换了地方居住。没有了熟悉的村庄，熟悉的炊烟，熟悉的田间小路，熟悉的白杨树林，我如同一个远行的旅人，在陌生城市，林立的高楼群里寻找一间提前预订好的客栈。

亲朋好友的热情让我不安，总觉得自己的到来打破了他们原有的生活规律、作息和宁静，增添了他们的负担。

人还没到，哥嫂电话早就打过来："想吃啥，早点给你做好。"

把记忆里存储的故乡美食快速搜索一遍，就像网络搜索的历史记录一样，总有那么几个跳到前面来。于是不假思索地回答："大饼子、芥菜疙瘩、蘸酱菜。"

哥嫂不解，为此也曾招致同事的耻笑，我常说世间美味当数东北大酱。

晚餐的丰盛堪比年夜饭，又仿佛是东北菜大全。除了我点的之外，鸡鱼肉蛋齐全不说，还有我小时候喜欢吃的、妈妈做的各种家常菜。哥嫂许是客气，也许是并未把我的话全部当真。母亲见我只吃素菜，不停往我碗里夹肉。"都这么瘦了，多吃点，可香啦。"

就像电影《唐山大地震》里徐帆饰演的角色，最后母女相见，给一盆西红柿特写镜头。母亲一直给我夹肉，仿佛是为了弥补当年的歉疚。因为穷困而给不了我们丰富的食物，无法满足几双渴求的眼睛。为了不扫母亲的兴，我勉强吃了几口。

在石家庄，酒店附近商场有家摊位卖糖葫芦，包装精致、干净，陈列在透明玻璃箱里。毫不犹豫地买下一串，边走边吃，全然不顾路人的眼神。

焦黄色的糖壳晶莹剔透，从最外层咬下，满口都是饱满的果肉，糖的香甜调和了山楂的酸，嚼起来像在吃冰，脆脆生生，不粘牙。

第二天傍晚，怕商场关门，做好手上工作，宁可晚饭不吃，还要再去买一串回来。

同事不解："真有那么好吃？"

哥嫂不解："那有什么好吃的。"

在沈阳，时值隆冬，我手拿两根冰棍，旁若无人地边走边吃。十字路口，一位大妈盯着我看了半天。以为等红灯，并未在意。绿灯亮起时，大妈像是实在忍不住，问我："这么冷的天吃冰棍？！"

"我很多年没回来了，就想尝尝这个味。"

"我还寻思你这是咋地啦，上火？"

嫂子听闻，特意跑到楼下小店一下子买了十根，声称让我吃个够。

好友听闻我回来，热情相邀，一定要请我吃顿大餐，被我婉言谢绝。

人到中年，虽无万贯家财，倒也衣食无忧；虽无琼楼玉宇，在都市倒也有一方天地可以立足，身居斗室，安贫乐道。心轻如云，心静若水，在异乡的广漠世界，独享一份寂静和安然。

董卿说，每个人心中都有一座秦岭。

我相信，在很多北方人的童年记忆中，都有一串酸酸甜甜的冰糖葫芦，或是炎炎夏日里带来清凉的棒冰。小贩缓缓骑着老旧的自行车，吆喝声拖得老长，透过深深的庭院，传遍大街小巷，传到每个孩子耳边。

柴静曾在一篇文章里这样说道："人们声称的最美好的岁月其实都是最痛苦的，只是事后回忆起来的时候才那么幸福。"

如今，在故乡吃一串冰糖葫芦，吃一只棒冰，对我来说，就是最幸福的事。心境仍同小时候一样天真、质朴而单纯。没有利益的驱使，没有条件的攀比，如同当年央求母亲买下，递到我手中，急不可耐地接过时一样，还没吃到嘴里，甜蜜已经挂在嘴角，洋溢在心中。

甜蜜的种子

不知为什么，一直想要一片小时候家里那样的菜园子，里面长满茄子、豆角、辣椒、黄瓜、西红柿……

于是，阳台又成为我的理想国。

在阳台种菜倒是比在园子里种菜轻松省力。在网上购置了一批长方形的花盆和营养土，撒上种子，浇上水，就坐等收成了。

过两天，去阳台里看看。种子比我有耐心多了，一点不着急，没有一点生长的迹象。

再过几天去看，居然拱破种子外面的壳发芽，破土而出了。点点绿意在泥土中散发出勃勃生机，令人为之振奋，于是越发浇水勤快。

过些时日，幼苗已辨得出品种，长得郁郁葱葱。我在心底里觉得秋天该会有个好收成。

幼苗长高了一些，空间明显不够用，中间的距离也明显太密集。我只好忍痛割爱，将一些位置不好，长势矮小的幼苗拔掉，希望给其他有幸得以继续生存下去的幼苗更为广阔的生长空间。

也许是空间太过狭小，也许是营养不够充足，小葱长得细细密密，像头发丝般干枯；有些品种根本没有存活。一棵我给予厚望的辣椒经过一个夏秋乃至冬的洗礼，依然泛着青色，青翠碧绿，就是没有结果实的欲望。我渐渐失去兴致，不抱希望，也不大理睬它们了。

多日不见，一个晴朗的周末，给花儿浇水的瞬间，我突然发现，已经萎靡乃至接近干枯的柿子秧上居然挂着两颗红通通的果实，诱人的色泽，亮澄澄、圆溜溜、光滑饱满的果实相互依偎，像两个害羞的孩子般可爱，令我大喜过望。

一棵已干枯多日，我都懒得浇水给它，要不是想花盆空着也是空着，我都准备将它拔掉的辣椒秧，也给了我意外的惊喜。为数不多的几片叶子，茎上顽强地挂着一枚小辣椒，羞答答的，想让人发现，又怕人看见。营养不良般的瘦弱，我还是如获至宝。

这是种子顽强的生命结出的果实。是一枚美好的果实。是我将自己微小的、近乎荒唐的希望埋下的种子结出的果实。

骨子里我还是个农夫，总想撒一点种子，希望它们生根、发芽，成长、开花、结果。今天我终于知道，我播种的都是幸福的种子，所以收获的都是甜蜜。

冬天里的阳光

晚上下班回来，心绪沉重，心情落寞。一连多天，不见太阳。天空始终阴沉沉的，飘着牛毛细雨。仿佛压下来的屋顶，呼吸的空间都觉得狭窄了。心里也跟着湿漉漉的，快要发霉，希望太阳快点出来。

对于心绪烦躁，情绪低落的人来说，目前在做的很多事情不想经历中间的过程，比如从地铁站回家。不想经历下车、上电梯、刷卡出站，下雨打伞。

黑漆漆的路，小心避开的水坑，招揽生意的黑车司机，闪烁的霓虹，汽车驶过汽油的味道，刹车刺耳的摩擦声，都让人反感。

所有这一切，最好全部都能省略掉，一步就能到达目的地。这是目前自己能接受的最好结果。至少暂时是安全的地方，是暂时逃离一切不快乐因素的暂居地。

按部就班地走出地铁站，近视和已经开始的老花眼让我在人群中巡视了好久，才适应昏暗的光线。老廖已经准时骑着他的"座驾"在细雨中等着接我回去。

老廖说："出去吃点吧。"

我欣然同意。被心事填满，胃里感觉也是饱的。

晚上九点钟，新开的商业街冷冷清清，敞开式的奶茶店连营业员都看不见。

两个人都同意尝一尝这家新开的大鼓米线。店里没有客人，很安静，几个营业员围坐在一张方桌前各自玩着手机。圣诞节的装饰物松树、圣诞老人还整齐地悬挂在半空中。红绿相间，色彩艳丽，在荧光灯的照射下，节日气氛依旧浓郁。

看我们进来，一个服务员懒洋洋地起身拿来菜单，其他人只抬头望了一眼，又继续看手机。

店里信号很差，两部手机都无法完成自助下单。营业员似乎已经忘记了我们的存在。

火气像是液化气灶的开关打开，火苗砰地一下被点燃。真想拔腿摔门而去。忍着没发火，提高音量问服务员："你们这只能手机自助下单吗？"

"也可以线下点单。"终于有人招呼我们了。

老廖看出我的不耐烦，忙从兜里抓出一把零钱摊在我面前。

点了一碗牛肉米线之后，我们犹豫半天，服务员看出我们的疑虑："怕吃不完，也可以点一份，另加一碗米线。"

这个建议很不错，燃起的怒火开始暗淡。

米线端上来了，散发着诱人的光泽。金黄的颜色，让人联想到太阳。温热的食材口感正好，并不腻人。对面是老廖那张端端正正，棱角分明，面色红润，嘴角漾着微笑好看的脸。

一口清汤喝下去，收紧的胃如同干涸的田地灌满了水，立刻舒展开来。那些郁积在心口的不安、焦虑、烦躁，在一点点被稀释。

老廖边吃边嘀咕："说好的牛肉呢。"

翻了半天，总算在碗底捞出一块，盛到我碗里。

"多吃点肉，看你的小脸，都没血色。"

"不喜欢吃肉。晚上了，不想吃。"我又把肉还给他。

"不行，你得吃肉。吃掉！"老廖一副命令的口吻。

肉又回到我碗里。

我盯着碗里看，那一小块牛肉，红通通的，像是一块炭火，一簇火苗，在白皑皑的雪地里燃烧着，正一点一点驱散我心底的严寒。

春天七日

在阳台上苦心经营的迷你花园，每到冬天就了无生气。早起，阳台里还灰蒙蒙的，没有朝气；晚归，阳台里漆黑、冰冷。除了晾晒衣服，我很少在阳台里逗留，有时连浇水都会忘记。花花草草受了冷落，也都开得漫不经心。

周末，冬阳灿烂，照得人心里亮堂堂、暖融融的。我决定把阳台里的花都移进室内，改善一下它们的待遇。菊花、风信子、郁金香、仙客来、月季、水仙、长寿花、康乃馨、铜钱草在卧式的窗台上一字排开。红的、绿的、粉的、黄的；温柔的、宁静的、喜悦的、甜蜜的，热烈的、奔放的……这一窗明媚，像是把春天搬回了家。

好久没这样放松、悠闲了。我索性一不做二不休，找出许久不用已经生锈的工具，给它们松土、换盆、浇水，修剪枯枝败叶。花草们宛若精心打扮过的少女，越发显得娇美、明艳、楚楚动人。

冬末正午，我把窗户全部打开，阳光浓烈、耀眼，像是给每朵花都镀了金，连叶片都闪闪发亮。一窗锦绣尽收眼底。

在所有花中，要数月季开得最为壮观，占了一扇窗子三分之一的位置。花朵在暗绿色宽卵形小叶片的衬托下，像是亭亭玉立的少女露出娇羞的脸庞，婀娜多姿。花朵饱满丰润，令人忍不住要多看上几眼。火红的花瓣，半开却又没有完全绽放，缓缓舒展，欲说还休，似邀你探过头去说悄悄话呢。

比起月季花叶子的精致、小巧，雏菊的叶片则要宽大、肥硕很多，甚至显得有点喧宾夺主。金黄色的酷似向日葵，散发出阳光的味道；古铜色有金属般的质感；翠绿的花朵滚圆，像个绒球，令人有握在手里的冲动；紫色的花朵像宝塔般层层递进，细细密密的花瓣像嘟起的嘴唇。虽大小、形态各异，但花团锦簇、错落有致，热闹又不显拥挤，完全是相亲相爱的一家人。

仙客来的生命力相对于月季和雏菊，稍显脆弱，受了低温的缘故，部分叶片已经枯萎泛黄，花朵低垂，我一度以为它已经无药可救，准备放弃了。不想只半日的呵护与关爱，竟然起死回生。镶着白边的五片花瓣别具一格，朝外伸展，似一只振翅高飞的仙鹤。看来，是我低估了植物生长的力量。

水仙刚买回时如蒜头般大小，仅冒出嫩芽。几日不见，像正长身体的半大孩子，个子猛蹿，转眼已超过电视机屏幕高。一个骨朵里竟然开出三五朵花。含苞待放时还是挺拔、俊秀，绽放时反倒低眉垂首。最初以为是我动作粗暴碰伤了它，准备温柔相扶以示歉意，却原来是"英雄竞折腰"。花瓣、花冠与狭长的绿叶完美搭配，相得益彰。虽低调谦逊，到底是芳香浓郁远播，不愧为"花中仙子"。

长寿花可谓名副其实。花株矮壮，叶片肥厚，不但花期长，而且好养易成活。随便剪个枝扦插就能生根发芽，多日不浇水也不见枯萎。不娇气、不做作，许久不转盆，也不计较，只管向阳蓬勃生长。早有一株旁逸斜伸，急不可待从顶端抽生出圆锥形伞状花序，红蕊含苞待放。虽渺小但不卑微，依然乐观顽强。做人又何尝不需要这样的境界呢。

蟹爪兰养了很多年了。我一直钦羡植物的聪颖和智慧。不需提醒和关照，像是和谁约好了日子。牡丹开得雍容华贵的时候它沉默不语，丹桂飘香的时候它冷眼旁观，到了元旦前后，扑啦啦开满枝头，给你一个意外的惊喜。脑海里突然跳出苏轼《赠刘景文 / 冬景》中的两句："一年好景君须记，正是橙黄橘绿时。"像是提醒我们光阴易逝，韶华难追，如此美好的日子，理当珍惜。

把每盆都修剪整齐的花摆放在窗口。天，蓝而澄澈明净；云，白而轻盈绵柔，观之如画。如此愉快的劳作，娴静的景致，当拍照留念。

忍不住发朋友圈,同事阿香留言:这么冷还能开出这么多花!不忘竖起一个大拇指。

"不冷,太阳晒着很暖和,它们以为是春天呢。"我偷笑。

忽然醒悟:虽然没有桃红柳绿,没有繁华旖旎,每一朵花绽放的日子,散发出的难道不是春天的气息吗。七种花,七个春天的色彩,我何尝不把这三百六十五日,都过成精美芳香的样子呢。这样想着,冬日就好似变了容颜,焕发出勃勃生机。

此刻,我坐在电脑前,一株淡粉色的风信子置于案头,花朵蓬蓬簇簇,香气丝丝缕缕钻入鼻翼。仿佛每个文字都沾染上了芬芳。

立春已至,春节即将来临,女儿没有回来过年,我也没能回乡探望父母,日子被疫情的阴霾笼罩,灰暗而又沉闷。我对自己说,新的一年里,要学着从容、放松、主动……而且,我还要接着种花,种茉莉、栀子、海棠、杜鹃……从此积极、阳光、乐观向上,把这素年过成锦时。

幸福像花儿一样

盼着早点放假，酝酿许久的事情似乎只有等放假才能去实现。真的放假了，才发现并没有那么多事情是非做不可的，很多计划仍旧在计划中。

年货早就趁着快递停运之前采购好了。房间里打扫干净之后，好像已经无事可做，只等着过年了。

生、活，无忧之后，日子就变得波澜不惊。年纪渐长，美衣、美食的诱惑已在逐年递减。填满每日的都是不温不火的工作、不好不坏的心情。

漫长的假期，什么都不做未免可惜，不如买束鲜花打扮一下心情。

玫瑰是不可或缺的。玫瑰的花语：爱情、美丽、勇敢，高贵。我觉得玫瑰的花语应该是热烈和激情。花瓣略成螺旋式绽开，饱满的花朵像个小酒杯，让人未饮已醉三分。

火红的康乃馨，安谧、温馨、恬静。别致的锯齿花瓣层层向外缓慢舒展，错落有致，直到中间簇拥着的四组花瓣全部绽开，用心的程度，就像完成一个庄重的仪式。隔着屏幕，似乎都能听到花朵绽放的声音。

《本草纲目》里说：此物本非梅类，因其与梅同时，香又相近，色似蜜蜡，故得此名。我一直误以为蜡梅是因在腊月开花而得名。

蜡梅花朵虽小，平淡无奇，但幽香彻骨，还未走近，先闻其芳香。另一奇特的地方在于，开花时干枯的树干上并无叶子，满是细密的花苞和花朵，一对对相偎相依。凌寒怒放，迎霜傲雪。

第一眼看到蜡梅时是惊喜的。在我居住的城市，蜡梅并不多见。公园里为数不多的几株，只能远观近闻，不能据为己有，在我而言，蜡梅是高不可攀的。

如今，摆在花瓶里的蜡梅像是屈尊降贵，可握在手中的喜悦是如获至宝般的疼爱和怜惜。

勿忘我是意外的收获，是所有花中价格最便宜的，和花名完全无关，全是为了填补花瓶里的空缺。

就这样误打误撞胡乱搭配的两束花，插好后摆放在卧室里。每每推门进来，一股淡雅的清香夹着暖意扑面而来，狭小的空间里香气四溢，心情也跟着轻松愉悦起来。鲜艳的花朵，嫩绿的枝叶，蓬勃的生机和生长的力量尽收眼底。

相传苏东坡与佛印禅师相交甚密。有一次，两人一起参禅打坐，苏东坡启口问佛印："禅师，你看我现在打坐，像什么？"

佛印禅师说："我看你现在仿若一尊佛。"

苏东坡听后，起坐哈哈大笑，对佛印禅师说："你知道我看你坐在那里像什么吗？活像一摊牛粪。"

佛印禅师一动不动地坐在那里，慢条斯理地说："见心见性，你心中有眼中就有，我心中有佛，所以看到的东西都是佛。"

看着眼前这些盛开的鲜花，萦绕在心底的都是芬芳。此刻，幸福就像花儿一样。

每一段都是好时光

因为爱好文学，和文友君华在网上相识，神交已久。一直相约见面，彼此工作休息的时间总是错开，始终未能成行。

国庆假期，还是君华请了一天假，我们才得以相见。

我问："明天一天时间你没问题吧？"

君华迅速发了一个表情包过来："妥妥的。"

约好九点半到彼此都方便出行、交通又便捷的徐家汇会合，君华提前半个小时就到了。

刚走出地铁，四下张望，身高一米七五的君华一袭长裙，老远就飞奔过来，拥抱我。

人与人之间的情感有时候就是很神奇，很多人，只初次见面，彼此就像已经认识了很多年。

沿着淮海路，两人漫无目的随处闲逛。风轻云淡，艳阳高照，温暖而不炙热。两个相似的灵魂相聚和碰撞，产生强烈的共鸣，让人心里也暖洋洋的。马路宽阔通畅，少有的宁谧。

虽已深秋，高大的悬铃木依然枝繁叶茂，绿意盎然。有些树叶被风吹落在人行道上，三两片落在供行人歇息的长椅上，比刻意摆放的更深远，意蕴悠长。

树影斑驳，稀疏浓淡，杂乱无序，这样的画面、这样的场景因为难得一遇总是让人唏嘘不已。

已近知天命年纪的两个人，内心如山间清晨般明亮清爽，怀揣着文学的梦想，奔赴这场心灵的盛宴，在繁华都市安静的一隅，偷享半日的清闲。

人到中年，身体如江河日下，去医院的次数超过了去商场超市的次数。每次去医院都是迫不得已，要挣扎、纠结、斗争很久才会出门。

人多的科室最多排到过一百四十六号，看一次病基本就要一天时间。我一般会带本书来读，人少的时候玩一会手机。

国庆假期，人不多，交费挂号过后，淡定地坐在诊室门口等待叫号。

偶尔抬头环视四周，有低头玩手机的年轻人；有朋友陪伴的同事；有家人陪伴的中年夫妻；有坐在轮椅上的老人。

一直有人进进出出，有心急的，倚在门口探头张望。于是有感而发，遂写了一首顺口溜：

挣扎再三始出门，

凉风拂面感秋深。

交费挂号倚门等，

探头试看还几人。

来医院的次数多了，内心渐渐没有了最初的焦虑和恐惧。

医院不仅是医治疾病的地方，更能净化灵魂。每来一次，内心就会像雨后的天空般格外清澈、宁静。

一家三口难得团聚，每次都要组织一次集体活动，以示庆祝。

剔除远途旅行的舟车劳顿、节省开支和三个人的时间统一性，看电影最合适。

女儿选好电影，在网上买票、选好场次。时间到了，叫一声："走啦。"

我和先生只负责答应并随行："好哒。"

九点钟电影散场，已是万家灯火。

"这么早就回去吗，再逛逛呗。"女儿提议。

这么温柔的声音怎么能够拒绝，我和先生欣然同意。

晚上适合一家三口逛街的最好去处当数美食街。每到一个摊位、店铺门口，我都虔诚地问："闺女，吃点啥不？"

女儿摇头，"晚上吃东西会发胖。"

平时逛街，顺序都是这样：先生牵着我的手，我牵着女儿的手。先生在左，女儿在右，我在中间，这是专属于我的幸福。

自从女儿有了男朋友，我突然觉得和女儿中间多了一个人。

我把女儿拉到中间，对先生说："给你个机会，牵牵闺女的手吧。下次牵手，说不定就是交给别人的时候啦。"

女儿顺从地换了位置，一手牵着我，一手牵着爸爸。头靠在我肩上，甜蜜地笑。

有时候，相聚的时光很短暂，但是幸福可以悠远绵长，铺满通往岁月长河中漫长、孤独的旅途。

周末的早晨，天空飘着细雨，我和老廖依然照例去公园晨练。

从正门进去，沿着熟悉的路径，在花草树木间穿行。

这个季节并没有大批的鲜花盛开，只有几株零星的小花不经意地绽放。

细密的雨珠像是汗珠，停留在铜钱草圆盾形的叶片上，还没来得及滚落。

雨滴像宝石般在三色梅的花瓣上折射出光泽，晶莹剔透。

因为下雨，走得比平时快了很多，有些景点匆匆略过，没有拍到心仪的美景，始终心有不甘。

有些景致是有魔力的。在砖刻照壁旁边的大讲堂入口，有个赭红色的月亮门，我便迟迟不肯挪步。老廖在旁边大叫："走吧，我饿了。"

大门是在里面反锁的，除非有钥匙，或者里面的人打开才能进入。

终于有晨练的人出来，我兴奋地央求老廖配合我，去门后用手轻轻地推动，感受古老木门缓缓开启又关闭后蕴藏的深邃。照片拍了不尽兴，又拍视频。一遍不行，重来，直到满意为止。

每一件投入去做的事，花费的时间，都不会虚度。为此我曾赋诗一首：

十月五日醉白晨游

雨湿翠竹长。深处凄凉。桂花清瘦扑鼻香。重门轻启人未见，门里偷藏。

薄衣抵秋霜。风力偏狂。人稀车少路宽敞。一年佳节眨眼过，步履匆忙。

正自我陶醉，老廖蔑笑："还不是我在门后面推的。"

很多人都说事后回忆起来的岁月才是幸福。我更愿意随时随地感受幸福的降临。生活中点点滴滴的琐事里，其实就藏着幸福。

才哥

才哥是我同事，坐在我隔壁，算是我的近邻。每天工作至少八小时，所以，除了家人，才哥是跟我最亲近的人。

其实才哥才三十出头，还没我年纪大。办公室里大家都叫他才哥，他说自己的老师也叫他才哥，我也就理所当然地跟着叫了。

才哥对谁都很真诚、热情，几乎有求必应。办公室里的脏活、苦活、累活没人愿意干的活，他从不计较，别人叫了不拒绝，有时候自己主动帮忙。好像干活对他来说是种享受。有些品质是与生俱来的，比如善良。

才哥做事从来都不慌不忙，每次我急得直搓手、跺脚，就差薅住他的衣领拉他起来，他依旧不慌不忙，淡定地说："急啥！"

跟才哥工作几年了，我才知道他是艺术生，居然会画画，毕业于名牌大学。当年高考成绩在镇上名列前茅。街上挂的大横幅赫然写着才哥的大名，敲锣打鼓，好不风光，镇上还奖励了几千块钱呢。

才哥人很勤奋，闲不住，喜欢琢磨，动手能力特别强。随便几根木头、铁丝、纸片、泡沫，到他手上都能像变魔术一样，让你眼前一亮。才哥曾用一把电钻和美工刀做出来一张 1∶5 的袖珍婴儿床。

2015 年，才哥在"大岭山杯"金斧奖中国家具设计大奖赛中，获得了第一名，奖金两万元。获奖作品在浦东国际展览中心展出，颁奖礼在对面的喜马拉雅中心举行。

现场有记者采访，有行业的专家，也有组委会的成员。这么激动人心的时刻，才哥居然连张照片都没有保存。

我后来问才哥："你没有借此机会宣传一下自己，结交一些朋友吗？"才哥非常肯定地回答我："没有。"

才哥不善与人交流，更不会在领导面前表现自己，只管埋头苦干。很多领导都不知道才哥的能力和才华。

尽管有人并不感恩他的付出，没有任何回报，只要自己有能力，他都愿意帮助别人。在他的人生字典里根本就没有吃亏和嫉恨这两个词语。

有时候，我们觉得有人欺负他老实厚道，替他打抱不平，甚至"恨铁不成钢"。

"人家欺负你，你不知道吗？！"

才哥一脸无辜地望着你摇头："没感觉。"

才哥很少发火，发火的时候说话音量也不高，语气也不凶，即便偶尔发火也被我们忽略不计，我们感受不到。

我的电脑水平很差，三脚猫的功夫还是得益于才哥不厌其烦的悉心指导。

我是个急性子，遇到不懂的问题只管厚着脸皮求教，还要立马解答。才哥有时候不理，我就一遍一遍不停地叫。才哥只好停下自己手里的活。后来才哥知道了我的脾气，有时候自己的事都没有做好，就先帮我，因此被别人指责。

在一起朝夕相处的日子里，才哥教会我很多。尤其是电脑操作。才哥有时候不耐烦了，也会发几句牢骚挖苦我：

"你不是记笔记了吗？"

"你要自己学着做，这学到手都是本事。"

我讪讪地笑，立马打开记录，有时候随手不知道记在哪里，已经找不到了。

才哥平时看着不声不响，却常常语出惊人，金句不断。又一次电脑操作遇到困难，AI软件里面缺少字体，同事把安装包发给我了，还是不能读取。

我像往常一样习惯性地向才哥求救。才哥正在忙，语音提示：

"你字体装好了吗？"

"装好了。"

"装在 C 盘 Windows 下面一个 F 开头文件夹里。"

"嗯嗯，是的。"

才哥忙完手上的事情，我把文件打开给才哥看。

"哎呀我去，你直接把压缩包丢进去了。"

"你要解压呀，姐姐。"

才哥差点崩溃了。

我一副不可救药的表情，"厚颜无耻"地狡辩："电脑咋这笨，自己都不知道解压。"

"电脑如果会说话，估计得气死。"这是我有史以来听到才哥说的印象最深刻的一句话，所以至今记忆犹新。

犹记当年火锅情

深夜，屋外狂风大作，怒吼着、咆哮着，震得窗棂砰砰作响。隔着玻璃，都能听见呼呼的风声吹得树叶沙沙摇动。

正在读汪曾祺先生的《人间有味》：昆明的过桥米线、地锅鸡，高邮的咸鸭蛋、慈姑汤，淮安狮子头，镇江肴蹄，上海的腌笃鲜，杭州东坡肉，绍兴梅干菜，湖南腊肉，东北的白肉火锅……各地的美食在汪先生笔下变得活色生香，深深搅动我的味蕾。于是，这孤寂沉静、潮湿阴冷的冬夜里，早年吃过的热气腾腾的羊肉火锅扑面而来。

原单位的小镇老街上，有一家藏书羊肉面馆，步行过去不过五分钟。冬天，午饭时间，我们常常挑选个风柔日暖的天气，约上三两同事，一同前往。

开始一直以为是西藏的羊肉，后来店老板给我们普及了一下，才知道藏书是苏州地名，读二声，收藏的藏。

店面不大，也就一二十个平方米，共五张桌子。菜食简单，但生意很好，人很多，有时去晚了没有位置。

一两个人就吃碗羊肉面，我们四人组合是为了吃火锅。

去的次数多了，老板都已认识我们。一进门，照例一句："来啦。"

"嗯。"

"老规矩？"

"对。"

"稍等。"

一会工夫，老板端来一锅装有大白菜、羊血和大骨头的汤底，打开灶火。我们照例嘱咐老板多切点羊肉，羊杂，不要羊肺。粉丝不要，换成面条。

总有一人默契地摆好碗碟，倒上醋和辣椒油。火开后，把肉一股脑全部倒进锅里搅匀。四人对面，相向而坐，热切望向锅里，等候的间隙，谈天说地，好不快活。欢快的语言你来我往，犹如锅里冒起的水泡，热气腾腾，咕嘟咕嘟，这边一股，那边一股，涌起的全是浓稠的，香喷喷的开心往事。

不约而同地举箸："吃呀。"

圆形铁锅里，汤汁浓稠，肉、菜浮于乳色汤中，起起伏伏；少许香菜，点缀其中，透着点点翠绿。随意捞起一块，试探着烫的程度，慢慢送入嘴里，香气浓郁，肉酥而不烂，口感鲜而不腻，滑进胃里，热气流溢，只一会工夫，额头微润，只得围巾解开、脱掉大衣，吃得酣畅淋漓。

因我最年长，一般大骨头都会推让于我啃。不吝客气，借以双手，大快朵颐。菜吃过半，再下面条。浓淡相宜，粗细适中，软而不糯，最后还要将鲜美可口的汤也全部灌进肚里，直吃得胃里舒暖、浑身燥热，才停下筷子。

早有人抢着把账付了，也有人吃完就走，忘记付钱的，都是熟人，索性帮她付掉了事。

推门出去，冷风扑面，穿上大衣，并不系扣。有人提议沿着老街走一圈再回去。四人满面含笑，酒足饭饱，一路欢声笑语。

因为生计，四人如今各谋他处，已两三载未曾相见，只那一碗藏书羊肉面在记忆里唇齿留香。

竹篱小院我的家

拥有一座带小院的房子，是每个现代人的梦想。门前只要有一小块空地，四周围着篱笆，篱上开着闲花。小院种上点蔬菜，不一定要采来吃，他们只管清脆碧绿。种一棵葡萄，藤蔓弯弯曲曲，纵横交错爬满架子，遮天蔽日。再种一棵桂花树，躺在树下的藤椅上，闻着满院的花香，闲时看书，晚时乘凉，该是怎样舒适、惬意的悠闲时光啊。

因为在网上看到了一张图片，正是每个人向往已久的暖阳、青草、碧叶，繁花盛开的篱笆小院。只一眼，这如诗如画的景致便在心里扎根了，狂热的心像春天的种子，开始蠢蠢欲动。

我对篱笆小院情有独钟。如何在仅有的三四个平方米的阳台上打造出篱笆小院的风情，享受旖旎春光，既要保证阳台晾晒衣服的主要功能，又不能搬动现有的摆设，让我煞费苦心。

终于在网上辛苦觅得一种可折叠的木篱笆，既节省空间，又便于收纳。又采购回一大批物美价廉的花盆，添加了菖蒲和多肉品种，在原有的绿萝、吊兰、文竹、蟹爪兰、芦荟、铜钱草等单一的绿植外，又新增了红掌、海棠、石竹、凌霄花等色彩艳丽，易于养植的花卉。

将原有的大量繁殖出来的绿萝、吊兰搬到卫生间、书橱等不起眼的位置。空出地方摆放新的植物。

在经过十几天的采购、漫长的等待快递到来的日子，和精心的布置下，我的迷你阳台花园初具规模。

为了空间最大利用化，篱笆摆放在靠窗的位置。窗台上，墙壁上，晾衣绳上，原有的一台旧机器的架子上下，全部都被我摆满了，既丰富，又有层次感。为了增加情趣，我在络石和常春藤的下面用女儿的玩具搭了一个小熊秋千。轻轻地推动，小熊悠然地晃动，那一刻，所有的烦恼和苦累都化为乌有。

入夏，天气越发温热。给花花草草浇水，是我每天的必修课，也是我最享受的时光。晚上下班回来，打开灯，在阳台里站一会，刚刚浇过的花草，水珠还浮在叶子上，鲜翠欲滴。棚顶的络石，蓬蓬簇簇，层层叠叠，随意地垂落、舒展，在灯光的照射下，一股清凉感扑面而来。狭小的空间，竟延伸出无限的深邃和宽广。

周末，初夏的暖阳从窗口斜射进来，洒下斑驳的花影。窗边垂下的绿萝，像绿色的绸带，地上陶罐里青草如茵，褐色的篱笆上，悬挂的竹篮里，紫色的石竹不紧不慢地开着，口红花的绿叶丛中，透着点点猩红。

去年种的辣椒秧，今年还顽强地活着，居然出其不意结了一个辣椒。枝蔓长得很高，似修竹疏影横斜；墙角一株飘香藤，满枝满树，透着莹莹碧绿，顺着支架盘旋而上，粉红色的喇叭花从篱笆的缝隙斜逸出去，简直赏心悦目。

周末，泡上一壶花茶，打开一本书，听一首歌，或者什么都不干，坐在阳台上发呆，窗外鸟雀呢喃，没人打扰，闻着花香，似乎把整个春天都搬进了家。

时光在一树温润，一窗明媚，一缕清风，一朵花开中缓缓流淌；幸福，就是这样悄无声息地存在于我们身边。

不必等退休才有时间，不必等有了院子才去实现，有些事等着等着就不了了之，就渐行渐远了。

热爱生活的人，总能游刃有余地兼顾诗意与烟火。一处小小的阳台，也可以撒下一片花海，盛开的同样都是欣喜。我们就这样，把简单的日子，过成一首美好的诗。

心想事成

生活中，很多事情以奇特的方式与我们发生着联系。对于那些可能影响我们一生的机遇和转折，我们事先并不知晓。我的文学之路能走到今天，仿佛是冥冥之中上天早就安排好了的。

公司的文艺协会组织书画摄影展，号召全员参与。书画只能望尘莫及，于是我把旅游时拍的照片发过去几张，算是交差，就把这事全然丢在脑后。

忽有一日，协会组织的负责人来通知，说我的作品入围了，还有奖品。所有作品全部在展厅展出，如果有时间可以前去参观。真是令人喜出望外。

我约上其他同事，趁着午休时间去展厅参观。也许是我第一次参与，工会主席热情接待，还鼓励我们以后多多支持。眼看上班时间已到，我们准备打道回府。

工会主席说相关部门很重视我们的展出，文联的工作人员马上要来参观和访问，会有相关报道，在场的人多会显得隆重一些。迫于情面，我让同事先走一步，自己留下来凑个人数。左等不来，右等不来，上班时间已过去三刻，我早已心急如焚。不顾工会主席的再三挽留，执意离开。脚刚踏出门口，人就到了。

文联秘书长亲自到场，我们列队欢迎。其间，工会主席肯定了我的热情，还不忘向秘书长推荐我的摄影作品。我一时冲动，脱口而出："其实，我的真正爱好是写作。"那会我刚刚申请个人公众号没多久。

秘书长闻言，热情地告知："我们也有作协团体，回头你和具体负责人联系一下。"双方互留了电话。

我忐忑不安地把自己公众号里的散文、随笔发过去几篇，很快就有了回应。我被录取为当地作协会员。我至今仍不能知晓是自己一时的冲动、真实的表露为自己争取到了机会，还是秘书长对文人的相惜，还是公司在地方的知名度起了作用。总之，一切就像梦一样迷幻和神奇。

后来，有幸参加作协的座谈会和采风活动。作协有内刊，在会长的指导和帮助下，我很快发表了第一篇稿子，拿到我加入作协以来的第一笔稿费。

我所在的公司知道我热爱文学，已有作品发表，非常支持。文艺团体中增加一项跟文学相关的内容，由我担任负责人。而后我在公司成立30年的征文比赛中，获得一等奖，领取了一笔不菲的奖金。如果不是后来辞职，我还有机会参与公司成立30年的编撰工作。

进入专业的团体，我的写作热情倍增，进步显著。再后来，除了报纸、平台，还在《散文选刊》上发表了散文，也陆续有诗歌见报。

生活的经历、感触、旅行的见闻都成了我写作的素材。除了发表带来的惊喜，写作给我带来的成长和快乐也是我始料未及的。

从进入作协的那一天，我才算是真正迈入写作的门槛。女儿读大学的时候，也正是我的黄金期间。就像高尔基的那句名言所说："我扑在书上，就像饥饿的人扑在面包上一样"，开始大量阅读。从余华、毕飞宇、麦家、汪曾祺、冯骥才，到史铁生、刘亮程、苏童、迟子建，再到雨果、巴尔扎克、马尔克斯、福楼拜、毛姆、德富芦花、三岛由纪夫……从中汲取不同的养分。

关注更多的平台，认识五湖四海的文友，加入不同的群体，我的写作水平有了质的飞跃，在我写作的第五年签署了散文集的出版合同。

如果说儿时懵懂的、卑微的愿望，是对文学的热爱，是深埋在泥土里的一粒种子，是我写作的动力和欲望；而加入作协是给了它一个适合生长的土壤；而我所有的阅读、整理笔记和写作就是养料、水分和阳光，等到时机成熟，梦想的种子就会破土而出。

如果有人问我，心想事成这种事会有吗？我想说："会的。"当你内心描绘的情形逐渐清晰，当潜意识里设立的目标逐渐浮出水面，当你的意愿足够强烈、足够持久、毫不怀疑、始终坚持。

佛曰："相由心生，境随心转，命由心造，福自我召。"内心没有呼唤过的东西，不会自动来到身边，自己周围发生的所有现象，都是内心的反映。主观意识和潜意识不纠结，信息调动能量，思想和行动在什么频率上，自然会得到对应的结果。

俗话说："精诚所至，金石为开。"我们抛弃否定性的、阴暗的东西，而时常怀有梦想，在心里描绘积极的、美丽的事物，人生就会变得更加美好。一个人的心境、心态、思维方式和哲学思想，都会在人生中反映出来。

综观人的一生，以短则十年，长则三十年的跨度，来回顾自己或他人的人生轨迹，就能明白"心想事成"是真实不虚的道理。

《西尔弗·帕奇的灵言集》一书中写有这样的内容："心之所思所想，会在现实中呈现。对于这种说法，想必各位都表示怀疑，但这的确是真理。"

你在心中描绘怎样的蓝图，决定了你将度过怎样的人生。

心想事成会有的，有时，需要你有足够的耐心。

后记

　　《等着幸福来敲门》这本散文集是我在四五年的时间中陆续写完的，是我的处女作。其中最早的一篇《半百读书犹未晚》是在 2017 年 4 月 26 日写成的。

　　通过写作，丰富了我内心的世界，提升了我的写作水平和认知。认识了很多志同道合的文学爱好者，编辑，记者、剧作家，文联主席，有的成为知心朋友。尤其感谢远在潮汕的文友陈晓晖，是她为我提供了出书的契机，并有幸结识出版人凌翔老师，使这本书得以顺利出版，圆了我儿时的作家梦。

　　《等着幸福来敲门》是我内心想要表达的真情实感。是我半生的经历和心路历程，我从一个自卑、胆怯、懵懂的小女孩，成长为自信、勇敢、豁达、懂得换位思考，懂得感恩，并最终朝着幸福前行的人。虽然文笔还很稚嫩，有些文字在校对时还是令我潸然泪下。这些文字都是我今生今世活过的证据，是最好的记录和见证，更是对我生活态度和为人处世最好的诠释。

　　同时我要感谢我的家人，父母、兄妹、爱人、女儿，还有亲戚、同事和朋友。我汲取了他们的聪明和智慧，真诚和友善；感受到了他们的理解与包容，信任与支持。和他们在一起的全部生活经历和过往，是这些文字的可靠根基。

　　由于水平有限，书中难免有错讹和疏漏，还望大家不吝赐教，感激不尽。

　　再次感谢读到这本书的读者，谢谢你们！

洪丽

2021 年 2 月 28 日于上海松江

热爱生命

汪国真

我不去想，
是否能够成功，
既然选择了远方，
便只顾风雨兼程。

我不去想，
能否赢得爱情，
既然钟情于玫瑰，
就勇敢地吐露真诚。

我不去想，
身后会不会袭来寒风冷雨，
既然目标是地平线，
留给世界的只能是背影。

我不去想，
未来是平坦还是泥泞，
只要热爱生命，
一切，都在意料中。